勇者刑に処す

懲罰勇者9004隊刑務記録

V

ロケット商会

ILLUST めふぃすと

CONTENTS

待機指令：第一王都ゼフェンテ 1

また、雪が降り始めた。

この第一王都で積雪が観測されるのは、本格的な冬がやってきた証《あかし》だ。

いつもなら嵐の《女神》バフロークが天候を操作し、そう簡単に雪が降らないようになっている。

ただしその能力も、常に展開しておくわけにはいかない。あっという間に力を使い果たすことになるだろうし、天候の変化は周囲に与える影響も大きい。

よって、第一王都ゼフェンテには年の暮れから雪の備えが必要で——それはいつも、わずかながらの喜びでもある。間もなく新年を祝う祭りが開かれるからだ。

（浮かれてやがる）

と、俺は街の大通りを歩きながらそう思う。

久しぶりに戻ってきた、第一王都だった。

あの第二王都での決戦からこっち、俺とジェイスは修理場で蘇生《そせい》と治療を受けており、ようやく解放されたのが半月ほど前。そうしてテオリッタと凱旋《がいせん》できたのが、つい数刻前のことだった。

第一王都は、いつも以上に人通りが多い。息苦しくなるほどだ。

新年を祝う祭りの準備で、街はあちこちが輝いて見える。そういう装飾だ。商店街などでは聖印で発光する白と青のランプを吊《つ》るし、民家でさえ軒先に大きな鍵を掲げている。植物の蔦《つた》やら紐《ひも》やら古着の布やらで飾り付けられた大きな鍵は、新たな年の太陽の歓迎を意味する。

はるか大昔の人々は、太陽は東の『白と青の門』を通って昇り、西の『黒と赤の門』を通って沈むと考えていた。だから鍵の飾りは、新年の太陽が通る扉を開けるためのものだ。

開門祭ルフ・アロスという。

間もなくやってくる新年の祭りは、そんな風に呼ばれている。連合王国にとってもっとも盛大で重要な祭事の一つだ。三日にわたって繰り広げられるこの祭りは、魔王現象や異形《フェアリー》の脅威に晒《さら》されているこんな状況下でも、市民にとっては重要な娯楽となる。

それに、冬は現実的な安全が保障される時期でもあった。

北の海峡は流氷で閉ざされ、北方に繋《つな》がる道は雪で埋もれていく――それは人間にとってだけではなく、異形《フェアリー》どもにとっても厄介な障害物だ。雪は大半の異形《フェアリー》の移動を著しく阻害する。翼を持つ異形《フェアリー》も、地上と連携できなければ、ただの凶暴な猛禽《もうきん》でしかない。

魔王現象や異形《フェアリー》の脅威をひと時だけでも忘れられる期間。だからこそ、ルフ・アロスは盛大に祝われる。浮かれる気持ちはよくわかる。

（しかし、これはどうもな。居心地が悪い）

俺は首元の聖印を隠すため、外套《がいとう》の襟を掻《か》き合《あ》わせた。

懲罰勇者になってからというもの、祭礼に対して場違いという感覚がつきまとう。俺たちの首の聖印を見たやつはだいたい怯《おび》えるか、嫌悪感や忌避感を表明するため、祭りの雰囲気をぶち壊すのが常だった。

(……それに、今日はこいつもいる)

俺の視線の先には、大広場の片隅で両手を振る一人の少女の姿があった。

当然、《女神》テオリッタである。

「ザイロ！　何をしているのです！」

やつは目を輝かせ、両手を頭上で振り、俺を呼んでいる。

どうやら装身具の店らしい。看板によれば、店の名は『トゥロ&ヒース工房』。店先には、よく磨かれた首飾りやら髪留めやら、ブローチやら指輪やら耳飾りやらが並べられている。

この大広場には、他にも山ほどの店舗がひしめいている。白亜の大浴場は『リツバの大皿』、音楽を聖印で封じた蓄音盤を売る『フォクタ』、赤い煉瓦《れんが》の迎賓館『緋光荘《ひこうそう》』——実に色々とある。

その中で最終的にテオリッタが目をつけたのが、この装身具の工房だった。

「ほら。ザイロ、見てください、こちらの品を！」

彼女が手の平で示したのは、銀色の腕輪だった。おそらく東方キーオ諸島風のものと思われる、曲線の多い波のような文様が刻まれている。

「どうです。綺麗《きれい》な腕輪でしょう。センスがいいでしょう。ふふ……！」

テオリッタはなぜだか偉そうに胸を張った。

「いかがですか、我が騎士。このような腕輪は、我らの英雄譚《えいゆうたん》をいっそう輝かしく彩ってくれそうではありませんか？」

「いくつか問題があるぞ。まず……俺たちの戦いを英雄譚って呼ぶやつは、この世にはいない」

俺はテオリッタの頭越しに銀の腕輪の値札を見た。高い。この手の装飾品にしては、ちょっと額が大きすぎる気がする。

手を伸ばし、指先で細工を確かめる。

「それと、高すぎる。まさか純銀じゃないよな？　たしかに細工の腕はいいけど」

「つまらないことを言ってはいけません、ザイロ」

俺の意見は、テオリッタの不興を買ったようだった。

「せっかくのお祭りなのです。値段を気にしてどうするのですか！」

「いや、祭りはまだ十日くらい先だろ」

開門祭まで、そのくらいの猶予はある。

第二王都の決戦からおよそ一月。間抜けにも殺されてしまった俺とジェイスは、いつもの蘇生に加えて治療が必要だった。だから戻ってくるまでに時間がかかってしまった。本当なら、新年の祭りが終わってから戻ってきたいほどだった。

なにしろ、テオリッタがいる――案の定、その危惧は的中した。浮かれていやがる。第一王都の正門を通ってからというもの、大通りに並ぶ店を片っ端から訪ねていた。

「なあ、テオリッタ。軍票残ってるのかよ。さっきからお菓子めちゃくちゃ買ってただろ」

「……まあ、はい」

俺の指摘を避けるように、テオリッタは片手に抱えた紙袋を背後に隠した。

「でも、まだ残っていますよ。この前の戦いで大いに賞賛され、たくさんもらったのです」

「使い果たしても貸さねえぞ。大丈夫なんだな？　パトーシェがお前を甘やかして簡単に軍票貸してるみたいだけど、そういうのはやめさせるからな？」

「だ、だいじょう……ぶ、です！　必要な出費ですから。いわばこれは必需品なのです！」

「本当にそうか？」

「そうです！　この腕輪が高価なのには、理由があるのです」

テオリッタは、値札に書かれた文言を見せつけてくる。

「刮目《かつもく》してご覧なさい。腕輪の内側に、好きな文字をお願いして彫ってもらえるのですよ！」

「ああ……そういうやつか……」

この手の銀細工に、内側に名前やらメッセージやらを刻む者は多い。ちゃんとした力を持つ聖印でなくても、そういったものが力を持ち、災いを遠ざけると信じられてきたからだ。

「好きに文字を刻めばいいと思うけどよ、問題はまだある。この腕輪、お前にはデカすぎるぜ」

「何を言っているのですか」

テオリッタはひどく呆《あき》れたようだった。

「この腕輪は、あなたが着けるのです」

「……着ける？」

俺は自分自身を指差した。

「俺が？」

「ええ！　いつも苦労してがんばっている我が騎士への、私からの贈り物です！」

テオリッタは手を広げてみせた。

「光栄に思いなさい！　嬉《うれ》しいでしょう！　この腕輪に私とザイロの名前を刻み、おまけに今日という日付も記してもらうべきです！」

「俺のいつもの苦労は『がんばっている』とか、そんな程度じゃ済まない気がする」

俺は苦笑することしかできなかった。

テオリッタの意図するところは、よくわかったからだ。

（こういうのがあれば……蘇生されても、思い出せるかもしれない）

懲罰勇者が生き返らされたとき、記憶を失うことは頻繁にある。死ぬ前の数時間のようなちょっとした記憶から、自分の好きな食べ物、世話になった相手の顔。他人と共有した経験。

この前の第二王都攻略では、俺もヘマをして盛大に死んだ。そのために、テオリッタと共有したいくつかの記憶が消えてしまっている――らしい。ヨーフ市で何か、思い出の品物を買った事実はあるようだが、テオリッタはあまりその話をしたがらない。

腕輪に彫刻をしたがるのは、その一件のせいだろう。記憶が失われても、刻まれた文字が来歴を証明してくれるかもしれない。思い出の代わりになる。

（でも、なあ――）

俺は何かを訴えるようなテオリッタの視線を遮るように、片手を振った。

「こいつは無理だ。やめとく」

「なにが無理なものですか。ちゃんと計画的にお小遣いを使用しますから！　絶対にザイロに似合いますから！」

「ザッテ・フィンデの聖印を使うときに壊しかねない」

「あっ」

俺の両手に刻まれた爆破印ザッテ・フィンデは、触れた物体にある種の力を充填する。感覚的な技術が必要になり、そこそこに繊細な制御が必要なものだ。

だから、俺はテオリッタの肩を叩《たた》いた。

「悪いな」

「……し、失敗でした……！　それでは、別の記念品を探しましょう！」

「いや。残念だが、そっちも中止だ。呑気《のんき》な散歩はここまでだな」

「え？　まだまだ日が暮れるには時間がありますよ。夕暮れまでに兵舎に出頭すればいいと――」

「変なやつがいる」

俺は背後を指差した。あれで尾行しているつもりだったとしたら、お粗末なものだが――あいつの性格からすると、わざと気づかせるように近づいてきたのだろう。

「アディフ。何か用か？」

俺はそいつの名を呼んだ。

アディフ・ツイベル。第八聖騎士団長――かつての同僚。

淡い麦色の長髪の上に帽子を載せ、胡散臭《うさんくさ》い眼鏡までかけていやがる。もはや、こっちをおちょくるつもりでそんな格好をしているとしか思えない。

「勘弁してくれ、いまやっと帰ってきたところなんだ。余計な話は聞きたくない」

「そうでしょうね。あなたたちの帰還は、四刻前に把握しました」

「城門くぐる前からじゃねえか。どれだけ待ちわびてるんだよ」

「まあ、そんなに邪険にしなくても。あなたの《女神》にお会いしたいという方もいますし」

アディフは酷薄な笑みを浮かべ、傍らの少女を手で示す。銀髪の少女——そっちも《女神》だ。影の《女神》ケルフローラ。彼女はテオリッタを視認すると、拳を上げて三度、開閉した。

「テオ。こん・にち・わ……お散歩の邪魔をして、ごめん」

「ケルフ！　こん・にち・わ、です！」

テオリッタも拳を上げ、同様の挨拶を返したところを見ると、こいつらの間でだけ通じる独自の符丁だろうか。理解しようとするのは無意味だろう。

「自分の《女神》まで連れてきて、なんの緊急事態だよ」

俺は周囲の視線が気になりはじめていた。ただでさえテオリッタは目立つ。俺も指差されている気がする。

「臨時のサイン会でも開きたいのか？　俺は嫌だぞ。さっさとここを離れたい」

「それはちょうどいい。ゆっくり話せる場所をご用意しました」

まさか、俺がいたたまれない気分になることまで予想して、こんな接触の仕方をしてきたのか。

アディフのやつはそういうところがある。態度はふざけているが、行動はふざけていない。

「俺はお前と話したいことなんてねえよ」

「私にはあります。とても重要な議題が。ぜひとも――」

そしてアディフは俺に近づき、声をひそめた。

「我々の悪だくみに参加してください。今日はあなたたちの指揮官もお呼びしているのです」

「ベネティムを？」

俺は耳を疑った。あのアホがなんの役に立つというのか。

「ええ。では、行きましょうか。私に『命令』という言葉を使わせないでくださいね。私はあなたにそれなりの敬意を抱いていますから。リュフェン聖騎士団長の次くらいに」

「それは命令してんのと一緒だし、一言多いんだよ」

やはり、俺はこのアディフという男が気に食わない。友達にはなれない相手だ。

◆

アディフが案内したのは、予想外の場所だった。

『フィムリンデの欠伸《あくび》亭《てい》』。

恐れ多くも《女神》の一柱の名前を冠した、路地裏の酒場だ――こんな夕暮れ時から大盛況の。

もっと高級な店を貸し切りでもしているのかと思ったが、これはまさに予想外というしかない。

おかげで、テオリッタは落ち着きなくあたりを見回していた。ケルフローラはこういう場所にも慣れているのか、それともあまり興味がないのか、ぼんやりとした目をテーブルに据えて、蜂蜜入りの北方茶を啜《すす》っている。

ひどく騒がしい場所ではあるが、こういう場合、その喧噪《けんそう》が役に立つ。誰も隣のテーブルに注意を払ったりしないからだ。外套のフードを被《かぶ》っているだけのテオリッタとケルフローラにさえ気づいていない。

「――と、いうわけで」

ベネティムはなんだか腹が立つほど当たり前のような顔をして待っていたし、脛《すね》を蹴とばしたくなるほど曖昧な笑顔で総括した。

「これはアディフ聖騎士団長による、極秘の指令になります。どうやら我々に拒否する権利はないみたいですね」

「そうだな。俺たちは懲罰勇者だからな」

俺は温めたワインを片手に、アディフを睨《にら》む。

第八聖騎士団長と、詐欺師の男と、《女神殺し》。まさか、こんな三人で大衆酒場の卓を囲む日が来るとは。しかも、《女神》を二柱も連れて。

「っていうか、なんでベネティムがここにいるんだよ」

「それは私もよくわかりません。なんというか、成り行きで……」

「じゃあ、いつもの自業自得だな――で？　悪だくみってなんだ？　誰か殺すのか？　暗殺なら専門家に頼めよ、ウチの部隊にいるからさ」

「ザイロ！　あなたはまたそんな恐ろしいことを！」

テオリッタが俺の言葉を聞きとがめた。このぐらいの軽口は許容してほしかったが、《女神》にとって人間の殺害や暴力は禁忌事項だ。それは気になるかもしれない。

「そのような悪事に加担することは、この私が許しませんからね！　断固として阻止します！」

「わかってるよ、冗談だ」

「言っていい冗談と悪い冗談があります。怒りますよ！」

「かもな。ほらアディフ、《女神》様を怒らせる前にさっさと言えよ。俺たちに何をさせたい？」

「性急ですね、ザイロさん。あなたらしいといえば、あなたらしい」

アディフは勿体《もったい》ぶった。まあ、仕方がない。ちょうど店員が料理の皿を持ってきたところだ。酒のつまみだ。サラミ。キノコの酢漬け。挽肉《ひきにく》と芋とタマネギの料理。ちょっとは気の利いたものを出す店らしい。俺は遠慮なくそれらに手を伸ばす。

「雑談なんてしたくない、お前と楽しく話せる話題が思いつかねえから。さっさと本題に入れ」

「では――お二人にお願いしたいこと自体は、簡単です」

アディフは優雅に杯を傾け、酒を口に含む。なかなか珍しいものを飲んでいる。熱くしたラム酒に、バターと砂糖をぶち込んだやつだ。

「選挙活動の、お手伝いを」

「はあ？」

俺はアディフの正気を疑った。

「なんだそりゃ。専門外にも程があるぜ、破壊活動なら得意分野だけどよ。それとも」

傍らのベネティムを指差す。

「こいつのペテンで、あんたが宰相閣下になれるよう演説でもしろって？　結構笑えるな。やってみるか、ベネティム？」

「そんなことができたら、私はまず自分自身の恩赦を獲得してますよ」

ベネティムはわずかに口の端を歪《ゆが》め、自分のグラスを呷《あお》った。

「なので、アディフ聖騎士団長の言いたいことは、もっと別の選挙に関する協力のお話ですよね。ええと、議会や行政室ではなく――神殿の」

「そう。ザイロさん、ルフ・アロスの聖選をご存じですか？」

「馬鹿にしてんのか」

聖選。つまり、聖なる選挙。

神殿の頂点に位置する「首席大司祭」の座を定めるための、半ば儀式のようなものだ。選挙権を持つのは大司祭たちとなる。もっともふさわしい者を選ぶ――という建て前になっているが、現実は違う。もっとも神殿にとって利益になる者が選ばれる。より多くの信徒、より多くの献金、より多くの権利を手にする可能性のある実務家や経営者が首席の座に就くのが常だった。

それは当然のことであって、糾弾や非難の対象には当たらない。自分たちの組織をよりよくする者が指導者になるべきだ。そうでなければ生き残れない。

（まさか、こいつが言おうとしているのは）

俺はアディフのスカした面を睨んだ。

この聖選は、ルフ・アロスの祭りで行われる。候補者が一堂に会し、公衆の面前で、次代を導く首席大司祭を決めるのだ。

「俺たちに、その選挙で何かしろって？」

「とある人物を」

アディフは片手で杯を揺らした。

「この選挙で勝たせていただきたいのです」

「まず、その選挙が開かれるってこと自体が初耳だけどな」

「昨日、現在の首席大司祭が引退を表明しました。すぐに後継者を選定する必要があります」

「お前、それは……」

「首席大司祭の、自らのご意志です。もともとご高齢でしたからね」

アディフの物言いはわざとらしすぎる。引退に一枚噛《か》んでいることは間違いない。

「……なんで、そこまでするんだ？」

動きが性急すぎるし、強引すぎる。ルフ・アロスの開門祭まではあと十日ほどしかない。

「何を急いでる？」

「次の春季攻勢が、人類にとっての最後の機会になるからです。これ以上は国庫が持たない。失敗すれば段階的な窮乏が待っています。これが賭博なら、すべてのチップを賭けるべき勝負です」

アディフの言うことは、おそらく正しい。

これ以上の戦いに国庫は堪えられないだろう。軍事行動は国家にとって最大級の浪費だ。民を豊かにするわけではなく、魔王現象を相手に、資産を食いつぶしながらぎりぎりの生産と消費の活動を維持してきた。

それが、限界に達しつつある。だからこその春季攻勢だろう。

「決戦の前に、神殿の頂点を、我々にとって有利な人材にすげ替えておきたい。そう思います」

「はっきり言いやがる。いまの首席大司祭じゃ無理なのか？」

「ええ。神殿にも共生派が潜り込んでいることは、ご存じですね？」

当たり前のようにアディフは言った。俺は黙った。

共生派。やつらの存在を、この男は当然のこととして捉えている。つい最近まで半信半疑だった俺とはひどい違いだ。さすが大貴族の出身だけあって、ちゃんとした情報網があるのだろう。

「現在の首席大司祭どのは、隠然と存在する共生派にも配慮しながら、バランスをとった神殿運営をなさってきました。ですが、いま、それでは不十分です。断固とした改革を行える方が必要です。たとえば、聖騎士団の遠征参加を命じていただけるような」

「それが、お前の指名する候補ってやつか」

「はい。ニコルド・イブートンという大司祭。――彼を、首席大司祭にしていただきたい」

アディフは頬杖《ほおづえ》をついて、俺から視線を外した。

テオリッタとケルフローラだ――二人は俺たちの会話に興味を失ったらしく、なにやら妙な遊びをしていやがる。テオリッタが紙片を折りたたみ、ケルフローラがそれにそっくりの影をテーブルの下で作り出して、小声で言葉を交わして笑う。

気楽なものだ、とは言わない。彼女たちにとって、対等な相手との貴重な交流なのだろう。

「お願いできますか？　ベネティム、そしてザイロさん」

「拒否権はなさそうだな。っていうか、ベネティムと組むのか。俺は嫌なんだけど」

「あっ！　ザイロくんと気が合いますね。その通り、私は足手まといにしかならないと思います。すべてザイロくんに任せた方がマシなのでは？　私は後方支援ということで」

「違う。逆だ。選挙活動なんて、むしろ俺がいてもなんの役にも立たねえだろ。お前ひとりでどうにかしろって意味だ。ペテンは得意分野だろ？」

「えええ？　そんな、私に何をどうしろと――」

ベネティムは哀れみを誘うような声音を使ったが、アディフは微笑《ほほえ》んだだけだった。

「その方法は、ベネティム。あなたに考えていただく。それだけの貸しを作ったつもりですよ――この前の、第二王都の攻略でね。どんな手を使ってでも、なんとかしてもらいます。あなたの実家を利用してもいい」

「……はい……」

ベネティムはか細い声で答えた。

が、俺には気になる部分があった。ベネティムの実家だと？　それはどういう意味だろう。そういえば俺はこいつの出自をまるで知らない。どうせ嘘《うそ》をつかれるので、聞いても無意味だったということもある。

後で聞いてみるか。いまはそれより、アディフの話だ。

「ザイロさん。あなたには、ベネティムには不可能な荒事を担当していただきます」

「ああ？」

選挙に、荒事。物騒な響きだ。

「必要あるのか？　荒事ってなんだよ？」

「イブートン大司祭の身に万が一のことがあっては困りますからね」

それはそうかもしれない。アディフがイブートン大司祭を首席の座に就けたいのなら、それを妨害したがるやつらもいるだろう。そういう連中に、俺は心当たりがあった。

「万が一の場合、イブートン大司祭の死を利用させてもらう案もあるのですが。私としては、それは避けたいと思っています。ザイロさんには、荒事に対処するための補佐をお願いしたい」

「面倒だな。それもベネティムでいいだろ……なあ、片手剣くらい使えるようになっただろ。この前教えてやったやつ。さすがにちょっとは練習してるよな？　自分の安全がかかってるんだから」

「はい。もちろん、私もちゃんと練習しています」

「嘘つけ！」

「わかってるなら聞かないでくださいよ。私、本当に、争いごととか超苦手なんですから！」

「と、いうわけです……戦闘力は絶対に必要になりますよ。共生派も、彼らが有利になるような首席候補を立ててくるでしょうから。暗殺や脅迫はあり得ます」

アディフは淡々と告げて、料理の皿に手を伸ばす。

「それに対抗して、なんとしてでもニコルド・イブートン氏を首席大司祭にしていただく。それが私の悪だくみです。ご協力、いただけますか？」

「いただけますか、じゃねえよ」

俺も皿に手を伸ばし、サラミをまとめてごっそりと手に取った。せめてもの抗議だ。

「命令なんだろ？」

「ええ。もちろん。命を懸けて、達成していただきます」

「たいした悪だくみだな。俺たちが成功することに賭けるなんて」

「コストが最小ですからね。失敗してもあなたたちが一度死ぬだけです。当然、他にもいくつか手を打っていますが、失敗したら少々気の進まない手段をとることになりそうなので」

アディフは優雅に、あるいは気楽に、残ったサラミを摘まみあげた。

「活躍に期待していますよ、お二人とも。穏当な手段で、誰も死なないように、首席大司祭のすげ替えを行うためにはこれが最善の手です。ニコルド・イブートン大司祭が無事に首席の座に就けば、誰も死なずに済む」

アディフの笑みには、なにか含むところがありそうだった。つまり穏当でない手段も用意しているのだろう。その場合、どうなるのか——

「この方策が失敗すると、かなり血が流れることになりそうです。最悪、神殿は分裂する。それはそれで春季攻勢に支障が出ますからね、こちらとしても極力避けたい」

「お前は性格が悪すぎる。ベネティム、お前も文句言っとけ」

「いや、その。文句というよりも、大変申し訳ないのですが、実は私はガルトゥイルからの別の極秘命令を受けておりまして。この任務、辞退させていただこうと――」

ベネティムがなにか呆れるような嘘を口にしようとした。が、最後まで言うことはできない。彼の傍らで、大声があがったからだ。

「おやめなさい！」

テオリッタだ。見れば、ケルフローラの肩に手を置いている男が一人――さらにその後ろに三人。いずれも体格がいい。武装しているところを見ると、おそらくは冒険者。

そしてめちゃくちゃ酔っている。

「ケルフローラが嫌がっていますよ。あなたたちには、ついていきたくないそうです！」

テオリッタは酔っ払いどもの一人を指差して糾弾した。

「自分の席にお戻りなさい。私たちには内緒の話があるのです」

「そんなこと言うなよ。このお嬢さんは嫌がってなさそうだ――どうだい、兄ちゃんたち」

ケルフローラの肩に手を乗せている男は、なぜか俺を見た。どういうことだ。

「この子、いくらだい？　一晩でいいんだ、絶対壊さないから。な？　どうだ？」

事態がよくわかっていないケルフローラは首をかしげたし、テオリッタも不可解そうな顔をした。俺は残りのワインを飲みほした。

「アディフ……よくあるのか、こういうこと」

「たまに、ですね。ケルフローラは美しいので」

酔っ払いどもの判断は、まあ妥当なところではある。常識で考えるなら、こんな路地裏の酒場に、こんな《女神》みたいな少女がただの客として来るはずがない。

「仕方ねえな」

と、俺が立ち上がるより前に、アディフが動いていた。ケルフローラの肩に乗せられた男の手首を捻《ひね》り、ついでに足を払って地面に引き倒している。

その瞬間、背後にいた酔っ払いどもの顔つきが変わった。

「――なにしやがる、てめえ！」

肩に手を乗せただけで、ここまでされる理由はない。そう言いたそうな反応だった。こういうところではまあよくある。結論――こんな場所を悪だくみ会場にしたアディフが悪い。

「白兵戦闘は苦手なのですが。無事ですか、ケルフ」

「うん？　無事だよ」

やはりケルフローラのやつは事情をよくわかっていない。一方で、テオリッタも俺の腕にしがみついてきた。

「ザイロ！　あの後ろにいる方々が、なんだかすごく無礼な気がします！」

「そりゃそうだ。まあ、どうにかするか」

意味不明瞭なことを怒鳴りながら、殴りかかってくる酔っ払いの拳を払いのける。そいつが壁に頭から突っ込んでいったので、ベネティムが悲鳴をあげて俺の腕にしがみついてくる。

「ザイロくん！　なんできみといると暴力沙汰が多いんですか？」

「お前まで腕に摑《つか》まるな、机の下にでも隠れてろ！　あと、アディフ！」

釘《くぎ》を刺しておく。冒険者どもには、まだ仲間がいたらしい。さらに二人で、あわせて六人。引き倒そうと摑みかかってくるやつをかわす——店がひどい騒ぎになりつつあった。

「次からこんなところで飲まねえからな！」

「ザイロさんにぴったりな酒場を、リュフェンさんに聞いたのですが。失敗でしたね」

思ったよりも間抜けか、こいつは。いや、そんなはずがない。単なる嫌がらせとか、俺が暴れるのを見て楽しむ娯楽の一種ではないだろうか。

「……リュフェン。あいつも次会ったら蹴とばしてやる」

そうして俺は、まず目の前の男を蹴とばした。

◆

予想以上に雪がひどい。

輸送部隊長のダスローは、西の空に目をやった。間もなく日が沈む。

（今日は、ここまでだな）

無理は禁物だ。次の宿場まで辿《たど》り着《つ》くことは諦めるべきだろう。

ガルトゥイルを発《た》って二日——部隊のみんなも疲れていた。こうした見極めができるからこそ、ダスローは部隊の長を務めている。危険に対する直感なら、人一倍強く働いた。臆病さの表れのようなものだ、と自嘲気味に思うが、それが命を救ってきた。

その直感が告げている。今夜の強行軍は危険すぎる。さらに天気は崩れるかもしれなかった。

（なにより、この仕事は失敗できない）

第一王都に帰還せず、いまだ北方で展開する第十一聖騎士団への補給任務だ。その重要性はよくわかっている。人類の北への最前線。そこで戦い続ける最強の聖騎士団は、常に万全の態勢を維持しなければならない。

「よし！　総員、今日はここまでだ！」

ダスローは声を張り上げ、部隊員に告げた。吹雪が強くなりつつあるが、まだ全員の顔もわかるし声も届く。

「予定を変更する。山小屋に避難するぞ」

「山小屋ですか？」

ダスローの後ろに付き従う副官が、風ではためく裾を押さえて尋ねた。

「この近くにそんなものが？」

「ああ。もともとは猟師が使う小屋だ」

移動経路にある地形と設備は、できるだけ細かく把握しておく。それはかつてダスローの教官であった、リュフェンという男の癖のようなものだった。本人は嫌がったが、ダスローは勝手に師と呼んでいる。

ダスローは、聖印を刻んだ方位盤を目の高さに掲げた。方角ではなく、刻まれた聖印が目的地との距離と方向を指し示す。この方位盤を改良したのもリュフェンだった。小楯《こだて》ほどの大きさであり、通信盤も兼ねた聖印が付け足されることになった。

「ここから天候が崩れるかもしれない。嵐の《女神》に祈りを捧《ささ》げるよりも、吹雪を凌《しの》げる場所で弱まるのを待つ！　いいな？」

「了解！」

安堵《あんど》したような返答がある。声は見事に揃《そろ》っていたが、ダスローは違和感を覚えた。

（声が少ない）

二十四名の部下がいたはずだ。それにしては声の量が少なかったような気がする。

強い風のせいで聞き取れなかったのか。それとも十分な声を出せないほど疲労している部下がいるのか。後者だとすれば問題だ。ダスローは念のため、確認することにした。

「点呼とるぞ！　脱落してるやつはいないか？　副官！」

当然、副官から数を数え始めるものだと思っていた。傍らにいるはずの男。だが、数秒待っても点呼は開始されなかった。

「おい！」

ダスローは背後に目をやった。そして、言葉を失った。副官の姿がない。

吹雪の奥のどこかで、くぐもった呻《うめ》き声《ごえ》が聞こえた気がする。それと、ばつっ、という何かが弾《はじ》けるような音。慌てて、ダスローは再び前方に視線を戻す。今度は、驚愕《きょうがく》した。

部隊の人間は誰もいなくなっていた。正確には、生きている人間は、誰も。七名ほどの死体が横たわり、いま、ちょうど最後の一人が首を押さえて倒れ込むところだった。残りの兵の死体はどこに行ったのか。

それを考えるよりも前に、ダスローは脅威に対処しなければならなかった。最後の一人の首を掻き切って、地面に着地した奇妙な人影が一つ。

「なんだ？　お前……！」

赤黒い表皮を持つ、巨大な蜥蜴《とかげ》。そんな風に見えたが、これが蜥蜴のはずがない。蜥蜴は二本足で立ち上がり、牙の生えそろった口で笑ったりしないだろう。それに、その全身には蔦が絡みついて植物に寄生でもされているようだ。

異形《フェアリー》としか考えられない。が、こんな異形《フェアリー》をダスローは知らなかった――植物、爬《は》虫類《ちゅうるい》、昆虫の混合種。聞いたことがない。その上、この個体は口を開き、はっきりと声を発した。

「……お前で、終わりだな」

わずかに粘つくような声だったが、それはたしかに言語だった。

「残念だが、悲惨な死に方をしてもらう。派手にやれ、ってのがボスの命令でね……」

笑いを含んだ言葉。楽しんでいるのがわかった。

「う」

ダスローは腰に吊っていた雷杖を引き抜いた。即座に射撃を――

「ふっ、ふ、う……！」

できなかった。中途半端な声だけが漏れて、その場に膝をついてしまう。胸から吐き気がこみあげてくる。手足に力が入らない。何かされた。毒、だろうか。しかしどうやって？

「残念。動けねえよ。そういう毒だ」

笑っている。声でわかる。蜥蜴のような異形《フェアリー》の全身を覆う蔦の一部に、花が咲いていた。赤黒い花弁の花。あの花粉か、何かだろうか。

（いや。悠長に考えてる暇はない。やるんだ。諦めるな……）

ダスローは必死で倒れ伏すことだけは堪えた。相手は完全に油断して、ゆっくりと近づいてくる。至近距離。まだ雷杖を摑んでいる。指がまだ動く。起動するための聖印に触れれば撃てる。

（見てろ、蜥蜴野郎）

歯を食いしばった瞬間、ダスローは胸に熱さを感じた。

（違う。これは）

熱さではない。痛みだ。もはや膝をついていることもできずに、うつ伏せに倒れる。何かを撃ち込まれた。だが、何を？　背後から？　わからない。

「……おい。一ツ目。いまのはどういう了見だ？　俺の獲物だろう」

「え？　そうなの？　まあ、早い者勝ちってことで」

蜥蜴男の不機嫌そうな声に、やけに明るい女の声が応じた。もう一人、近くにいたらしい。こちらも人間ではない――基本は蜥蜴、なのだろうか。赤黒い鱗《うろこ》を持つ、直立する蜥蜴。

「覚えといて、六ツ目。うちの部隊にのろまはいらないからね」

「ああ？　のろまってのは、俺のことか？」

「そうでしょ？　遅すぎ。獲物をいたぶって楽しむ癖があるのがあんたの欠点」

「おい。なんだ？　隊長に選ばれたからって調子に乗るなよ、一ツ目……俺はまだ納得したわけじゃない。あんな新参の指揮官に俺たちの何がわかるってんだよ」

「あんたが納得できてないからって、それがなに？　私はいいと思うよ、あの指揮官。だいぶ気持ち悪いけど」

二人分の声が、徐々に遠ざかっていくような気がする。激痛。意識が散漫になっていく。もう助からないことを、ダスローは知った。

（いや。まだだ。まだ……できることは……）

最後までダスローは足掻《あが》こうとした。手元にあるのは、聖印式の方位盤だけだ。

「さあ、後片づけの時間だよ。これは隊長命令ね。ユトブ方面７１１０部隊、撤収準備」

そうして、『一ツ目』と呼ばれた女が手を叩いた。まだ、他にも誰かがいたらしい。いくつかの影が動き出すのがわかった。

「物資は焼いて、死体は回収。少しなら食べてもいいけど、急ぐよ」

その言葉だけが、鮮明にダスローの鼓膜に響いた。最後の力を振り絞り、方位盤に指を這《は》わせる。

（ちくしょう。誰か……）

方位盤の裏面、聖印に触れる。通信の聖印がそこにある。言葉は出ない――が、指だけは動く。叩いて、離す。ガルトゥイル要塞にある、受信側の通信盤が瞬《またた》いているだろう。その瞬きの組み合わせで伝えられることもある。暗号通信の基礎だった。

誰かが見ているとは限らないし、伝えられることは少ないが、それでも、できることを。

(繰り返せ……！)

最期の瞬間まで、ダスローは繰り返し続けた。

待機指令：第一王都ゼフェンテ 2

結局、ベネティムを連れて帰路についたのは、だいぶ遅い時間になってしまった。

あの乱闘の後、ケルフローラとテオリッタが《女神》であることがバレたのが原因だ。店で騒ぎを起こした事実は、彼女らが店主や客に署名を進呈することで有耶無耶《うやむや》になった。最終的には俺たちに絡んできた冒険者どもも這いつくばって謝罪し、俺にまで署名を要求してきやがった。

そのせいで、すっかり日も暮れていた――兵舎に辿り着いたときには、もう真夜中だった。

第一王都での懲罰勇者の住まいは、西の外れの兵舎と定められている。あらゆる場所から遠く、不便で、しかも古い。連合王国の成立前からあるような代物だ。隙間風も吹くし、この時期の雪かきは欠かせない。

それでも、野営よりははるかにマシだ。聖印を利用した暖房器具を使うこともできる。

「遅い」

その兵舎に俺とベネティムが帰還すると、もう見慣れた顔が出迎えた。

「圧倒的に遅い！」

パトーシェ・キヴィアだ。兵舎の前に立ちはだかるように腕を組み、ひどく不機嫌そうな目つきで俺たちを睨む。

「テオリッタ様を連れて、こんな時間まで何をしていた？　いかがわしい場所に出入りしていたのではないだろうな！」

「あんまり大声出すな、テオリッタが起きる」

俺は首を傾けて、背負ったテオリッタがよく見えるようにしてやった。帰り道にうとうとしていた彼女を、背負って帰ることになったためだ。仕方がない。修理場から王都まで、馬に乗っての旅だったとはいえそこそこの強行軍だったし、今日はちょっとはしゃぎすぎた。

不本意そうではあったが、パトーシェは声量をややひそめて、また繰り返した。

「……改めて聞くぞ。なぜこんなに遅くなった？　ベネティムは殴られたような顔をしているが、なんらかの詐欺行為が露見したのか？」

「殴られたような、じゃなくて殴られたんですよ。すごく痛かったです」

ベネティムは頬をさすった。正確には自分で転んで床に顔をぶつけたのだが、面倒くさいので訂正はしない。――こういう、面倒だから訂正しない事項が積み重なって、ベネティムの大嘘を成立させてしまうのではないだろうか――と、ふと思う。

「実は私たち、ちょっと酒場で乱闘に巻き込まれてしまって……あの、お昼からザイロくんたちの到着を待ってくださっていたパトーシェには申し訳ないのですが。ちょっとした極秘任務を担うことになり、先に作戦会議させてもらえませんか？」

「ら、乱闘だと？　酒場で？」

パトーシェはいっそう目つきを険しくした。それ以上に混乱の方が大きかっただろうか。

「なぜそんな場所にテオリッタ様を――それ以前に極秘任務とは――いいや、待て。違う、それ以前に私は貴様らを待ってなどいないし――おのれ！　言及が追いつかない！」

「だからちょっと声を抑えろって。背中のテオリッタがむにゃむにゃ言ってるだろ」

「……わかった、とにかく状況を教えろ。何をすることになった？　また無茶な任務か？」

「そうだよ」

俺はさっさと歩き出し、兵舎の入り口に近づく。永年温石《ビスティ》を利用した発熱灯が白々と輝いている。少しは寒さも和らぐ。

「簡単に言うと、選挙工作だな。ルフ・アロスの聖選で、とある候補者を勝たせることになった」

「そ、それは、不正ではないか？　なぜそんなことを」

「アディフの命令だ。どんな手段を使ってもいいから、ニコルド・イブートンってやつを勝たせろってさ。パトーシェ、お前はイブートンを知ってるか？」

首席大司祭となる資格を持つのは、大司祭の位に就いている者に限られる。たしか三十名近くいたはずだ。俺はほとんど誰も知らないに等しい。

「……名前と評判程度は、知っている。変わり者ということで有名な大司祭だな」

パトーシェは知っているようだった。さすが、真面目な聖騎士団長だっただけはある。それに、実家も神殿とは関係が深かった。

「よく言えば清廉。悪く言えば頑固で、融通が利かない。……という噂《うわさ》だ。まだ三十代で、大司祭の中でも最年少だろう。神殿内部の権力闘争に興味がなく、奉仕活動や、ほとんど金にならない慈善事業ばかりを推進している」

「嫌われてそうだな。なんでそんなやつが大司祭になれた？」

「人望があるからだ。信徒の人望が非常に高い。神殿の誰も無視できないほどにな」

「そうか」

ニコルド・イブートン。苦手なタイプかもしれない、という気がする。清廉なやつは冗談が通じないことが多く、俺はいつも睨まれてばかりだ。

「だったらアディフの狙いはその辺だな。少なくとも共生派じゃないやつで、まともなやつを神殿の長にしたいってことだ。そうすれば、聖騎士団をもっと積極的に動かせるようになる」

「たしかに……大司祭には腐敗している者もいる。共生派に協力している者も」

パトーシェは視線を俺から外した。声には、どこか傷ついた部分を触られたような、痛みに耐えるような響きがあった。

「だが、難しいぞ。大司祭の間で『変わり者』と評されるような人物だ。選挙では不利だろう」

「俺もそう思う。ルフ・アロスの聖選は、大司祭全員による投票制だからな」

聖選のルールは決まっている。公衆の面前で、互いを投票によって指名し合う仕組みだ。よって首席大司祭になるには、本来なら周到な根回しで大多数の票が自分に入るよう立ち回る必要がある。

だからこそ、神殿の中でさえ共生派が浸透していたのだ。共生派からの票も回収して、『バランスをとる』ことのできるやつが当選する。引退を表明した首席大司祭は、結局、自分で自分の基盤を弱めるために少しずつ毒を飲んでいたようなものだった。

「かつてないほど難しい任務だな……どうすりゃいいんだ？　選挙活動なんてやったことねえぞ。一人ずつ脅迫していけばいいのか？」

「なんでザイロくんはそんな暴力的な手段をとろうとするんですか……。無理ですって。私たち懲罰勇者部隊が脅迫なんてしたら、首の聖印が爆発するじゃないですか」

　ベネティムから実に正しい反論が出てきたので、俺は黙った。さらにはパトーシェまで深くうなずきやがった。

「まったくだ！　脅迫など断固として認められない。有権者である大司祭に働きかけ、正当な手段でニコルド・イブートンに投票するよう呼びかけるべきだ」

「あの……それが通用するなら、我々に頼んでないんじゃないですかね……」

　ベネティムの反論は弱々しい。が、それもやはり道理だ。要するに、俺の意見は非合法すぎるし、パトーシェの意見は正攻法すぎる。どちらでもない手段が必要だろう。

と、するならば。俺はベネティムを横目に見た。正面から見ると、なんだかやけに怯えるからだ。

「……じゃあ、お前ならどうするんだよ。詐欺師らしい手段があるのか？　どうやればニコルド・イブートンに投票させられる？」

「はあ。投票してもらえばいいのなら……買収、が一番楽ですかね……？」

「ばっ。買収？」

　パトーシェが急激に険しい顔をした。

「大司祭を買収など、できるはずがないだろう！」

「それ以上に、そんな金がどこにあるんだよ」

「あ、これはもののたとえです。本当にお金で買収するというより……なんていうのか……」

ベネティムは口ごもった。説明するのが難しそうだった。

「誰かが誰かに投票するのは、その人が一番マシだと思うからじゃないですか。それはその人が当選するのが一番利益になる、という意味で……その利益がお金でも信念でも、世界平和でも、なんでもいいのですが」

喋《しゃべ》りながら勢いがついてくる。ベネティムというのはそういうやつだ。

「ニコルド・イブートン大司祭なら……その、皆さんが望む利益を提供できると思っていただくんです。対立候補の誰よりも高配当だと信じてもらう。そういう意味での買収です」

「なるほど」

ベネティムの言いたいことはわかった。利益を最大化できるやつに投票するのが選挙だというのならば、ニコルド・イブートンこそがその人物だと信じさせる。正攻法に近い。

「そのために……ええと、まずは資金が必要ですね。調査のためです。誰が何を必要としていて、対立候補が誰か知らなければ」

「対立候補か。問題はそこだな。ニコルド・イブートンを勝たせようとすると、共生派が黙っちゃいないぜ」

対立候補が、共生派に担がれて立候補する可能性は高い。というか、間違いなくするだろう。

「最悪、そいつが暗殺でも仕掛けてくるだろうな。そうじゃなくても、脅迫とか」

だから、防御の手立ても必要だ。守らなければならない。

「俺たちだけじゃ無理だから人手がいる。部隊が欲しい。できれば聖選の正式な護衛部隊として参加したいからな」

正式な護衛部隊になれば、当日、壇上にいる大司祭候補を守る役目につける。狙撃や強引な襲撃がないとは言えないため、その『正式な』という肩書はどうしても欲しい。罪人である懲罰勇者だけでは、当日の壇上に近づけるはずがない。

「金。人手。防衛手段。大司祭どもに投票させる方法……いや、待てよ。ニコルド・イブートンが首席大司祭に立候補するかどうかもわからねえな……やることが多すぎる」

考えると頭が痛くなってくる。本当にやれるのか。いや、やるしかない。これは命令だからだ。あの後でアディフが見せてきた密書には、ガルトゥイルからの勅令に印鑑があった。

ただ、先ほどから険しい顔をしていたパトーシェは、腕を組んで首を捻る。

「いまひとつ納得できんな。本当にガルトゥイルからの命令なのか？　だとしても、いったい誰が聖騎士団長のアディフを動かすことができる？　あの男が個人的に発案したものとは思えない」

「考えても仕方ねえだろ、俺たちみたいな下っ端が」

「それはそう、だが……」

「だろ。だから仕事だ。まずはベネティムの言う通り、資金を調達する」

「可能なのか？　いったいどうやって……軍の奉仕活動では、微々たる軍票しか手に入らないぞ」

「それは地道すぎるだろ……。俺から出せる案は二つある。一つ目、金を借りる」

やはりこれが一番手っ取り早い。成功率もかなり高い――たぶん。だが、パトーシェは少し呆れたように片目を細めた。

「借りると言っても、誰から借りるつもりだ。懲罰勇者に投資する奇特な者がいるのか？」

「リュフェン・カウロン。第六聖騎士団長。あいつは西方の超でかい貴族の出身で、金に不自由してない。それに貴族仲間の連中に顔が利くから一石二鳥だ。護衛部隊も集められる」

「あの人物か。たしかに、貴様の友人だと聞いている……」

「お前にも金を貸してくれる友達とかいないのか？」

「……いないことはない。サベッテならば、あるいは……。あまり借りを作りたくはないが」

「あ。それは無理ですよ」

ベネティムがいきなり口を挟んできた。

「リュフェン団長は明朝、部隊を率いて第一王都を出立するそうです。サベッテ・フィズバラーという方の聖騎士団と、西の方の防衛に回されたとか。面会の余裕はないでしょう」

「げ」

「むっ」

俺とパトーシェの呻きは似たようなものだった。

冬季といえども、雪が障害物とならない異形《フェアリー》や、魔王現象というものはわずかながら存在する。最低限の防衛は必要で、そのために戦線に張り付く部隊もいる。それにリュフェンが回されているとは——運が悪いのか、それとも誰かの陰謀か。

どちらにしても、不在であることには変わりはない。別の案を使う必要がある。

「じゃあ、二つ目の案だ——捧剣祭《ほうけんさい》に出る。あれに勝てば、かなり有利になる」

「そうか、なるほど。あれか」

「捧剣祭。ええと、なんです、それ？」

したり顔でうなずいたパトーシェに比べて、ベネティムは不可解そうな顔をした。こいつ、あの大競技祭を知らないのか——いや。それも納得できる。あの行事は軍の関係者だとか、賭博に詳しいやつじゃないとそもそも興味を持たない。

「ルフ・アロスの、前夜祭みたいなもんだ。いまからだと明後日《あさって》になるか。軍で一番腕の立つ剣士を決める、ちょっとした競技会がある」

「はあ……なんか物騒ですが……」

「そんなことねえよ。ちゃんとした祭りだ。……もしかしてパトーシェ、出たことあるか？」

「ああ。そのときは優勝した」

事も無げに言ってのける。パトーシェならばやるだろう、と俺も思った。こいつの白兵戦闘技術は異様に高い。正面きっての戦いなら、俺も危うい。

「この捧剣祭に勝てば、聖選祭での護衛部隊に加われる可能性が高いぜ。っていうか、ほぼ確定だ。軍で最強の剣士ってことになるからな。ウチの部隊から参加させない手はない。問題は……」

「一度優勝した者は出ることができない、ということだ」

パトーシェは俺の言葉の後を継いだ。そう。それが最大の難点になる。

「よって私は参加できない。ザイロ、貴様は？」

「ああ。俺も参加できない」

こんなことになるなら、手を抜いとけばよかったと思う。

「だから、ベネティム。ジェイスのやつを捧剣祭に出せ。あいつはまだ優勝してなかったはずだろ、本人に聞いたことある……ニーリィの前でマウント合戦したとき。あいつが出ればどうせ勝てるし、報奨金も出るし、資金確保と護衛部隊への参加確定で一石二鳥だろ」

「はあ。ですが、問題が一つ」

ベネティムの返事は煮え切らない。眉間に皺《しわ》を寄せる。

「ジェイスくんは、不在です」

「はあ？」

「パーチラクト家の集まりに出るとかで……いま、王都を留守にしているんですよ」

「おい……ふざけてんのか……。冗談じゃねえぞ！」

「そ、そんな大声で怒鳴らないでください。テオリッタ様が起きますよ……！」

くそ——俺は乱れかけた息を整える。ジェイス。こんなときに限って、あのアホは。

「じゃあ、どうすんだよ？」

俺のその問いかけに答える者は誰もいなかった。ただ、冷たい北風が吹き抜けただけだ。

◆

第一王都ゼフェンテには、鉄道駅が存在する。

ガルトゥイル要塞と、工業都市ロッカまでを結ぶ聖印鉄道だった。魔王現象に脅かされ、軌道の整備がままならない地域への路線は放棄されて久しいが、この第一王都を中心とした人類支配域であれば、万全の状態で輸送能力を発揮できる。

いま、その鉄道駅は、忙《せわ》しなく動く兵士で満ちていた。ある部隊は黒い鋼の列車へと盛んに荷物を積み込み、またある部隊は蓄光液の充填されたシリンダを機関部に詰め込んでいる。リュフェン・カウロンはその喧噪の中で所在なく作業進捗を眺めていた。

（寒くなってきたな。ニヴレンヌはさっさと車両に引っ込んじまったし）

彼の契約する《女神》のことだ。先ほどまで雪の中で走り回って遊んでいたかと思うと、くしゃみを一つして暖かい車内に撤退していった。捨《す》て台詞《ぜりふ》は「超寒い！　やっぱり雪は嫌い！」だ。

そんなわけで、ひとしきり指示を出し終えたリュフェンも暇を持て余していた。

（仮眠をとって、夜明けには出発か）

リュフェンは懐中時計を一瞥《いちべつ》する。荷物の積み込みと、車両の整備は間もなく完了する。いまのところは万事順調だ。心残りがあるとすれば、第一王都で開かれる新年のルフ・アロスに参加できないこと。

それから、そろそろ帰還するはずだった友人に会えそうにない、ということぐらいだ。

（ザイロ。お前が俺のことを忘れてないといいんだが）

あり得ない話ではない。懲罰勇者とはそういうものだと、リュフェンも知っている。

（だけどな、もしもお前が覚えてるなら――）

貸している金も、借りている金もある。だから――

「……考えごとですか、リュフェン・カウロン聖騎士団長？」

金色の巻き毛が、目の前で揺れた。

サベッテ・フィズバラー。第四聖騎士団長。リュフェンの同僚であり、最年少で聖騎士団長となった人物の一人。軍事にも政治にも長《た》ける、若き天才――と、評されることもある。

その彼女が、なにか愉快なものでも見るように、リュフェンの顔を覗《のぞ》き込《こ》んでいた。

「会議中もそのように、しばしば目を閉じて集中されていますよね。これからの行軍に、なにか心配事でもおありですか？」

「いえ。別に……」

リュフェンは彼女が苦手だった。才気に満《み》ち溢《あふ》れ、明らかに自分より格上でありながら、敬語を使ってくるような相手にどう対応していいのかわからない。

「準備は順調ですし、心配事はなにもないですよ。ただ、新年のお祭りに参加できないのが残念っていうだけで」

「それは私も同感です」

サベッテは澄ました顔でうなずいた。どうも彼女の顔は、表情が読みづらい。

「捧剣祭でリュフェン聖騎士団長の雄姿を拝見できると思ったのですが」

「俺は出ません。剣はからっきしで……あなたの方が間違いなく強いですよ。勝てる気がしない」

「ふ」

サベッテは笑った。

「賛辞として受け取っておくことにします。ただし、それは私のような淑女に有効な賞賛ではありませんので、以降はお気をつけて」

褒めたつもりではない、とリュフェンは思った。単なる事実だ。

「私もルフ・アロスを楽しみたかったのですが、残念ながら——冬季の防衛を担えるのは、私のバフロークと第十一聖騎士団が適任ですからね」

たしかに、冬の雪を無視して攻めてくる異形《フェアリー》もいる。こいつらに対抗するには、バフロークの天候を操る力が必要だ。防衛拠点の周辺だけ、局地的に雪を止め、敵の群れに向かって風を吹かせる。その状態を作り出せれば、進軍は厳しく防衛はたやすいという状況ができあがる。

そしてもう一方、いまでは誰もが文句もなく『最強』と呼ぶ第十一聖騎士団は、北部に張り付いて離れない。ルフ・アロスの開門祭にも参加する気がないらしい。聖騎士団長本人がそう公言しているのだから、仕方がない。

「……ですから、私が支援部隊を選べるとしたら、迷うことなくあなたを指名します。第六聖騎士団の、リュフェン・カウロン様」

「そうですか？　総合的に見れば、まあ、妥当なところなのかな……」

「いいえ。リュフェン聖騎士団長、あなたは自分の価値をご存じないようですね」

「ええ？　な、なんです？」

リュフェンは露骨に警戒した。いちいちこの女性は、言葉に裏がありそうに感じる。

「金を貸してほしいとかの話？　俺の実家はたしかに金持ちですが、投資とか苦手なんで、慎重になるな……サベッテ聖騎士団長、なんか商売でも始めるんですか？」

「ふふふふ！」

サベッテは声を殺し、喉を鳴らして笑う。

「さすがです。そうくるとは思いませんでした。あなたという人は——」

「——おっと。失礼してもよろしいですか？　聖騎士団長どの、ご両名」

不意に、背後から声をかけられた。サベッテが一瞬だけ顔を曇らせた気がする——リュフェンは声のした方を振り返る。

一人の男が立っていた。髪を短く刈り込んだ、小柄な男だった。温厚な笑みを浮かべているが、軍服を着ているところを見ると間違いなく軍人だろう。背後にいるのは従者だろうか。

「邪魔をしてしまったのなら失敬。出立にあたってまだ不足している品などあれば、お申し付けください——と言おうと思いましてね。我々の部隊はあなた方の補佐を命じられておりますから」

威圧感の欠片《かけら》も感じさせない、柔和な態度。しかし、その顔に見覚えがなかった。

（まずいな）

と、リュフェンは必死で頭を働かせた。

この男。軍服に縫い付けている勲章からして、相当な階級にいる軍人だ。そういう相手の名前と顔を知らないのは大問題だ。相手の面子《メンツ》に傷をつける。

（考えろ！　俺なら切り抜けられる！　そうだ、家紋……！）

リュフェンは相手の胸元を注視した。弓矢と花の紋章。これなら、見覚えがたしかにある。

「コルマディノ――どの」

口から出たのは、その家名だった。中央貴族の出身だったはずだ。今回の西方防衛線の支援には、かなりの物資を提供してくれていた。だからリュフェンは、最大級に愛想よく頭を下げる。

「お疲れさまです。物資の提供と配備協力に感謝します」

傍らでサベッテがまた笑った。そして、彼女はもっとしっかりと相手の情報を知っているらしい。

「シムリード・コルマディノ北部第四方面軍総督。わざわざお越しいただきありがとうございます。出立の準備は順調に進んでおりますから、ご心配には及びません」

大きく優雅に一礼してみせた。

「それならば、何よりですな」

コルマディノは敬礼をしてみせた。快活な男だし、愛想もいい。リュフェンは安心した――嫌われてはなさそうだ。リュフェンは『怠け者』という評判がすでに広まっているので、強い敵意を向けてくる軍人もいる。そういうときは本当に困る。怠け者なのは真実だからだ。

少しでも楽をするために、色々な工夫をしている。それだけのことにすぎない。

「我らが人類の領土を守る聖騎士部隊に、限りない感謝と敬意を」

コルマディノは丁重に頭を下げた。

「ご同行はできませんが、無事の帰還を祈っておりますよ」

「我々のような若輩者に、丁寧なご挨拶——ありがとうございます」

「いえいえ。聖騎士として活躍されているお二人こそまさに英雄。私よりもずっと輝かしい戦歴をお持ちではありませんか。サベッテ様の武功も聞き及んでおります」

「それはどうも。賛辞として受け取っておきましょう」

声をあげて笑ったシムリードに、サベッテはどこか冷徹さを感じさせる声で応じて、歩き出す。

リュフェンが聞いたことのない声と、目つきだった。

「第一王都の防衛はお任せしますわ、総督」

「言われるまでもなく。民を守ることこそ、軍人の本懐です」

「承知しました。では、リュフェン聖騎士団長、参りましょう。物資の積み込みを急ぐべきでは？」

「え。ああ。はい、もちろん」

リュフェンはサベッテの後を追う。荷物の積み込みを、速く終わらせる必要があるだろう。

「そりゃ助かりますが……待ってください、サベッテどの」

サベッテはこのシムリードという男のことを苦手としているのか。

なんとなく、そんな風に思った。

——後に、このことを尋ねたとき、サベッテはこう答えている。

「苦手なのではなく、嫌いなのです」

と。

◆

リュフェンとサベッテを乗せた列車は、青白い光の軌跡とともに西方に去った。

シムリード・コルマディノは、城壁の上からそれを見送っていた——何事も、自分の目で確かめなければ気が済まない性質だ。そうした堅実な物事の積み重ねこそが有事の力となる。

（確実に積み重ねることだ。……必ず上手《うま》くいく）

心の中で繰り返す。自分は夢想家ではない。確実な方法を選び、耐え抜くことができる。

「閣下、あれでよかったのですか」

従者の若者が尋ねてくる。

「彼らの輜重車《しちょうしゃ》に仕掛けを打つこともできました」

「なかなか物騒だね、きみは。元気があってよろしい」

コルマディノは快活に笑った。そうであるように自らを律している。

「その必要はないよ。彼らが第一王都を不在にする。いまは、それだけで良《い》い」

そのはずだ。思わぬ警戒を招きかねない。

コルマディノは、自分が無意識に爪を噛もうとしていることに気づく。また、子供のような仕草をしそうになった。やめておいた方がいい。もう子供ではない。現実に立ち向かわなければならないのだから。

せめて、この従者の若者の前でだけは、偉大な『コルマディノ総督』であるべきだ。

「犠牲は少ない方がいい。かつての悲劇は、私も避けたいと思っているよ」

「しかし、生かしておけば計画に支障が出るのではないでしょうか。リュフェン・カウロンの兵站《へいたん》運営は有名ですし、サベッテは戦闘指揮にも政略にも優れていると聞きます」

「それは世間の風聞が作った、虚像のようなものだ」

コルマディノはできるだけ平静に、ゆっくりと発言する。声に不快感が混ざるのを抑制する。

「私はあの二人をそれほどには評価していないし、するべきでもないと思っている」

あんな連中が聖騎士として《女神》の契約者となったことは、コルマディノにとっては間違いだとしか思えない。そのことで、どちらも人類の英雄のような顔をしている。

未成熟な精神を持つ《女神》にとり入り、機嫌をとるのが得意というだけの者が、そんな特権階級に就く。それは本来、あってはならないことだ。

「リュフェン・カウロンは噂通り無礼で熱意に欠け、サベッテ・フィズバラーは戦を遊興の一種だと考えている。まったくもって不真面目、というしかない」

「それは——仰《おっしゃ》る通《とお》り。私も同感です、閣下」

従者は生真面目な顔で敬礼した。

真に実力と実績を持つ、誠実で真摯な者だけが、人類の守り手を名乗るべきだ。それが、コルマディノの結論だった。

「では、予定通りに仕掛けを進めよう。まずは落ち着きなさい。緊張しすぎては、何事も失敗するものだからね」

　その言葉は、自分自身にも言い聞かせるものだ。

　自分の声はいかにも余裕があって、思慮深く聞こえているだろうか。やるべきことをすべて知っていて、何もかも熟慮の上に積み重ねたような言葉に。そうでなければ、偉業を成し遂げることはできない。

（私は、英雄になろうとは思わない）

　ただ、最善の方法を求めたとき、これ以外にないというだけだ。自分にしかできない。これほど真面目に、人類の未来を考えている軍人がどれだけいるというのか？　多くの者が人類の勝利などというあり得ない理想を求めている。

（妄想家どもめ）

　拳を握りしめ、その苛《いら》立《だ》ちを表には出さないように抑えた。

「まずは、ミローズ大司祭に連絡を。次に『先生』。あとは……いえ……」

　少し悩み、決断する。いまの自分に打てる手はすべて打つ。

「テヴィーにも。例の『聖女』と面会しましょう」

　共生派は必ず勝利する。

　コルマディノはそれを確信できる——人類と魔王現象の共存と平和。

　決して自分から望んだものではないが、これこそ英雄の偉業に他ならないだろう。

刑罰：ルフ・アロス聖選介入工作　1

――ルフ・アロス開門祭まで、残り九日。

パトーシェ・キヴィアが、妙なことをやっていた。

木剣を、革で覆ったものを振り回す。その武器とも呼べないような棒切れで、突っ込んでくる軍人を殴り倒していた。

（なんだこれ……）

あまりにも野蛮な光景に、ドッタはただ怯えるしかない。

凍えるような寒空の下、白昼堂々。軍営の訓練場で、正規兵を懲罰勇者が打ち据える。そんなことをやろうと考えるのは、ザイロかジェイスぐらいのものだと思っていた。薄々気づいてはいたが、パトーシェもまた育ちがいいだけの、暴力の国からやってきた暴力の民なのではなかろうか。

パトーシェに突き倒された軍人は、唸《うな》り声《ごえ》をあげてしばらく立てない。あの苛烈な打突を見るに、骨が折れていてもおかしくなかった。それともただ痛すぎるだけか。

「悪くはない。特に受けの反応は見事」

と、木剣を構えたままそれを見下ろし、パトーシェは軽く息をついた。

「が、持久力に課題がありそうだな。切っ先が下がってきたのが自分でもわかっただろう。構えを維持する筋力の鍛錬が必要だ」

そういう助言までして、彼女は額の汗を拭った。ドッタはその姿を見て思う。

（怖すぎる）

他人が悶絶《もんぜつ》するほど強烈な打撃を加えておいて、その平然とした上から目線はなんなのだろう。ザイロもジェイスもそういうところはある――が、助言を受けた方に恨みがましいような目つきはない。むしろ素直に受け入れているように見える。特殊な趣味の人間なのかもしれない。

「次！」

倒れた軍人が運び出されると、パトーシェは大声をあげた。

すると次の軍人が、また革で覆った棒を持って進み出てくる。そして今度は三度か四度、棒をぶつけ合わせたかと思うと、パトーシェは相手の腹部を強《したた》かに突いた。

その一撃で、屈強そうに見えた軍人が崩れ落ちる。

「反応速度と筋力は申し分ないが、思考を使っていない。相手の挙動を予測して、次の手を打て。腹への突きは防げたはずだ――次！」

次から次へと、パトーシェの前には軍人が進み出ては殴り倒される。

これは、特殊な趣味の人間がよほど多いということなのか。どうも『稽古をつけている』というやつらしいが、ドッタからすれば、殴られて上達することなどあるのかと思わずにはいられない。

それにパトーシエ・キヴィアは懲罰勇者だ。このような場に立つことがそもそも許されているのかどうかわからないし、そんな輩《やから》の助言をみんなが聞き入れている様子なのも謎だ。もっと軽蔑されるか、憎悪の目で見られるのが普通だとドッタは思っていた。

――しかし、それにも増して、いっそう不可解なこともある。

（観客がやたら多くない？）

訓練場を取り巻いて、軍服も着ていない連中がうろついている。それはつまり、彼らが休暇であって、単なる趣味でここに来て観戦しているということを意味する。

たとえばツァーヴ。

訓練場の隅で、珍しく大きな新聞のようなものを広げ、何やら珍しく真面目な――だがツァーヴ特有のどこかだらしのない顔で、文字を書きつけていた。

その彼に聞いてみたところ、

「パトーシェ姐《ねえ》さん、めちゃくちゃ強いんスよ」

と、ドッタからすれば理解不能な答えが返ってきた。

「武器持って一対一なら、ジェイスさんでも危ないんじゃないスかね。喧嘩《けんか》ならザイロの兄貴が勝つかもっスけど、普通にやったら無理だと思いますよ！　いやー、少なくともオレは絶対やりたくないっスね！　あ、もちろん暗殺するってなると話は別なんスけど――」

「ちょ、ちょっと、そういうことじゃなくて」

ドッタは際限のないツァーヴの長い解説を聞くつもりはなかった。終わらないからだ。

「なんでそれを見てる人が多いの？　楽しいの、これ？　参考にしてるの？」

「違いますって――あ、それってドッタさん、もしかして」

ツァーヴはそこで何かに思い至ったようだ。

「軍隊の行事とかぜんぜん知識なかったりします？　オレは潜り込んだりしたことあるんで、ちょっと詳しいっスよ！」

「うん、まあ……ちっとも興味ないし……」

「なるほど！　つまりドッタさん、アレ知らないんスね。捧剣祭のこと。貴族さんたちは結構見に来てるんですけどねえ」

「ああ」

捧剣祭。その響きで、ドッタは多くのことを直感的に察した。

いまパトーシェたちがやっている棒で殴り合うやつを、大々的なお祭り騒ぎにしたものだろう。どっちが派手にやられたかを判定して、勝者を決めるというような。

「王都に駐留してる各部隊が代表を立てて、一番強いやつを決めるんスよ。王室とか宰相さまとかも見に来るデカい行事っスね。それが明日！　いま一番アツいイベントっスよ！」

「……もうわかった。それで賭けてるんでしょ」

「そりゃもちろん！　賭けないわけないじゃないスか！　部隊のメンツと金を賭けた大勝負ってわけです。胴元が貴族の人たちなんで、結構な金が動くんスよね！　ほぼ公式っスよ、こんなの」

道理で、ツァーヴが新聞を広げていると思った。

それは各部隊の代表選手を印刷した、情報誌のようなものであるらしかった。色々な名前が似顔絵つきで書いてある。その隣にある数字は、賭けたときの倍率か。

「パトーシェ姐さんがああやっていろんな連中に稽古つけてるんで、こっちはそれを参考にできるってわけっス」

ツァーヴは周囲の観客や、パトーシェと手合わせするために並んでいる連中を見た。順調に一人ずつ順番に殴り倒されていっている。

「あんな感じで、誰がどのくらい強いかわかりますからね。へへ！」

「姐さん呼びするとまた怒られるよ……っていうか、それならパトーシェに賭けたら？　いまのところ一番強そうに見えるけど」

「残念ながら、パトーシェ姐さんは参加できないんスよね。なんか、一度でも優勝したことある人は無理みたいで」

「パトーシェ、優勝したことあるんだ……」

「だからみんな見に来てるわけっスね。姐さんと戦えば、誰がどれだけ強いのかわかりやすいし。嚙ませ犬？　とはちょっと違うか。姐さんが嚙む方だもんな」

「じゃあ、パトーシェがめちゃくちゃ律儀に助言してあげてるのはなんで？　利用されてるのがわかってないの？」

「いや。ありゃ完全に性格ですね、あの人の」

ツァーヴはまた何やら自分なりの解釈らしきものを、新聞紙面に書きつけた。

「適当に体裁だけつくろっておけばいいのに。いやー、あの人マジで面白いっスよね」

「まあ、ぼくから見ても超面白いときがあるけど」

「ですよねぇ。でもまあ、助かりますよ。結構レベル高い勝負があるし、予想が捗《はかど》る」

ツァーヴの趣味の悪さには付き合いきれないときがある。思えば、ザイロやジェイスも似たところがあった。殴り合ったり、蹴とばし合ったりする人間を見るのが好きなのだ。

「今回は優勝候補が他に三人もいるんスよね。ドッタさん、誰が来ると思います？　事前情報を踏まえて考えるとですね、オレはやっぱりこの、北部第四方面軍所属のアデラト・フゼルにするべきかなって。なにしろ聖騎士団長の参加は禁止なんで、だいぶ予想難しいっスよ！」

「それならザイロとかジェイスは？　あの二人が出るなら、あの二人のどっちかじゃないの？」

「残念ながら、ザイロ兄貴も優勝経験者なんスよ。ジェイスさんなんていまは特例で実家帰っちゃってるし。ニーリィ姐さんが出るならダントツで優勝候補っスけど！　へへへ」

予想が難しいと言っている割には、楽しそうだ。

賭博か――と、ドッタは考える。自分はあまり強い方ではない。特にツァーヴのように、緻密に情報や確率を調べ、勝率を上げていくという楽しみ方は自分には向いていない。せいぜい小金を賭けて運試しをするぐらいにとどめておくべきだろう。

「さあ、次！」

と、パトーシェが叫んでいた。

新手が棒きれを構えて進み出る。また似たような対峙《たいじ》と、棒きれでの殴り合いが始まる。素早い攻防。打撃をかいくぐり、パトーシェが半歩踏み込み、肩と顎を打った。相手が悶絶する。

（自分には関係のない世界の話だ）

そう断定する。街に出て遊ぶのが性に合っている。

「ところでツァーヴ、明日の夜ヒマ？　一緒に遊びに行かない？」

「え！　女の子のいるお店とかっスか！」

「うん、まあ……そういう……せめて、嘘でもいいからぼくに優しい人がいるお店行きたいなって。あと……焼き肉とか？　久しぶりに、焼いた分厚い肉食べたい……」

「行きます行きます！　明日は捧剣祭の賭けでボロ儲《もう》けする予定なんで！　明日の夜ならオレが奢《おご》ってあげてもいいくらいっスよ！」

「ツァーヴのそれ、いつもすごい外れるからなあ……」

「今回は鉄板ですって。まあ、なんか飛び入り参加もあるみたいだし、倍率はまだ確定してないんスけど……手持ちの軍票はぜんぶ突っ込むつもりなんで、任せてください！　絶対大丈夫！」

それが一番危ないということは、ドッタにもわかった。負けたら一文無しになるということだ。

しかし、ツァーヴがその気になっているなら止めることもできない。

「ついでに温泉行きましょうよ！　蒸し風呂付きの温泉！　うおっ、超楽しみ！」

まあいいか、とドッタは思う。久しぶりの、第一王都での休暇だ。次はいつになるかわからない。大都市での豪遊を満喫してもいいだろう。それができるだけの資金は、今日中にでも稼ぎ出すつもりでいた。

（平和ってすごいな。最高だな）

ドッタは冬季の休戦期に感謝した。

——そういうときに限って、災難が降りかかってくるものだった。

◆

「というわけで、ドッタ。あなたにお願いしたいんですよね」

その夜、ベネティムに呼び出され、ドッタは意味不明な言葉を聞かされた。

「ぜひ、我が懲罰勇者部隊を代表して、明日の捧剣祭に出てください」

「え」

ドッタは当然のように、即答することができなかった。二度ほどいまの言葉を反芻《はんすう》し、首を右に捻り、それから左に捻ってから、聞き返す。

「……なんて？　ベネティム、いま、ぼくに何にどうしろっていう感じのことを言ったの？」

「捧剣祭に出てください。我々を代表して」

「いや」

ドッタは我ながら凄《すさ》まじい勢いで首を振ったと思う。

「いやいやいやいやいやいやいやいや。無理でしょ。よりにもよって、なんでぼく？　しかも明日って、なにそれ。他にそういうの得意な人がいくらでもいるじゃん！」

「それがねえ、実はいないんですよ。パトーシェとザイロくんは参加できないし、ジェイスくんは帰省しちゃってるし……本当は皆さんに頼みたかったですよ。私も悩みました。頭が痛くなるほど」

実際、頭痛を感じているように、ベネティムはこめかみを指先で揉《も》んだ。

顔色も悪いし、目の下の隈《くま》もひどい。この休暇に入ってからというもの、ベネティムはいつも具合が悪そうにしている。よほど気がかりなことがあるのかもしれない。

だが、ベネティムに限ってはまるで信用できない。ただ単に具合が悪いだけという可能性がある。

「そうなると、ドッタ。他にこの大競技祭に適任の方がいると思いますか？」

「いや、いるでしょ！　ほら、ツァーヴとかも――」

「絶対に相手に重傷を負わせますよ。最悪だと殺すかも。そうしたら我々、休暇取り消しで全員次の作戦まで監獄入りですよ」

「ああ……」

ドッタはその光景が思い浮かぶ。牢獄《ろうごく》で残りの休暇を過ごすしかないなんて、ぞっとする。

「じゃあ、タツヤとか」

「余計に無理ですね、タツヤはそういうのが一番苦手なんです。以前、できるだけ手加減してくださいとお願いしたときには、相手の両手両足を完全に破壊しました」

「……そう」

ライノーの名前はあえて出さない。あの男こそ、何をしでかすかわかったものではないからだ。時として常識をまるで理解していないような気配がある。そしてノルガユは論外だ。

「つまり、ドッタ。きみしかいないというわけです」

「そんな！　ぼくはそういう、争いごとが嫌いだし――」

「うるせえな、お前は」

　と、いきなり低い声で言った人物がいる。

「ごちゃごちゃ言わずにやれ。お前しかいねえんだ」

　ザイロだ。さっきからずっと、ベネティムの傍らで不機嫌そうな顔をしていた。もっともそれはいつも通りの表情という意味でもある。

「俺たちだって悩んだよ、少しは勝てる見込みのある戦いをしたいからな」

「じゃあ、ぼくはやめた方がいいじゃん……」

　鋭すぎる眼光に晒されながら、ドッタはそれに耐え、勇気を振り絞った。ここが勝負どころだ。

「ザイロ、仮面とか被って出なよ。謎の猟奇殺人鬼みたいな設定でさ」

「ぶっ飛ばすぞ。遊びじゃねえんだ――ベネティム、お前も『名案かも』みたいな顔してるんじゃねえよ！　そんな怪しいやつが参加できるわけねえだろ」

「ですよね。私もそう思います。ふざけている場合ではないんですよ、ドッタ」

　ベネティムは一瞬で表情を変え、意見を取り繕った。なんという変わり身の速さ。ドッタはいつも驚愕させられる。

「とにかく、ベネティムからの指揮官命令だ。ドッタ、お前が出ろ」

「指揮官って言っても、ただのベネティムじゃん！　やだよ！」

「一応、ほんとに形だけとはいえ、俺らに命令権限持ってんだぞ！　言うことを聞け！　軍隊をなんだと思ってんだよ！」

「知らないよ！　やらない！　用事を思い出したから、ぼくはちょっと外出を――」

「――そうはさせるか」

身を翻し、脱出しようとしたところで、首根っこを捕獲された。恐ろしく素早く、しかも妙に長い気がする右腕だった。そこには包帯が巻かれている。

「逃げるな、首吊《くびっ》り狐《ぎつね》。捧剣祭とは面白そうじゃないか」

――トリシール。さっきからドッタの背後に控えていた女だ。彼女も一緒にこのベネティムの部屋に呼ばれていた。というより、勝手についてきた。

トリシールは親の仇《かたき》を見るような目で見下ろしてくる。

「貴様に白兵戦技の訓練をつけるいい機会だ。ぜひ受けろ」

「ええ……？　ぼくの回答、聞いてなかった？　ずーっと嫌って言ってたんだけど……」

「貴様の感想など聞いていない。受けろ。――それとも」

トリシールは包帯に包まれた右手を、ドッタの首に巻き付けた。

「ここで重傷を負い、残りの休暇期間を修理場で過ごすか？　それもいいだろうな」

「ま、待って！　待って待って待って！」

首を絞め上げるように力をこめられて、ドッタは悲鳴をあげさせられた。

「ど、どうなのそれ！　本当にぼくが出て意味あるのっ？　勝てないよ！」

「そこをどうにかしてもらう。勝つんだよ」

ザイロの顔つきは本気だ。冗談や嫌がらせでドッタを困らせているわけではないらしい。そのことが余計に困る。それに、気にもなってくる。

「なんでそんなに勝たなきゃいけないの……？　負けたらとんでもないことになるの？」

「色々あるんだよ。色々あるけど、お前にその色々の部分を聞かせても混乱するし、意味ねえだろ」

「あ。でも、嘘の理由であれば、私が説明することもできますよ。さる高貴なお方の密命で、我々は人類を滅ぼさんとする邪悪な者たちの陰謀を打破する宿命を与えられ——」

「いや、よく考えたら意味なかった……。ベネティムのそれは余計にいらない」

加速度的に気分が悪くなっていくのを感じる。それはたぶん、トリシールに首を絞められているせいだけではないはずだ。

「……ちなみに、その……捧剣祭って、怪《け》我《が》とかすることあるの？　降参したらそれで終わりとかにならない？」

「我々懲罰勇者部隊は、たいへん軽蔑されており、あるいは憎悪されています。パトーシェやジェイスくんがちょっと特殊な事例であるだけです。ドッタ、あなたの場合は……」

ベネティムは平然とした顔で、ドッタにもわかる予測を告げる。

「降参したとしても、聞こえなかった振りをして骨の二本や三本は壊しにかかるでしょうね。革を被せた木の棒でも、そのくらいの威力はあるらしいです」

「聞いたか。よかったな、首吊り狐」

トリシールは口の端を歪めた。底意地の悪い笑い方だ、とドッタはいつも思う。

「修理場で休暇を送ることにならないよう、訓練を積む必要が出てきたな？　私が相手になってやろうじゃないか。今夜一晩から明日の昼までに、お前を戦えるようにしてやる」

「当然、俺も手伝う。お前には勝ってもらわなきゃ困るからな」

ザイロまで余計な善意を発揮してきた。

ルフ・アロス。せっかくの華やかな新年の祭りを前にして、自分の休暇が暗澹《あんたん》とした闇に沈んでいくのを感じた。

◆

ぎっ、と、床板の軋《きし》む音がした。

トリシールが滑るように踏み込んでくる。彼女が左手に持った木剣はよく見えていた。

頭上から叩きつけてくる——いや、違う。そう見せかけて、別の場所を打つつもりだ。軸足を見ればわかる。大きな体重の変化。

では、どこを狙っているのか？

（ぜんぜんわからない）

と、ドッタは思った。なぜなら、頭上から木剣が迫った瞬間に目を閉じたからだ。

直後、腹部に衝撃。分厚い革の胴巻き越しでも強い痛みが走った。

(超痛いじゃん。これが防具なんて嘘だよ、絶対に)

ドッタは思わずうずくまってしまう。その首に、木剣が突きつけられた。

「目を閉じてどうする」

トリシールは呆れているというより、理解できないという顔をしていた。

そうやって見下ろされると、やはり背の高い女だ。あのパトーシェ・キヴィアよりは少し低いだろうか――いくぶん細身なため、そのようにも見える。なんとなくの雰囲気としては、パトーシェをものすごく大型の狼《おおかみ》だとしたら、こちらはネコ科の肉食獣だろう。

「貴様、それだけ私の動きを捉えておいて、目を閉じてはなんの意味もないだろう」

「……そんなこと言ったたって」

ドッタはどうにか声を絞り出す。すでに腹だけではなく、それ以外にもあちこち打ち据えられていたし、疲れてもいた。

ザイロたちはこんな窮屈な防具一式を身に着けながら、飛んだり跳ねたりするというのだから信じられない。それと、思った以上に木剣が重たく感じた。

(向いてないんだよな)

つくづくそう感じる。

ドッタはついにその場に寝転がった。軍営の中にある、訓練場の一つだった。もっとも粗末で狭く、設備は古い。もうすぐ取り壊される予定のいまにも崩れそうな建物。日の光もほとんど入ってこないため薄暗い。大競技祭が近いいま、懲罰勇者部隊が使えるのは、こういう『正規兵は危ないので使用禁止』の施設ぐらいのものだった。

「木の棒が自分を殴るために近づいてきたら、普通は目を閉じるでしょ……」

「馬鹿なのか。目を閉じたらかわせないだろう」

トリシールの叱責はめちゃくちゃであるように思えた。意味不明だ。

「痛い思いをしたくなければ、最後まで目を開いていればいい」

「慣れないと無理だよ」

「慣れろ。そのためにやっている」

めちゃくちゃなことを、と、やはりドッタは思った。

そういうのに慣れるのは、それなりの訓練と心構えが必要ではないか。一朝一夕で自分のような『実は全然やる気がない』種類の人間が達成できることではない気がする。

だが、そんな口答えをすると怒られるのはわかっていたので、ドッタは何も言わなかった。

「何やってんだよ」

ザイロまで、横から野次を飛ばしてくる。

「トリシールがそこまでゆっくりやってくれてるだろ。なかなかないぞ、このレベルの使い手が超・入門編から稽古つけてくれるなんて」

「正直、ストレスがたまる」

トリシールはザイロを振り返った。

「ここまで自分を制御して打ち合うのは初めてだ。この男、目はいいようだが、それをまったく活《い》かせていない」

「そうだな。身体能力的に言って、ドッタは才能がないわけじゃねえんだが……」

「それはよくわかる。むしろ、もう少し速めてみるべきか」

「お、咄嗟《とっさ》の反射に期待するわけか？　死ぬ寸前の攻防で、コツを摑む……。たしかに、たまにそういうやつもいた」

「や、や、やめて！　絶対！」

ドッタは慌てて否定した。大怪我をする未来しか見えなかったからだ。

（超・入門編なんて絶対に嘘だよ）

トリシールの訓練は、ドッタにとっては過酷すぎた。

容赦なく木剣で打ち込んでくる。最初に右手は使わないと宣言し、左手一本だけでやっていたが、まったく相手にならない。好きに反撃してもいいと言われても、まるでその機会がない。

とはいえ、ザイロに訓練をつけられるよりは少しはマシなのかもしれなかった。たぶん彼は容赦なく骨を折ったりしてくる。

ザイロいわく――訓練不足のために実戦で死ぬようなやつは、周囲を巻き添えにして死ぬ。それなら訓練で出撃不能になっておいてもらった方がいい、とのことだった。これを聞いたとき、ドッタは震えあがった。野蛮すぎる。

「いいか、もう何度も言ってるけど、コツは一つだ」

ザイロは何度繰り返したかわからない。無意味な助言を投げてくる。

「お前の場合は押し合いとかする必要はない。たった一度だけ攻撃を避けて、相手の身体《からだ》にその棒切れを叩き込む。やることは簡単だろ？」

ザイロは無茶なことを言ってきた。それができれば苦労はしない。

「それができたら苦労はしないよ！」

「だろうな。それをするために、みんな苦労してる。それでもお前の場合は、正直言ってかなり有利な場所からスタートしてるんだ。他の連中よりな。たった一晩の付け焼き刃でも、ちょっとは勝つ見込みがあるから鍛えてるんだ」

ザイロは床に胡坐《あぐら》をかいたまま、さっきから手入れをしていたらしいナイフを弄ぶ。

「お前には素質がある。たとえば」

喋りながら片手でナイフを放り投げてくる——手首のスナップを使った瞬時の投擲《とうてき》。慌てて首をすくめたドッタの頬をかすめ、背後の壁に突き立つ。

「うわっ！　な、なに、なにするんだよ！」

「いま、やっぱり避けようとしたな。見えてたわけだ。普通は無理だが、お前にはできる」

「いや、あの……できれば……こういう戦い方じゃなくて」

何もかも無茶苦茶だ。ドッタはせめて訴えようとした。

「無抵抗な相手を一方的に攻撃できるような戦い方が、ぼくには向いてるんじゃないかと思うんだけど。攻撃から身を守るようなのはどうも苦手で……」

「アホかお前？」

「貴様は何を言っている」

ザイロとトリシールの形相が変わった。言わなきゃよかった——ドッタは大いに反省した。特にトリシールは、そのよく伸びる右手でドッタの襟首を摑んだ。

「それではお前が強くなるという目的が達成できんだろうが！」

「前から思ってたけど、トリシールはなんでぼくを強くしようとするわけ……？」

「お前には英雄になってもらわなければ困るからだ」

「困ることあるかなあ」

「ある！　まず、私はそういう契約で雇われているということが一点」

どん、と、トリシールは木剣で床板を突いた。

「私の誇りを救うためが二点目。……それからついでに、お前に借りがあることが三点目。以上だ」

雇われている、という言葉を聞いたとき、ザイロが少し目を細めた気がする。ただ、ドッタはそれどころではなかった。

「きみの誇りはともかく」

ドッタの脳は、その部分を積極的に脇に置いておくことにした。個人の精神的な問題に、他人が関与するようなことではないと確信しているからだ。

「きみに貸しなんて作ったっけ……？」

「……覚えていなければ、それで結構だ」

トリシールはくすんだ赤色の髪を掻きあげ、不機嫌そうに鼻を鳴らした。

「本当に一応、偶然、極めて非合理的かつ不条理な形でできた借りだ！　しかし、やってもらわなければ私が困る！」

トリシールは、ドッタの眼前に木剣を突きつけた。

「休憩は終わりだ。やるぞ。木剣を取れ」

「ええ……？　もう？」

「さっさと立て。でなければそのまま打ち据える。せめて私に右手を使わせてみせろ。それができれば、うまい飯くらいは奢ってやろう」

トリシールは挑発するように笑ったが、ドッタはおそらく無理だろうと予想する。

「気前がいいな、トリシール」

ザイロは笑った。

「ドッタのことをずいぶん買ってるみたいじゃないか」

「……お前は」

どういうわけか、トリシールは呆れたようだった。

「なぜその観察能力を常に活性化させておくことができない？　フレンシィ・マスティボルトが憤慨していた」

「フレンシィが？　お前、そういえば第二王都のときにやたらと仲良くなってたな。あいつから何を言われたにしても、俺本人の前で悪口はやめろよ」

「なるほど、見下げ果てた男だな。それ以外に言及することはない」

「悪口はやめろっつってんだろ！」

ザイロとトリシールの意味不明なやりとりを聞きながら、ドッタは絶望的な気分で思う。

このままでは殺されてしまう――対策を考えなければ。

◆

「……というわけで、きみに相談なんだけど」

ライノーの部屋を訪れるのは気が進まなかったが、他に相手がいなかった。

「ぼく、どうすればいいと思う？」

一応、ツァーヴにも相談してみた。

が、彼は腹を抱えて爆笑した挙げ句に「この話で爆笑させて窒息死させせましょうよ！」と主張して何の解決策も示してくれなかったし、そのまま「忙しい」と言って夜遊びに出かけてしまった。懲罰勇者の夜間外出は制限されているはずだが、まあ、自分にも簡単にできることなのでツァーヴも何か抜け出す方法を思いついたのだろう。

あとの人員については、とても相談できる相手ではなかった。

パトーシェもベネティムもノルガユも、この手の話をする意味がない。よって、やむを得ず――

本当にやむを得ず、ライノーしかいなかったわけだ。

部屋の隅で壁に向かって歩き続けるタツヤのことはすごく気になったが、ライノーに言わせるとそれは「いつものこと」らしかった。疲れればそのうち止まる、と言われても、これは怖い。

ドッタは改めてタツヤと同室になりたくないという思いを新たにした。

「たしかに、同志ドッタが直面しているのは難しい問題だね」

と、ライノーは朗らかにうなずいた。

「なぜ難しいか説明しよう。まず、出場選手を僕なりに調べてみたんだ」

そうして彼はツァーヴが持っていたものとよく似た、捧剣祭に関する新聞を手に取る。

夕方にちょっと話しただけだが、その間に情報収集を済ませておいたようだ。こういう妙な面倒見の良さがライノーにはあり、ありがたいことではあるが、やっぱりどこかその器用さが不気味に思えるのはなぜだろう。

「優勝候補は四人。筆頭は、北部第四方面軍所属のアデラト・フゼル。歴戦の軍人ってところかな。『無駄口を嫌う寡黙な男で、嵐のような南方剣術の連撃を得意とする』――らしいね」

新聞には似顔絵が描いてある。厳《いか》めしい目つきの、長髪の男だ。いかにも強者といった様子ではないか。勝てる気がしない。

「めちゃくちゃ強そうなんだけど……」

「そうだね。実際、去年の捧剣祭では堂々の準優勝だ。大変な強敵といっていいだろう」

嬉しそうに言うライノーには、まったく共感できない。ドッタは自分が嵐のような連撃で切り刻まれる未来しか見えない。

「で、このアデラト・フゼルとほぼ同じ倍率で注目されているのが、第十聖騎士団のハイネ・ブカ・タンゼ。普段は温和でおしゃべり好きな女性らしいね。こっちは強烈な一撃を重視する東方剣術の使い手で、『崖裂き』の異名を持っている」

ライノーの指が、さらに紙面を動く。

「人間の女性は筋力で男性に劣る傾向があるようだけど、彼女は聖印を使って補助しているのかな。それとも鍛錬で大差のない動きができるのかな――まあ刃物で相手を刺し殺すだけなら、筋力が問題にならない場面もあるからね」

ライノーは興味深そうに言うが、どうも恐ろしげな印象しか湧いてこない。

アデラトもハイネも、どちらも絶対に戦いたくないと思わせるような触れ込みだ。そんな恐ろしい連中の戦いを見たいと思うのは、どういう神経をしているのだろうか。

「それから、ちょっと評価は落ちるみたいだけど、北方剣術の名手でユベイト・ルドミッシェン。捌《さば》きによる高い防衛技術と、精密な刺突の使い手だとか」

「あんまり参考にならないなあ……で、四人目は？」

「きみだよ、同志ドッタ」

「え」

「懲罰勇者部隊を代表して、あの同志ジェイスを押しのけて出場するということで期待されているのかもね。なかなかの倍率になっているよ」

ライノーの言う通り――ドッタは目を見開いてその紙面を見た。

紙面の名は『リビオ記』。

そこにはやけに凶暴そうなドッタの似顔絵らしきものがあり、『懲罰勇者の切り札。何匹もの魔王現象を葬ってきた恐怖の《首吊り狐》。正規兵どもを血祭りにあげると豪語する。誰がこの悪魔を止められるだろうか？』とまで書かれている。

「なっ、なっ、なっ」

ドッタは言葉を失った。

「なにこれ！　ひ、ひどくない？」

「すごいよね。いやあ、そそる紹介文じゃないかな？」

「ぜんぜんそそらないよ！　誰が書いたんだよ、こんなの！」

「まあ、それはともかく。ここにはすでに一回戦の相手も記載されているんだけど——ほら。きみと戦う相手は、これだ」

ライノーの指がさらに別の対戦相手を示した。

「ユベイト・ルドミッシェン」

「それって、あのー……たったいま聞いた気がする……」

「三番手の優勝候補ってところだね。つまり、まぐれや付け焼き刃で勝つのは無理だ」

「駄目じゃん！」

ドッタは天井を仰いで叫んだ。

「怪我したくないのに……あの、本当はぼく、マジで超弱いんですって言ったら手加減してくれないかな……」

「その作戦の成功率は高くないと思う。きみの悪名は轟《とどろ》いているし、この紙面の調子で世間に紹介されているしね」

「ぼくが何をしたっていうんだよ……」

「窃盗のことじゃないかな？　私有財産を盗まれると、人はとても不愉快になるらしい」

「うう」

ドッタは何か言い訳を考えようとした――だが何も思いつかなかった。自分の窃盗を正当化することさえできないし、ドッタは罪悪感に浸るという高等な思考回路も持っていない。

ただ、すごく嫌だなあ、と思った。

「だから手加減は期待できないね。刺突が主体の相手だけど、骨ぐらいは折ってくるかもしれない。そもそも懲罰勇者は殺しても生き返るからね……最悪殺してもいいつもりで来るなら、訓練用の木剣でも命が危ない可能性がある」

「どうすればいいのさ！　あの、事前に棄権とか……」

「うん。僕が代わりに出てあげられればいいんだけど、同志ザイロから止められていてね」

残る手段は、試合開始をして正々堂々と、『降参』を叫ぶぐらいしかない。そう、いきなり『降参』をして――それで相手が止まればいいのだが。止まらずに一度か二度は殴られる。審判もたぶん止めない。もはやドッタにはそれが確実なことのように思えた。

「というわけで、普通にやったら、きみに勝ち目はない。そこで、僕が提案できる作戦は、たった一つだね」

ライノーは穏やかに微笑みながら、新聞を畳んだ。

「要するに、相手が自分より弱くなってくれればいい」

「……というと？」

「一人ずつ闇討ちしよう」

◆

「――それで？」

俺が部屋に戻ってくるなり、パトーシェは待ちかねたように聞いてきた。

「ドッタの調子はどうだ。少しはできるようになったか？」

テオリッタを連れたパトーシェは、懲罰勇者の中でも比較的行動に自由が利く。テオリッタさえ伴っていれば、こうして俺たちの兵舎を訪問することぐらいは可能だった。テオリッタと、契約者である俺による、技術訓練という名目があるからだ。

だからこうして堂々とやってきて、談話用の粗末な卓に腰かけているわけだ。その隣には、当然テオリッタ。そしてあと一人――ベネティムがいかにも居心地悪そうにベッドに座っている。

以上、俺を含めて四名。

この四名が、アディフの厄介な『悪だくみ』に関与する人員だ。この現実には泣きそうになるが、他に頼れる者がいないのだから仕方がない。ジェイスは実家に帰っているし、ノルガユはその手の陰謀を聞くと烈火のごとく怒り出しそうだ。ライノーはこういう話には関わらせたくないと思わせる何かがある。

ただ一人、ツァーヴは――いま、別の仕事を頼んでいる。うまくやってくれるといいのだが。

「トリシールはかなりの技量の持ち主だ」

パトーシェはそんな風に、あの傭兵《ようへい》の女を評した。一度交戦した分、よくわかるのだろう。

「貴様と二人がかりで鍛えれば、少しは成果が上がっているはずだ。私が見る限り、ドッタには素質がある。回避と反撃の一手だけでも、相当に戦えるだろう」

「そうなのですか？」

温めた牛乳のカップを両手で抱えながら、テオリッタが意外そうな顔をした。

「あのドッタに……戦いの素質が？　私は、私の呼び出す剣を、ドッタに使ってもらいたいとはまったく思えないのですが……」

「あくまでも、素質の話です。テオリッタ様」

パトーシェは丁寧に解説する。俺なら適当な軽口を言うところだ。

「ドッタには常人離れした動体視力と、反射神経、そして意外な瞬発力があります。剣術の基礎さえ覚えれば、大きく化ける可能性があると感じました」

「なるほど……そうですか、ドッタにはそれほどの才能が……！」

「宝の持ち腐れだけどな。っていうか、あいつは争いごとに向いてない」

どうもテオリッタが妙な希望を感じたようだったので、俺は私見を口にすることにした。

「誰かと争うってことが苦手なんだ。そもそも、その必要がないってのが問題だと思う。白兵戦だろうが商売だろうが、誰かよりうまくやろうって気持ちがあって、それで上達するよな。普通は。ドッタは完全にそういう競争原理の外側にいる」

ドッタには、生きるために誰かと争うという発想が欠けている。必要なものがあれば盗めばいいからだ。金を払う必要がないから、貨幣経済に関わりがない。

誰かと争って何かを手に入れる必要がない。欲しいものがあれば、ただ盗めばいい。それができてしまう。窃盗に関しては、異常な天才であるということ――それがまさに、闘争心を持てないという根本的な問題だ。

「ドッタには強くなりたいって気持ちがないし、たぶん理解できてない」

「大問題だな。荒療治が必要か……。それも、今日中に」

「やめとけ、無意味だ。たぶんあいつが死ぬだけで終わる」

パトーシェが言いたいことはよくわかる。兵隊がよくやる、死の寸前すれすれを潜《くぐ》り抜《ぬ》ける実戦。あるいはそれに近い地獄の特訓。それで顔つきが変わる兵士というのはたしかにいる。

ただ、ドッタの場合は本当に死にかねない。

パトーシェは深刻な顔をしてみせる。

「期待ができそうにない……それはわかった。ならば、どうするつもりだ？」

「捧剣祭に勝利して、聖選での護衛部隊に参加し、なおかつ活動資金を調達する。その方策が根底から崩れ去るぞ」

「だよな。本番でのドッタの覚醒を祈ってみるか？」

「……本当に貴様自身、それに期待できると思うか？」

「思えない。くそ。最初から無理だったか……？　っつーか、他にも気にしなきゃいけないことがあるよな。ベネティム！」

俺は部屋の奥の、死んだ目で何かの新聞を広げていた男を呼ぶ。

「神殿の方はどうだ？　対立候補を調べてくるって言ってたけど……どうにかなったのか？」

「はい。聞き出してきましたよ」

あっさり『聞き出してきた』とベネティムは言ったが、そう簡単なことではない。誰がどのくらい有利な状況なのか。それは各勢力とよほど親密でなければわからないように思える。

「どうやって調べたんだ？　いつもの嘘じゃねえだろうな」

「え？　いえ……それはもちろん、もう賭博が始まってて、倍率も出ていたので。昔の伝手《つて》を使って取材という触れ込みで、冒険者ギルドを訪問しました」

「おい……要するに、あれか？　誰が首席大司祭になるかで、賭けが始まってるわけか？　冒険者ギルドとか、あの辺の連中の間で」

「捧剣祭より盛り上がっていますね」

世も末、という感じだが、冒険者みたいな連中に信仰上の道徳を説いても始まらない。

「現在、立候補を表明しているのは三名。もっとも高齢で保守派のカルネ大司祭、次に大規模な改革を訴えるダフェリー大司祭——それから中立派のミローズ大司祭です」

「そのうちの誰かが、共生派ってわけか」

それは間違いないだろう。アディフは共生派が神殿の頂点に立つことを警戒していた。

「……これは私見だが。いま言った中だと、ミローズ大司祭だろうな」

パトーシェが口を挟んできた。さすがに詳しいらしい。

「中立的な姿勢といえば聞こえはいいが、それはつまり、票を集めるために手段を選ばないということだ。必要があれば共生派とも手を組むだろう。それに――」

一度、彼女は言葉を切った。声から感情を消すための間だったのだろう。

「私の叔父と親しかった。その名前がよく出てきたのを覚えている」

それなら、たしかに確定に近い。そのパトーシェの言葉の意味を、ベネティムはちゃんと理解したわけではないだろうが、たぶん勢いでうなずいて先を続ける。

「そのミローズ大司祭が、もっとも有利な候補者になっていますね」

「賭けの倍率が低かったってことか。世間的に見て、そんなに有利なのか？」

「ええ。なにしろまず選挙資金が豊富で、ええと……その背景には……」

今度は、ベネティムが言《い》い淀《よど》んだ。

「どうやら、ヴァークル開拓公社が資金を提供しているようです。公社全体で、だいぶ支援していますね。こういうの、法に触れないんでしょうかね？」

「ヴァークルが？　さすがにデマだろ、そんなこと――いや」

あり得ない、と言おうとしてやめた。ヴァークル社は、もともと行政室が出資して創設された営利団体だ。当初は連合王国によってコントロールされていたが、いまはもうほとんど民間運営に近い状態になっている。

主な事業は開拓。それはかつて辺境を中心に出現した、魔王現象や異形《フェアリー》との戦いを支援することを意味する。要するに聖印兵器の開発だ。本来なら共生派とは相容《あいい》れない存在——であるはずだが、ただ一点、ヴァークルには営利団体らしく、行政室とはまた別の行動原理がある。

すなわち、儲かるためならなんでもやる。

ミローズというやつが中立派であるというのなら、共生派とも手を組みつつ、ヴァークル社とも特権的な利益を約束することは十分にあり得た。ヴァークル社の最終的な狙いはわからないが、神殿への影響を強めることは、間違いなく得だと判断しているのだろう。

「頭が痛いな。ここまで悪い報告しか聞いてねえぞ。しかも、ニコルド・イブートンってやつは立候補する気がないんだな？」

「そのようですね。噂によると、本人は権力や派閥争いにまったく興味がないらしいです。もちろん彼を推薦する他の大司祭もいないので、そもそも聖選の投票対象にすらなっていません」

見上げた根性だ。嫌いな態度ではないが、いまの俺たちにとってはたまったものではない。

「それから、ですね。さらに……」

「さらに？　おい。まだあるのかよ、不利な要素が。言ってみろ」

「怒らないなら言います……」

「怒らねえから、言え！　さっさと！」

「いま、ドッタが、兵舎の壁を乗り越えるところを見ました。ライノーも一緒に」

ベネティムの目は、窓の外を見ていた。

もしかすると、ドッタだけなら見つからなかったかもしれない。ライノーを連れていたがゆえの失敗。そういう風にも言える。

「なにか、こう、だいぶ嫌な予感がしませんか？」

「する……！　あの二人の組み合わせがすげえ不吉だ。最悪だよ」

俺は机に拳を叩きつけたくなった。どいつもこいつも。

「ベネティム。俺はちょっと出かけてくるから、お前はなんか名案考えとけ。イブートンを舞台に上げて、金を稼いで護衛して聖選に勝たせる方法だ。任せた」

「え」

「パトーシェ、テオリッタを連れて兵舎に戻れ。もう寝る時間だ」

「出かけるつもりだな。私も行こう。あの二人が何をやらかすか、わかったものではない」

「いや……俺がどうにかする。お前は体力を温存してくれ」

俺はパトーシェの肩を叩き、立ち上がる。

「昼間に他の部隊の相手させられてただろ、寝とけ。正直言ってこの状況じゃ、まともに頼りにできるのはお前しかいない。消耗するなよ。俺がストレスで死ぬ」

「ん、んんっ」

パトーシェは咳《せき》ばらいをした。

「ほ、ほ、褒めても……何も出ないぞ！」

「わかってる」

俺はナイフを一本だけ手に取る。いつもの剣帯を装備するには時間がない。

ドッタを止めるだけなら、これでも十分すぎる。このときはそう思った。

◆

息を潜めて、夜の路地に滑り出す。

街路の聖印灯が、降りしきる雪を青白く照らしていた。まだまだ降るだろう。

（寒いな。さっさと終わらせよう）

軍営を抜け出すのは、ドッタにとっては簡単なことだった。数枚の布切れと、折り曲げた金属片があればいい。簡易的な鉤縄《かぎなわ》だ。それを使って、壁の忍び返しを飛び越えることもできる。兵士の巡回にも隙間はある。

ただ、心配だった要素が一点——今日の脱出者は、自分だけではないということだ。足を引っ張られる恐れはあったが、意外に身軽な同行者で助かった。

「うん。誰もいないし、大丈夫そうだね」

ライノーは、その大柄な体に見合わぬ俊敏さでドッタに続いていた。

彼は赤茶けた首巻きでその口元を覆っていた。ついでに帽子と、いつもジェイスがつけているようなゴーグルまで備えている。ドッタも似たような風体だった。

「トリシール嬢は、ちゃんと眠っているかな？」

「かなり飲んでたから、間違いない……たぶん」

ドッタはトリシールを酔わせるために費やした物資のことを思う。

（あれは高くついたな。楽しみにしてたんだけど）

北方産のウィスキー。イアード家の『紫耀《しよう》』と呼ばれる銘柄の中でも、二十年ほど熟成させた原酒を用いた逸品だった。

「ではよかった。彼女は特殊な目を持っているようだからね」

雪に足跡を残して歩きながら、ライノーは大きくうなずいた。

「遠くの標的が見えるんだって？　そういう『聖痕』だね、あれは」

「ぼくも本人から聞いたよ。怖いよね……」

「うん。怖いね……」

ライノーの口調はいつも一定で、何を考えているかわかりづらいところがある。だが、いまの一言にはなんとなく本気がこめられているような気がした。

「では、段取りを確認しておこう」

「わかってるよ。ユベイト・ルドミッシェン……さんの屋敷《やしき》に忍び込んで、大競技祭で使い物にならなくなってもらうんでしょ」

闇討ちの対象を考えたとき、まずやるべきは、やはり彼だろう。最初に戦うことになる相手だ。

今夜中には、強そうな相手を何人か片づけておかなければいけない。時間をかけずに、さっさと始末しに行くべきだ。

(明日までとか。時間がなさすぎる……)

ドッタはなんとなく居心地が悪くなり、深い緑色の首巻きを鼻先まで引き上げた。

「手際よくやらないと……。ただ、殺しは厳禁だからね。ライノー、わかってる?」

「もちろん、わかっているよ。殺しはよくない。きっと大きな事件になると思うし、別の代表剣士が選ばれるだけだから」

ユベイト・ルドミッシェンは、聖騎士団とは別の陸軍兵団に所属している。

アバネッカ方面軍３８１隊という、北方への守りの部隊らしい。たとえ何らかの理由で出場が不可能となっても、代わりの兵士はいくらでもいると考えられた。

「単純に骨を折ったり、大怪我を負わせるのもよくないね。それでもやっぱり代理が出るだけだと思う。同志ドッタのような目的を持っている場合、意外と闇討ちは繊細な仕事になる。申し訳ないけれど、僕には名案が浮かばなかったな」

「うん。だから、毒を使うことにした」

ドッタは懐から、小さな瓶を取り出してみせた。それも複数。

「一番いいのは、こっちの強力な下剤かなあ。明日の朝の食べ物とかに仕込んでおこうと思って」

「ああ――なるほど、非致死性の毒! 素晴らしいね、同志ドッタ。きみの知恵には時々敬服せざるを得ないことがある」

「それとこっちは風邪ひいたときみたいに怠《だる》くなるやつ……」

「そんなものまで」

「で、これはちょっと時間差で吐き気がものすごくなるやつ……」

「お見事」

ライノーは小さく拍手をした。大げさな反応だとドッタは思った。

「……まあ、もちろん、あっちに隙があればね……単純に蹴ったり殴ったりしてもいいんだけど」

「ああ。適切な打撲傷を与えるだけでも、さらに戦力は低くなるだろうね」

「や、でも、それはあんまり自信ないなあ……達人は寝てても殺気に気づくとかいうじゃん……」

「そんなことはないよ。同志ドッタ、きみの隠密《おんみつ》技術は常軌を逸している。就寝時の奇襲がうまくいく確率は高いと思う」

「でもぼく、前に寝てるザイロを蹴とばそうとしたら、足を摑まれてその後ひどい目に遭ったんだけど。なんなのあれ？」

「いや。それは同志ザイロがちょっとおかしいんだ。彼の場合は――」

ライノーは言いかけて、急に口をつぐんだ。ドッタも気づいていた。違和感がある。

（音だ）

この静かな真夜中の第一王都の、高級住宅街に――騒音。誰かの怒鳴る声。金属音。雪を踏み荒らす音――だろうか。ドッタは耳を澄ませた。

「戦闘しているね」

ライノーは断定的に言った。

「向こうだ」

ドッタはつい、ライノーの指差す先を覗いてしまった。曲がり角の向こう。長く続く白い石壁の、街路の先——一台の馬車が横倒しになっている。車輪が砕けていて、黒い煙が見えた。

（なんだ、あれ。何があったんだ？）

さらにその馬車の傍ら。誰かがいる。それも複数。

ドッタは目を凝らす。闇の奥に人を見るときは、人そのものを見るよりも、少し焦点をずらして輪郭を見た方がいい。数は七。そのうち一人を、六人が囲んでいる構図——その一人の足元には、倒れている人間の体が三つ、四つ。

「な、なっ、なに？　あれ、どうなってるの！」

倒れている人間は死んでいるな、と、ドッタは直感した。そして動転した。

「ああ。……これは意外だね。先客がいたのかな？　どうだろう？」

悩むように、ライノーは首を捻った。どこか呑気な仕草だった。

「あの囲まれて襲われているのが、僕らの標的だね」

「えっ？　え、どういうことさ？　なんでっ？」

「ユベイト・ルドミッシェンだよ。いままさに闇討ちに遭っているようだ」

「それって」

ドッタは自分の声が弾むのを感じた。これはツキが向いてきたのかもしれない。

そのユベイト・ルドミッシェンらしき男は、壁を背にすることで、片手の剣一本を振るって敵の攻撃を実によく捌いている。が、すでに手傷を負わされていた。

「ぼくらはこれを見守っていればいいってこと？　やった！」

「いや、そう好都合にはいかないみたいだね。どうやら相手は……」

ライノーの声が、妙に乾燥したものに聞こえた。

「ユベイト氏を殺そうとしているらしい」

「それはまずいよ！」

ドッタは即答した。

「殺されたら、次の誰かが代表になるじゃん！　そいつに対処してる暇ないよ！」

「その可能性は高いね」

「たっ、た、たっ」

ドッタはそこで唾を飲み込んだ。

「助けなきゃ！」

言いにくかったが、言い切るしかない。そうでなければ、どう見ても多勢に無勢——ユベイト・ルドミッシェンが殺されて終わりという結末しか思いつかない。そして彼が死んでしまえば、次の代表選手を探って闇討ちなどしている暇はない。

なぜこんな時間に、ユベイト・ルドミッシェンが屋敷の外に出ているのか。軍の仕事というのはそれほど忙しいのか。それとも別の理由か。そんな人物がなぜ襲われているのか。

――そうしたことに、分析的な理由をつけられるドッタではない。ただ、すぐに対処しなければならないことだけはわかった。

「うん！　助けるというのは実にいいね。さすが同志ドッタ」

ライノーが満面の笑みでうなずいた。

「僕もぜひそうしようと思っていたところだ」

なんでそんな呑気なんだ、とドッタは思った。なんだか理不尽な気がしてきた。自分一人だけ、やたらと神経をすり減らしている。なんとかライノーにも――いや。こんな不可解で想定外な事態を引き起こしたやつらにも、自分の嫌な気分の半分だけでも味わわせてやりたい。

だからドッタは怒鳴るように言った。

「いいから、急いで！　ライノーは正面から突っ込んでいいから！　ぼくは――」

ライノーに無茶な役割を押し付けて、ドッタは壁に足をかけた。

「上から行く」

そして一気に駆け上がる。

靴底と爪先に、小さな鉤爪をつけている。手袋には握力を強化し、物体に吸着する仕組みの聖印。それらを使うことで、ドッタはたいていの壁面を駆け上がることができた。短距離ならば壁を走ることも難しくはない。

このときはライノーが雪煙を蹴立てて突進したことにより、敵の注意も逸《そ》れていた。

「失礼」

と、ライノーは一言律儀に断って、襲撃者どもの只中《ただなか》に突っ込んだ。右手に短い棒——鉄の棒だ。そんな武器を持っていたのか。その棒で振り返りかけた相手の側頭部を、思い切り殴りつけている。

がんっ、という強烈な音。相手が倒れる。

「なんだ？」

と、襲撃者の一人が声をあげた。無理やりに冷静を装おうとしていたのが、その声でわかった。

黒い覆面の、大柄な男。その頭上から、ドッタは素早く飛び降りた。死角をとって、相手に反応はさせない。手を伸ばし、首に腕を巻き付けたところで、勝負は決まった。

（嫌だな）

ドッタは手の平に握ったナイフで、その覆面男の首を掻き切った。血の飛沫《ひまつ》が盛大に飛び散り、雪を濡《ぬ》らす。念のために胸も刺す——こちらは肋骨《ろっこつ》に阻まれて、うまくは刺せなかった。

（この感触、どうも苦手だ……）

ドッタが殺人を嫌う理由は二つある。

一つは気味の悪い手応え。実は肉を捌くのも苦手だ。それに二つ目は、人を殺すと面倒なことが多いからだ。大抵誰かに怒られる。それに、相手からの反撃で殺される可能性もある。死体の処理も憂鬱だ。

が、要するにそれさえ気にしなければ、ドッタの殺しは軽快だった。

「あなたたちは——」

いきなり二人の人員を失った襲撃者たち以上に、ユベイト・ルドミッシェンも混乱していた。

とはいえ、さすがに熟達した剣士というところか。片手剣をしなやかに閃《ひらめ》かせ、さらにもう一人の襲撃者の胸元を深々と貫いている。

「何者ですか？　捜査官……ではありませんね。軍の護衛……？　あ、いや……」

間近で見たユベイトは、ひどく消耗しているようだった。淡い金色の髪が、額に汗で張り付いている。その頭部から出血――殴られたのかもしれない。あとは左腕、左足に創傷。

「いずれにせよ、助かりました。すみません」

喘《あえ》ぐように言った、その体が傾いて、壁に背中をつけた。

「油断しました。共生派……グエン＝モーサの暗殺者。ここまでのことを、してくるとは……」

何か勘違いされている、と思った。しかし訂正している暇はない。

「ちっ」

という短い舌打ちが聞こえたからだ。

「密偵の羽虫どもめ。援軍を用意していたのか……！」

残った三人の襲撃者が一斉に動いた。うち一人が、ドッタを狙っている。眼帯の男。低く構えた両刃の短剣――その刀身に、聖印が刻まれていた。それに三角形のくさび形の印もある。ひどく不気味だった。

ドッタはその刀身に炎が宿るのを見た。

「罪を断つ光を！」

眼帯の男が低く唸り、短剣を一振りする。火の粉が散り、雪がまばゆく照らし出された。

（うわ）

燃える剣が、ドッタを狙って突き込まれる。聖印兵器だ。パトーシェが使うような物騒な代物。

切っ先で揺らぎ、うねる炎が蛇のようだった。

振り回されるのを、大きく飛《と》び退《の》いて避ける。その隙に、眼帯の男は怒鳴った。

「『人形』を起こせ！　一人も逃がすな！」

「わかってる。起きろ！　やれ！」

誰かの命令と、鈴が鳴るような音。横倒しになっていた馬車の陰で、巨大な獣が起き上がった。

そんな印象を受けたが、実際にはライノーよりも少し大きいくらいだろう。それに獣ではない――

鉄細工と針金をでたらめに寄せ集めて、ねじって、強引に人間の形にしたような存在。

（なにこれ）

と、ドッタは思った。

「きぎ。きぃッ」

軋むような音が、頭部にあたる部分から響いた。鳴き声なのかもしれない。

眼帯の男は『人形』、と呼んだような気がする。しかしドッタが思うに、これはそんな可愛《かわい》いものではない。これも聖印兵器なのだろうか？　それとも、ドッタが知らない東方や西方の生き物という可能性もある。

「援護しろ。まずは小さいのを殺す」

眼帯の男と、『人形』。その両者がドッタを狙っているのは明らかだ。

（どうしよ）

ドッタは助けを求めようとした――が、ユベイトにもライノーにも、そんな暇がないのはわかりきっていた。

◆

襲撃者の刃は炎を散らし、鋼の『人形』が起き上がる。

そんな状況で、ドッタがまずとった行動は単純だった。それはおおよそ剣術や闘争の常識を外れていたが、ドッタにとってはいつも通りのことだ。

つまり、背を向けて逃げるということ。とはいえ逃げる先は壁しかない。

「ちっ」

眼帯の男の舌打ち。

「貴様、逃げるな！」

眼帯の男が、めちゃくちゃなことを怒鳴る。おまけに刃が振るわれて、背中に熱を感じた。

（冗談じゃない。逃げるよ）

とにかく強烈な殺意。そこから少しでも距離をとりたい一心だった。雪を蹴立てて壁に飛びつく。

靴の裏。爪先の『爪』を引っかけ、するりとヤモリのように這い上った。

「きぎぎぎぎっ」

鋼の『人形』が腕らしきものを振り回して追ってくる。壁が砕けるが、崩れるほどではない。

これで、壁の上まで退避するのは一直線だった。

(危なすぎる。まともに相手してられないよ)

ドッタは壁の上まで瞬く間に這い上り、地上を見下ろす。そして構える。壁を這い上り、剣を突き込もうとしてくる眼帯の男を、視界の中央に捉える。

(やっぱり、ぼくに向いてる戦い方っていうのは――)

用意してきたのは、いつもより短い雷杖。

(一方的に無抵抗な相手を攻撃する感じのやつだよな)

製品名は『クアディ』。ヴァークル社が開発した新型の雷杖らしい――その性能と威力は見たことがある。自分向きの道具だと思った。

(いけ)

ドッタの構えた『クアディ』の先端から稲妻が迸《ほとばし》った。

飛び散るように、同時に、何条も。その狙いは焦点を微妙に外し、標的を捉え損ねてはいたが、それでもいくつかの雷は眼帯の男の体を焼いていた。肩、腕、胸、腹部――炎の剣を取り落とすくらいには、強烈に。

(すごい。ぼくでも余裕で当たる)

『クアディ』は散光式という射撃形態を採用した雷杖だった。

いくつもの雷を同時に、広範囲に浴びせる種類の雷杖。一発撃てばすぐに蓄光弾倉を交換する必要がある、非効率な代物——ではあるが、状況によってはその制圧力が効果を発揮する。

たとえば、ドッタのような雷杖の狙いに長けていない人間でも、十分に近づければ必ず当たる。

ドッタにとっては、いままで使おうと思えなかった道具だ。そもそもこんな距離まで敵を近づけたくなかったからだ。

しかし——このところどうも雲行きが怪しすぎる。特にトリシールの存在が。無茶苦茶な作戦に自分を引っ張り出して使おうとしているとしか思えない。だから、これを持ってきた。

「貴様！　……その雷杖……！」

眼帯の男は顔を歪めて、煙を上げる右手で剣を拾い上げようとした。ドッタはそれを許さない。武器をなくした相手なら、いくらでも強気になれる。全身が凶器のような連中も懲罰勇者部隊にはいるが、こいつはそうじゃない。

そう——ザイロやジェイスやパトーシェに比べれば、こんな相手は、恐れる対象ではなかった。

「えっと」

ドッタは跳躍し、眼帯の男の頭上に飛びついた。

「あの……化けて出ないでね、ほんとに」

「か、——ぐっ」

暴れようとする相手の首を、そのまま一息に掻き切る。刃を寝かせて胸も刺す。すぐに抵抗はなくなった。問題は、もう一つ。

「ギイ。ギリ」

鋼の『人形』。針金を撚《よ》り合《あ》わせたような腕をしならせ、ドッタを殴りつけてくる。飛び込み前転のような形で回避するしかない。眼帯の男が取り落とした剣を拾う。『クアディ』は蓄光弾倉がもう切れた。交換の暇はない。

（やるしかない。そうだ。ザイロや、トリシールみたいに！）

ドッタは短い剣を振るった。聖印を起動させると、火の粉が飛ぶ。

「いけっ」

剣を一閃《いっせん》。炎を纏《まと》った刃が、『人形』に命中する。それはドッタが初めて放った斬撃といえる攻撃かもしれなかった。

「ぎぎ——いぃいいいッ」

強い咆哮《ほうこう》のような、金属音が響き渡った。痛みを感じたのかもしれない。刃は表面の鋼を削り、炎はそれを炙《あぶ》った。それでも『人形』は止まらない。絶対的に腕力が足りていなかった。

「やば。ぜんぜん効いてないじゃん！」

ドッタは思わず呟《つぶや》いた。

鋼の『人形』が腕を振り下ろす。今度こそ致命的——直撃する。回避する余地はない。剣なんて握って、「攻撃」を意識したからだ。余計なことをしなきゃよかった。

衝撃。咄嗟に防御しようとした左腕が折れたか、あるいは肩か。

（痛いな。ってか、痛すぎる！　最悪……！）

なすすべなく転がる。鋼の『人形』が躊躇《ちゅうちょ》なく追撃してくる。

これは死んだか。そんな思いがよぎったとき、ドッタはその声を聞いていた。野蛮で凶暴な声。

「どけ、アホ！」

背後から伸びてきた手が、ドッタを引きずり倒した。続いて衝突音。

鋼の『人形』の腕を、ナイフが弾いて逸らすのを見た。やたらと大きな、目つきの悪すぎる色黒の男。ザイロだ。間違いない。ザイロが、鋼の『人形』からの打撃を防いだようだった。

（なんでザイロがこんなところに？）

ドッタはそんな疑問を口に出せる状況にない。

「面倒なことに首を突っ込みやがって」

そうやって毒づいてからのザイロの動きは、ドッタにはよくわからなかった。

ザイロが左手の平を鋼の『人形』に触れさせたかと思うと、『人形』はぎしっ、と異様な音をたてて動きを止めた。続いてナイフが突き込まれる。『人形』の脇の下だ。装甲のようになっている鋼の継《つ》ぎ接《は》ぎにも、ちゃんと隙間があったのだろう。

そして、信じられない脚力で蹴とばして——二秒後には、爆発。『人形』に突き刺さったナイフが光を放ち、破壊を生む。だが、完全には仕留められない。

体の一部がごっそり砕けても、『人形』は動きを止めなかった。

「き、ぎ、き」

やはりそれは鳴き声なのか。いくぶんかすれた金属音とともに、人形が突っ込んでくる。

「しぶといな、こいつ」

ザイロは次のナイフを引き抜こうとして、顔をしかめる。いつもの剣帯がない。

「……くそっ。間抜けか、俺は！」

ナイフを握りしめようとしたザイロの手は、そのまま拳となる。

（無茶だ。いくらザイロでも）

素手でこの相手に勝てるとは思えない。『人形』が腕を振り回してくる。ザイロがかわす。わずかに距離を離す――それでも背後は壁だ。後がない。

（まずいって！）

ドッタはどうにか剣を握り直す。ザイロがやったように、隙間だ。あの『人形』の装甲、その隙間を狙って刺す。

（やらないと。死ぬかも……！）

決意を固める。頭の奥が冷える、一瞬の集中。

壊れかけの『人形』が真横に吹き飛んだのは、その直後のことだった。ばむっ、と、少しくぐもったような音。先ほどのザイロのナイフよりも強烈な閃光。轟音《ごうおん》。通りの向こうまで響き渡ったかもしれない。

人形は原形をとどめないほど粉々に吹き飛び、勢い余って壁に激突した。

「うん。威力はなかなかだね」

ライノーだ。彼は奇妙な器具を腕に着けていた。白い籠手、のように見えるが、それにしては不格好で大きすぎる。ライノーのような大男でも明らかに似合っていない。

ザイロは白い息を吐いて、握り拳を緩める。だらりと腕を下げた。

「物騒なおもちゃだな。なんだよ、それ？」

「そこの馬車の中にあったものを借りたんだ。砲甲冑《ほうかっちゅう》の、最新型ってところかな？　籠手だけでも砲撃できる仕組みのようだね」

ライノーは淡々と呟きながら、白い籠手を外す。その腕が焼け焦げていた。煙が立ち上る。

「ただ、まだまだ試作版だと思う。弾数はたった一発。威力は弱いし、反動もこの通り。大火傷《おおやけど》したよ。まともな人間が使えるような代物じゃなさそうだね」

「お前は使えたたな」

「はは！」

ザイロの言葉に、ライノーは明るく笑った。どこか空虚な明るさだった。

「一度だけだよ。痛すぎるから、二度とやらないさ」

ザイロは何も答えない。というより、答えても無意味だと思ったのかもしれない。白い息を深く吐いて整えると、『人形』の残骸を見下ろす。まだ、金属片がわずかに蠢《うごめ》いていた。千切れたはずの虫の手足のように。

「まだ生きてるな。この感じ」

ザイロの目は鉄片を見つめる。脈打つような動き。

「信じられないが、たぶんこいつは異形《フェアリー》だ。金属組成の人型だからノッカー……じゃないな。金属がそのまま異形《フェアリー》化してやがる。もしかして新種か？　冗談じゃねえぞ」

「あ、あのさ。異形《フェアリー》、って言った？」

ドッタは左腕の激痛に耐えながら、どうにかそれだけ口にした。

「なんで、異形《フェアリー》が……ここ、王都だよ？　あり得ないでしょ……！」

「こいつらがあり得ない連中なんだろ」

ザイロは何かを凝視していた。ドッタが右手に握りしめていた、火を吹く剣だ。その刀身には聖印と——それから、くさび形の奇妙な紋章が刻まれている。

「くそっ」

ザイロは頭の雪を払い、ドッタを振り返る。

「お前、なにをしようとしてた？」

いつものことだが、彼が怒っているのかどうか、ドッタには区別がつかない。たぶん半分ずつだろう。ドッタに対しての怒りと、この状況に対する怒りではないか。そんな風に思う。

「まあ、言わなくてもだいたいわかるけどな。お前と、ラ……違う。あのバカが組んでる時点で、すでに嫌な予感がしてたんだよ」

「いやあ……そうかなあ……？」

とにかく、戦闘は終わった。

後には、雪の上に転がる死体がいくつか。それと派手な血痕。

(疲れた。もういやだ)

ドッタは白い息を吐き出し、その場にうずくまった。全身がだるい。こんな運動をする羽目になるとは思わなかった。それ以上に左腕が痛すぎて動かない。

（なんだよ、もう……絶対に折れてるじゃん……）

最悪だ、と、ドッタは思った。これだから戦いは嫌なのだ。痛いし疲れるし、いいことが一つもない。とにかく応急処置をしなければ。

「帰るぞ」

と、ザイロも言った。

「明日は捧剣祭だ。説教は後にしてやる」

「え？　それは申し訳ない、まだ目的を果たしていないんだ」

ライノーは白い籠手を外し、剣を拾い上げた。

「出場者の闇討ちが終わっていなくてね。ちょっと予定を急がないと」

まだやるつもりだったのか。ドッタは呆れた。いくらなんでも、この状態から闇討ちを続行しようとはドッタも思えない。ザイロも開いた口が塞がらないようだった。

「お前……信じられねえ神経してんな。鉛でできてんのか、おい？」

「褒められているのかな？　僕もきみを尊敬しているよ。まるで鋼のような神経をしていると思う。ありがとう、同志ザイロ！」

あまりにも屈託のないその言葉に、ドッタもザイロも思わず目を剝《む》いた。

「ラ、……きみ、そのっ」

「おい、こら」

「うん？　どうしたのかな。まさか同志ザイロも負傷している？　同志ドッタの方は骨が折れているようだね、早急に処置を……」

「ちがっ、違うって！　名前！　ぼくらの名前、わざわざ言う必要ある？」

「そうだよっ、てめーはホント常識知らねえな！　何を考えてんだ！　なんでこの場面で――」

「……ドッタさん、ですか」

さらに別の、ザイロでもライノーでもない声が聞こえた。

ユベイト・ルドミッシェン。体のあちこちを負傷しているようだったが、それでもしっかりと立っていた。剣もまだ握っている。

「いや、あのー……ぼくらは実はですね」

ドッタはせめて言い訳をしようとした。ベネティムのようにすらすらとは出てこない。

「ええと。これはぜんぜん、あの、そういうアレではなくて……」

「助かりました。礼を言います」

ドッタは自分でも意味不明な言い訳をしようとしたが、その前に相手がいきなり頭を下げた。

「こちらの失態です。私は軍の内偵のために……共生派に潜り込んでいたのですが、想像以上に厳しい警戒でした。この通り、彼らは異形《フェアリー》まで持ち出してきた」

ユベイトはドッタにはまるで理解できない言葉を喋りながら、雪から何か拾い上げた。

それはドッタの帽子だ――いつの間にか落としていたらしい。彼はそれを、やや青ざめた顔でドッタに差し出した。絶対にこの人物は何かを勘違いしている。ドッタが直感したそれは確信に近いものだったが、あえて口にすることはない。

闇討ちしに来た、などとは言えるはずがないからだ。

「私はユベイト・ルドミッシェン。本来は第十二聖騎士団に籍を置いています。この借りはお返しします、ドッタ・ルズラスどのに……ライノーどのと、ザイロ・フォルバーツどの。噂の懲罰勇者はなるほど、予想もできない働きをしますね」

「え。なにそれ、聖騎士団？　第十二？」

ドッタはザイロの顔を見た。彼は亡霊でも見たような表情をしていた。これは珍しい。ユベイトも少し笑った。

「ええ。我々は、案外と色々なところにいますよ。……このことは、どうか内密に」

「状況がよくわからん」

ザイロは憮然《ぶぜん》とした顔で言う。

「説明してくれ。お前、いったいなんなんだ？　馬車には物騒な代物まで載せてやがった」

「それは日を改めて、ご説明の場を設けましょう。もう夜も遅い」

「大歓迎だな。そいつはお前らのボスの意向か？　この襲撃も、お前らの茶番じゃないだろうな？」

「ご安心を。あなたたちに助けられたことを含め、まったく予想外の事態でしたが、それゆえにいまここで接触しておく必要が出てきました。次はぜひ《女神》様とともに」

ザイロとユベイトの会話を聞きながら、ドッタは強く思った。

どうでもいいから、さっさと帰りたい。

◆

「……で、どうでした？」

ベネティムは、部屋でふてくされて寝ているツァーヴに声をかける。

その日はやるべきことが多く、朝からあちこちを駆け回らされた。結局、軍営に帰還したのは夕暮れ過ぎだった。すでに捧剣祭は終幕を迎え、会場の片づけが行われているのを途中で見た。

つまりツァーヴの顔を見れば、捧剣祭がどういう行方になったのかわかるということだ。

ベネティムには自分の考えがどれほど成功していたか、確認する必要があった。だから、ツァーヴとドッタが押し込められている部屋に足を運んだのだ。結果としてドッタの顔はなく、寝ころんでいるツァーヴだけがいた。

「捧剣祭、終わったんですよね。ドッタは試合に出てましたか？」

「はあ」

という生返事とともに、ツァーヴは勢いよく体を起こした。いつもの軽薄そうな顔にも、どこか覇気がない。

「ドッタさんね。出ましたよ、そりゃもうとんでもない泥仕合で。めちゃくちゃ野次飛ばされてましたけど。なにしろへなへな剣技の殴り合いだったんスから！　なにしろ、ドッタさん……なんか知らないっスけど左腕折れてましたもんね！」

喋りながら、ツァーヴは徐々に語調を強めていく。

「あのユベイトとかいう剣士も、訓練用の棒すらろくに持てない有り様だったんスよ。超ヘボい試合でした！　大損っスよ！」

「ええ……？　相手も怪我してたんですか？　ドッタ、やっぱり闇討ちとかしたんですかね」

ベネティムは顔をしかめた。これは予想外だ。余計なことをされて、指揮官の自分がなぜか怒られる羽目になるのは堪えがたい。

「ライノーとこっそり出かけて、ザイロくんがそれを追いかけて……帰ってきたらすごい機嫌悪かったんで聞けなかったんですけど。ツァーヴ、知ってます？」

「ぜんぜんわかんねっス！」

清々《すがすが》しく答えて、ツァーヴは片手に握っていた新聞を握りしめた。ぐしゃぐしゃに丸める。

「とにかくこっちは子供の喧嘩みたいな試合を見せられて、そりゃーまあ文句も言いたくなるってもんスよ。まあね、ある意味互角でしたけどね！　最後にはドッタさん疲れて降参するし。ユベイトさんも限界っつって次の試合棄権しちゃったし！」

ツァーヴは軽く鼻を鳴らす。どうやら、よほどひどい一戦だったらしい。

ベネティムはドッタの剣術など知らないし、見てもいないが、なにしろあのドッタだ。それと互角に見えたというのだから、ユベイトという騎士が相応に負傷していたか――あるいは極端に手を抜いたということになる。

「ドッタさんのその後はかなり笑えましたけどね。あの赤毛の姐さんに首根っこ摑まれて、引きずられていったんスよ」

「ああ……」

ベネティムはその光景をはっきりと思い浮かべることができた。

「トリシールさんでしたっけ？　マジでイラついてたみたいなんで、ありゃ間違いなくひどい目に遭ってますね。その後、病院に直行だろうな……ただでさえ骨折してるし」

「そ、そうですか……死んでないといいんですけど……」

「事務処理、面倒っスからねえ」

「はい、まあ、そうですね」

ベネティムは認めた。

形式上とはいえ懲罰勇者の指揮官である以上は、ベネティムにはそれに付随する様々な事務手続きをこなし――あるいはごまかすという仕事がある。懲罰勇者は軍の備品のような扱いであるため、戦闘行為以外で勝手に破損すると、それ相応の始末書が必要になってくる。

「で、ベネティムさん。あれってどうなんスか？」

「あれ……って？」

「ドッタさんの試合っスよ。わざわざドッタさんが出場するように指名したぐらいっスから、相手方と八百長の話でもついてたんスか？」

ツァーヴは軽薄に笑った。

「オレは大損でしたけどね！　これで軍資金もなくなったから、楽しいお出かけもなし！　ルフ・

アロスで遊ぶ計画が台無しっスよ。まさかアデラト・フゼルが負けるなんてなあ」

アデラト・フゼル。この大競技祭では、彼が優勝候補の筆頭だったはずだ。ベネティムはそこで安堵した。どうやらツァーヴの博打《ばくち》に対するツキのなさは本物らしい。

「じゃ、勝ったのは倍率二番手の？」

「そうっスね！　第十聖騎士団の、ハイネ・ブカ・タンゼ！　つっても最終的には倍率三番手に落ち着きましたけど」

ツァーヴは天井を見上げた。

「なんかドッタさんの前評判がめちゃくちゃ高かったせいで、逆にこの姉さんとかユベイトとかの倍率がかなり上がってて……ああ！　やっぱりこっちに賭けときゃよかった！」

「そうですか」

と、ベネティムは小さくうなずいた。胃が痛くなるような賭けは、まだこれが手始めだ。そのことを考えると気が滅《め》入《い》る。

ベネティムはツァーヴの予想を聞いたときから、ハイネ・ブカ・タンゼに賭けていた。あとは勝ったときのリターンが最大になるように賭けの倍率を操作することが重要で、それはベネティムの得意な領域だった。

懲罰勇者という名前があったおかげで期待が集まってくれたし、前日にパトーシェが見せた技量も効果的だった。当然、ベネティムもあちこちで記事を書き、根も葉もない噂を流し、その傾向操作に加担した。結果、ドッタの倍率は下がり、他の参加者の倍率は上がった。

聖騎士団内部の情報を集めて検討する限り、アデラト・フゼルとハイネ・ブカ・タンゼのどちらが勝つかは未知数だった——微妙なところだったが、ツァーヴとは逆の方に賭けることにした。もしもツァーヴが勝っていれば、今度は彼から儲け分を巻き上げる『デカい賭博』を持ち掛けるつもりでいたが、その必要はなさそうだ。

（とりあえず、着手資金はできましたけど……）

本当に、これからやるべきことを考えると胃も頭も痛くなる。なにしろ自分はこれから、神殿の首席大司祭の座をめぐって、より厄介な連中と競わねばならないのだから。

「あ。ベネティムさんも顔が暗いっスねえ！　まさか、アデラトに賭けてたクチっスか？」

「まあ、そんなところです」

ベネティムは引きつった顔で答えをはぐらかした。こういう顔をすると、相手は勝手にこちらの不幸を想像してくれることが多い。

ベネティムにはなんとなく考えていることがある。人間は他人の不幸を願いがちだ。あるいは、自分と同じくらいに不幸であってほしいと思いたがるのかもしれない。

「しょうがないっスねえ」

ツァーヴは片手の酒瓶を持ち上げてみせた。

「ドッタさんの秘蔵の一杯。入院したからもういらないっスよね。オレらとドッタさんの敗北に乾杯しますか！」

「それは名案ですね」

引きつったままの顔で、ベネティムは酒瓶を手に取る。このまま盛大に酔わないと、今日はまた眠れそうにない。

「ですがその前に、ツァーヴ。お願いした件はどうですか？」

「ああ。グエン＝モーサの。完璧っスよ、オレを誰だと思ってるんスか」

ツァーヴは自分に親指を向けた。

「間違いないっス。あいつら、共生派と手を組んでますね。グエン＝モーサ教団の執行人が動いてました。オレもさっき襲われたんスから確実っス！」

かつて港湾都市ヨーフでは、彼らの名を騙《かた》った偽物のような連中と戦った。冒険者ギルドの雇った刺客たち。ツァーヴに言わせれば、どうやら今度は本物であるようだった。

かつて神殿から異端として退けられ、その立場を追われた教団。《女神》に対する真の忠誠を持つというグエン＝モーサ。ベネティムはその主義主張を知らないし興味もないが、ツァーヴのような暗殺者を育てたのだから、危険な集団であることは間違いない。

「いままで地下に潜ってた分、鬱憤とか溜《た》まってたんスかねえ？　執行人の人数も増員してたし、めちゃくちゃに暴れるつもりですよ。オレを殺そうとしたやつを三人くらい返り討ちにして拷問して聞いたんで、間違いないっス」

拷問、という言葉に、ベネティムはなんとなく身の危険を感じた。ツァーヴはその気になれば、ベネティムでさえ躊躇なく拷問するだろうという確信がある。

「それでは、彼らはいったい何をするつもりでしょう？　めちゃくちゃに暴れるというのは……？

ザイロくんが気にしていましたよ」

「何をするかまでは、まだちょっと。返り討ちにしたのも下っ端だったんで、そこまで知らなかったみたいっスねえ」

「もう少し調査が必要、ですか」

「そういうこと。次はやつらのねぐらを探ります。まあ、目星はついてるんスけど」

ツァーヴは事もなげに言うが、危険なことではないのだろうか。

「では、追加の調査をお願いできますか？　もちろん、お礼はお支払いします」

「まいどあり！　へへへ。オレを使って正解っスよ。あいつらもかなり警戒してるみたいっスから、そこらのぼんくらじゃたちまち見つかって半殺しです」

ベネティムが差し出した軍票を、ツァーヴはすばやく掠《かす》め取《と》った。

「それにあいつら、マジで何かろくでもないこと考えてますね。異形《フェアリー》も飼ってるみたいだったし」

「ええ……？　グエン＝モーサというのは、仮にも神殿の一派だったんじゃないですか？　《女神》に対する信仰はどうなったんですか……。異形《フェアリー》を飼うのは、もうわけがわからないのでは？」

「へへへへ！　それがね、あいつらもうヤバいくらい追い詰められちゃって。《女神》を戦争の道具に使う人類は許せないってことで、むしろ魔王現象への即時降服、もしくは悪《あ》しき人類の全滅も辞さないって感じになってるんスよね……オレがいた頃から末期でしたよ」

ベネティムはどういう言葉を返せばいいのかわからなくなった。どうやらグエン＝モーサという教団は、《女神》に対する独自の忠誠を持っているらしい。それも、かなり破滅的な種類の。

「彼らが敵だとしたら、ツァーヴ……戦えるんですか？」

「え？　まあ、一対一で人間相手なら、たぶん教団の誰にでも勝てますけど……」

「いや、そうではなく。あの、かつて自分を育ててくれた親代わりとか……それとも先生とか……いるかもしれないと思いまして」

「ああ。そういうのっスか。へへへへ！」

軽薄でだらしのない笑い声が響く。

「師匠以外はもう殺したんで、大丈夫」

ベネティムはまた言葉を失った。この男の頭の中は、どうなっているのかまるでわからない。

「あ！　そうだ、オレの悲しい過去の話、聞きます？　世界一心優しいツァーヴくんと、育ての親との別れの物語！　これね、泣ける話で有名なんスよ」

始まってしまった。ベネティムは自分がツァーヴの導火線に何かを点火してしまったのを感じた。こうなるとツァーヴの話は止まらない。

「えーと、どこから話そうかな。ほら、まず、オレって育ての親が三人くらいいるじゃないスか？そのうち一人がですねえ――」

ベネティムは徹夜を覚悟した。

◆

「――はい。どうやら、問題ありませんね」

と、ドッタの骨折を診断した医師は、安心させるように微笑んだ。

青みがかった長髪の、中性的な顔立ちの医師だった。体形も華奢《きゃしゃ》で、男性か女性か、ドッタには判別がつかない。

「これならすぐに治るでしょう。幸い、この施療院にも血の《女神》のスプライトが備蓄されています。貴重なので多くを使うわけにはいきませんが、安静にすれば半月といったところですね」

「どうも……」

ドッタは頭を下げたが、絶望的な気分だった。それではルフ・アロスが終わってしまう。

「ところで、あの、お願いがあるんですけど。先生、ぼくの部隊の人たちには……」

「ええ。大丈夫です。ご連絡しておきましたよ。お見舞いに来ていただけるとのことでした」

その言葉で、ドッタは再び絶望に打ちひしがれた。お見舞い。その名目で、誰が来るかはなんとなくわかっている。逆のお願いをしようと思っていたのに。

「では、お大事に」

医師は立ち上がり、退出する。ドッタは、大部屋の病室の片隅に残された。そうなると、なぜか同じ病室の患者たちが声をかけてくる。

「おう、坊主、ツイてるな！　ディト先生に診てもらえるなんてよ！」

ディト、というのが、あの医師の名前のようだった。ずいぶんと元気そうだが、足を吊った男が向かいの病床にいた。たぶん兵士なのだろう。

「あの人はすげえ名医だぜ。肺の病気でずっと寝てたガキも、あっという間に治しちまった。安心しろよ！　なあ？」

「そうそう！　オレなんて頭蓋骨にヒビ入ってたんだが、すっかりよくなったよ。年明けには退院できるってよ」

「オレは心臓だ。もうダメかと思ってたが……あの先生の薬、本当に効くんだよなあ」

ドッタとしては、それを聞いても愛想笑いをするしかない。あの医師が名医だろうが、藪《やぶ》医者《いしゃ》だろうが、どっちでもよかった。問題は、この病室から逃げ場がないということだけだ。

（トリシールが来る）

暗黒の年末年始が訪れそうだった。

◆

——ルフ・アロス開門祭まで、残り七日。

あまり時間はない。だというのにその翌日の昼下がり、俺は出かけることを余儀なくされた。

目的地は、大通りに面した本屋だった。『白鈴堂』という。

その名の通り白い鈴が店先にぶらさがっている店で、店内はあまり広くない。登城のついでに俺も何度か訪れたことがある。品揃えはまあそこそこで、一度だけ掘り出し物を見かけた程度。

そこに、テオリッタを連れてくるように、とのことだった。ユベイト・ルドミッシェン——あの謎めいた、自称・第十二聖騎士団の男はそう言っていた。

いったいどうやってこんな店の中で会談するつもりなのか、とは思ったが、あまり気にしないことにする。第十二聖騎士団。ユベイトの言葉が本当なら、やつは極秘の諜報《ちょうほう》部隊だ。何か予想もつかない方法があるのだろう。

だから俺は時間より少し早く訪れて、まずは買い物を楽しむと決めていた。ちょうど探している本もあった。

「我が騎士！　本がとてもたくさんありますね！」

どういうわけか、テオリッタはやたらと興奮していた。そういえば、彼女を連れて書店に入るのは初めてかもしれない。

「気持ちはわかるが、一応、書店では静かにな」

「はいっ。……でも、これは大酒保とも比べ物にならないくらいですね。すごい……！」

そもそも書店を見たことがないのか、それとも俺に起動させられる前のことを覚えていないのか。それはわからないが、テオリッタはしきりと俺に本の価値を聞いてきた。

「我が騎士、これは？　面白い本ですか？　私でもいい感じに読めますか？」

手の平に収まるくらいの本で、詩集のようだ。題名は『星を掃く』。ラバテリオ・リウネス——近代と呼ばれる時期の詩人だ。五十年ほど前、まだ魔王現象が出没を始める前の時期の人物。

　ということはつまり、そこそこ難易度が高い。まず魔王現象が存在しないという文化背景を想像するのが難しいし、近代に至るまでの詩文の流れを把握していないと、何が面白いのかわからない節回しが出てくることもあるからだ。

「ちょっと難しいんじゃないか」

　俺は正直に言うことにする。そもそも、本を買うのにいきなり詩文は難易度が高すぎる。

「テオリッタなら、詩集よりも小説とかの方がいいだろ。読みやすいし」

「……私は、我が騎士と同じものを読みたいのですが」

　不満そうに唇を尖《とが》らせたテオリッタは、それでも大人しく本を棚に戻した。

「前提知識ってものがある。もっとわかりやすいのがいい。俺も読んだことのある話にするか？」

「では、ザイロが選んでください」

「ああ——そうだな。ちょっと探し物を終わらせたらな」

「ふうん？」

　テオリッタは、俺の探し物に興味を示したようだった。

「我が騎士は、何を探しているのですか？　やはり詩集ですか？　私も探してあげます」

「違う。『ウラド密記』って本だ。でかい図鑑みたいな」

「任せてください！　私が探します。ええと」

「待った。いま見つけた。そっちの棚に——あった、これだ」

「は、早すぎます！　私の活躍の場が……この第一王都に戻ってから、まったくありません！」

「仕方ない、こいつは有名な本だからな。どこの本屋にも一冊はあるぜ」

俺はその本を手に取る。大昔——古代に書かれたとされている本だ。第一次魔王討伐の際に召喚された英雄の一人が記したという。魔王現象どもが現れるまでは、伝説や神話の類だと思われていたが、すでに状況は変わった。いまでは歴史書、あるいは学術書と見做《みな》されている。

ここにはかつて現れた魔王現象や、異形《フェアリー》の名前が書き込まれている。行政室も新たな魔王現象が現れたときには、この記載を参考にして、性質や形状の似た魔王の名前を与えることになっている。

「じゃあ、一緒に調べてくれ」

俺はテオリッタにも見えるよう、『ウラド密記』を広げる。こうでもしないと拗《す》ねられそうだ。

「昨日、街中で異形《フェアリー》を見た。ノッカーに似てたが、完全に鉄で構成された人形……って感じの見た目をしてた。まだ人類が遭遇してない新種の異形《フェアリー》かもしれない」

「はいっ。ええと、鉄の……人形みたいな……」

テオリッタが本を凝視する。ページにふと影が落ちたのは、そのときだった。

「——そいつは『コブラン』だね、ザイロ・フォルバーツ」

聞き覚えのない声。伸びてきた指先がページをめくり、とある異形《フェアリー》の絵を指し示す。

「鋼の身体を持つ異形《フェアリー》だけど、ノッカーとは違う。武器や鎧《よろい》が異形《フェアリー》化したものだと言われている。きみの言う通り、まだ発見されていなかった新種だ。間違いないよ」

「あ？」

「むうっ」

俺とテオリッタが振り返るのは同時で、不満を口にしたのはテオリッタが先だった。

「また活躍を邪魔されました……。なんで言ってしまうのですか！　私が探し出すところだったのですから！」

「それは大変失礼しました、《女神》様」

おおげさに頭を下げたのは、えらく胡散臭い男だった。その理由は明白で、口元にどこか嗜虐《しぎゃく》的《てき》かつ胡散臭い笑みを浮かべているからだ。俺はこいつを見たことがある。たしか――

「あ！　ヨーフ市で、寝込んでいたザイロを見舞いに来た方ですね！」

「ご記憶いただけて光栄です」

この胡散臭い男。ヨーフで俺が寝込んでいるときにやってきた男か。諜報部員だと思っていたが、この分だと、正体はもっと呆気《あっけ》にとられるような人物だったらしい。

「ねっ。我が騎士！　見覚えありますよねっ」

「まあ……一応な」

「お名前を伺っていませんでした。挨拶は大事ですよ、お見舞いの方」

「それは失礼。第十二聖騎士団長。カフゼン・ダクロームと申します、《女神》テオリッタ」

仕草だけは礼儀正しい。こういうやつこそ信用できない。俺はカフゼンと名乗った男の背後に目をやった。聖騎士団長を名乗るなら、《女神》を連れていてもいいはずだ。誰もいない。

「お前は《女神》を連れてないんだな」

「エンフィーエは人見知りをするし、街中は危険で、万が一のことがあったら困るからね。きみたちにとっても彼女の存在は重要だ。ぼくの用心深さに感謝してほしいな」

「どういう意味だ？」

「そのままの意味だよ。説明してあげる気はないけど。エンフィーエに比べて、そちらの《女神》様は好奇心旺盛みたいだね」

あまりにも性格の悪そうなことを口にして、カフゼンはテオリッタに目をやった。

「よろしくお願いします、テオリッタ様。お二人の活躍は常々聞き及んでいましたよ」

「私たちのことを、よくご存じのようですね」

テオリッタは少し警戒したようだった。無意識だろうが、俺の外套の裾を握る。

「……そんなに有名なのですか？」

「それはもう、大人気ですよ。ザイロ・フォルバーツ、きみのこともよく知っている。同じ聖騎士団長だった頃から、ビュークス聖騎士団長と同じくらい注目していたよ」

「俺はお前のことなんて知らないけどな」

知っていたのは、それが実在するであろうという推測だけだ。

「いいのか？　秘密の聖騎士団がこんな街中で姿を見せて、しかも名乗るなんて」

「心配ないよ。この店は、我が第十二聖騎士団の所有する物件の一つであり——そして、店長はこのぼくだ。一応ね」

そんな馬鹿な、とは思った。ここの店長は、俺が学生の頃から白髪に眼鏡、肥満気味の老人だったはずだ――こんな変なやつじゃない、と言おうとしたが、店の奥を見てもカウンターに老人の姿は見えなかった。

変装、なのかもしれない。あるいはそれも嘘か。諜報部のやつは何一つ信用できない。

「ここなら自由に会話ができる。とはいえ、ぼくらは暇じゃないから手短に。第一王都で物騒な動きがあるのは知っているね？」

「あいつ。ユベイト・ルドミッシェン、だったか？」

俺は昨夜のことを思い出す。軽い頭痛とともに。

「なんか襲撃されてたよな。ウチのアホが一人、あいつを闇討ちしに行ったから……偶然、助ける形にはなった。あれは共生派が仕掛けた襲撃なのか？」

「正確に言うと、共生派と手を組んでる異端の教団。グエン＝モーサだ。知ってるだろう？」

ツァーヴの古巣だ。暗殺者を使うらしい、イカれた集団。

「彼らをはじめとして、神殿内部にも同調勢力がいる」

「ひでえ状況だな。信仰心はどうしたんだよ」

「信仰ゆえに、共生派に従うってこともあるさ。《女神》を兵器として使うことに反対してね……哀れな《女神》を解放すべしという主張だ。魔王現象との和平。一部の人類を定期的に食料として捧げることで、《女神》を戦いの運命から救済できるとすれば、きみはどう思う？」

腹が立ったので俺は何も言わなかった。ただ、テオリッタは俺の外套の裾を掴んだまま、尊大に胸を張った。

「彼らは間違っています。私がどういう存在であるかは、私が望むものです。人類を庇護《ひご》する偉大な存在でありたいからです！」

彼女はひどく怒っている。俺にはそれが伝わってくる。焦げつくような怒りだった。

「哀れに思うのは失礼ではありませんか！」

「そうかもしれませんね。彼らがそれを聞き入れるかどうかは別の話ですが」

突き放したようなカフゼンの言い方。やはり気に食わない。俺は何か文句を言おうとして、またやめた。こいつに言っても無意味だ。

「そうした勢力を取り込んで、共生派が現在どのくらいの規模の戦力を持っているのか、ぼくらも完全には把握できていない」

「つまり、お前らの職務怠慢ってわけだ。そうだろ？」

「耳が痛いね」

カフゼンは傍らの詩集を手に取り、無意味にぱらぱらとめくって、また戻した。まるで興味がなさそうな目つき。アルトヤード・コメッテの詩集だぞ——と俺は思った。こいつとはまるで気が合いそうにない。

「ぼくらも人手不足は深刻だ。数々の陰謀に対処するには、とても手が足りない」

「第三の《女神》はどうした？　未来予知でどうにかならないのか」

「未来の《女神》の予知は、ヴァリガーヒ沿岸の港湾施設への先制攻撃を察知した」

カフゼンは平然とそれを口にする。

「そちらを防がなくてはならない。春季攻勢の計画自体が消滅しかねないからね。それにガルトゥイルではちょっとした問題が起きてる――北へ向かう輸送部隊が失踪したんだ」

「失踪？　全滅じゃなくてか？」

「そう。実際は全滅だと思うけど、死体は持ち去られていた。ぼくらも、これはかなり脅威度の高い事態だと考えている」

言いたいことはよくわかる。部隊が一つ失踪するというのは、全滅とはレベルの違う問題だった。怪奇現象という方が近いかもしれない。諜報部隊が動くには十分な理由になる。

だが、それこそがまさに引っかかる。

「胡散臭いな。陽動かもしれないぜ、この第一王都で何か仕掛けるつもりでな」

「だとしても、脅威度は低い。それはそれで構わない、という判断が下っている」

カフゼンの口ぶりは、妙に引っかかるものだった。まるで上司がいるみたいな言い方じゃないか。それに第一王都への攻撃を、『脅威度は低い』と言いやがった。

「ぼくらはぼくらで、色々と考えて準備しているんだよ。万一のことがあっても戦力を保つことができるようにね」

カフゼンは意味ありげに俺を見ていた。アディフ・ツイベルと同じ、何かを隠しているような目だった。よほどろくでもないことを考えているに違いない。それだけはわかる。

「いずれにせよすべての事態に対処するのは不可能で、適切に人的資源を割り当てることが必要だ」

人的資源、ときた。それはまさか――

「俺たちのことか？」

「そう。せいぜい気をつけてね、と、わざわざ言いに来てあげたところだよ」

「役に立たねえな。不吉なことだけ言って帰る占い師かよ」

「うん。それはさすがに申し訳ないから、手がかりをあげよう」

俺の罵倒を、カフゼンはほとんど意に介していない。また別の本を手に取り、めくって、戻す。眼球の動きもやけに素早い。もしかしたら、こいつなら、本を適当にめくっただけで中身を読むことが可能なのかもしれない。

「この街の地下には、旧王国時代の遺跡がある。知っているだろう？　シドフィル地下要塞」

「地下の、遺跡！　ですか？」

テオリッタがなぜか目を輝かせたが、俺は嫌な予感しかしなかった。

「勿体ぶるな、さっさと要点を言え。暇じゃねえんだ」

「シドフィル地下要塞に、共生派の拠点の一つがあるのは確実だ。グエン＝モーサについて、ぼくらも以前から調査していたからね」

「だったら、連中の掃除もお前らがやれよ」

「できない。戦闘は我々の得意分野ではないし、むしろ苦手なんだ。非常に心苦しいよ」

絶対にそんなことは思っていないだろう。カフゼンは薄笑いを浮かべながら、建築の図録らしきものを手に取り、適当にめくって、また戻す。

「だが、きみにとってはとっては得意分野じゃないかな？　知ってるよ。リュフェン聖騎士団長と一緒に、冒険者のまねごとをしていた時期があったことを」

俺は改めて、諜報部隊というやつらの性質の悪さを思い知った。こいつら、どうでもいいことまで調べ上げていやがる。

「え」

テオリッタはひどく驚いた。それも、どこか嬉しそうに。

「我が騎士に、そんな面白そうなことをしていた過去が？」

「カフゼン。俺たちの《女神》の教育に悪いことを言うな。用事がそれだけならさっさと失《う》せろ」

「それは悪かった。ぼくはこれで退散することにしよう。ただ——最後にもう一つ。伝えておきたいことがある。きみにとっては重要な情報だから、きっとぼくに感謝するだろう」

俺にとって、重要な情報。意味深な言い方だ。そういう勿体ぶった態度は大嫌いでもある。

「感謝するどうかは俺が決める。さっさと言え」

「ユトブ方面７１１０部隊」

カフゼンの発した言葉は、まさしく——認めるのは癪《しゃく》だが、重要なものだった。肩透かしを食らわせてやろうと思っていた俺は、やつの思惑通り沈黙することになってしまった。

ユトブ方面７１１０部隊。それは、俺もよく知っている部隊の名前だ。

俺がセネルヴァを殺すことになった事件の発端。俺たち第五聖騎士団は、その部隊を救うという名目で出撃し、そして罠《わな》にかかった。救出すべきユトブ方面７１１０部隊などは存在しなかった。

「先ほど言っただろう？　ガルトゥイルから北へ向かう輸送部隊が失踪した。その現場から、失踪する前に送られてきた通信だった。とある単語だけを繰り返し伝えてきたんだ」

「……それが、つまり……ユトブ方面７１１０部隊だって？」

「ぼくは、そう名乗る部隊が実在すると考えている。きみたちを嵌《は》めた部隊だと思うね。共生派が使う諜報部隊。この聖選にまつわる暗闘の裏にも、彼らが動いているような気がするんだ」

そうしてカフゼンは踵《きびす》を返《かえ》した。わざとらしい笑顔を一つ残して。

「ね。感謝したくなっただろう？」

「黙れ。失せろ」

としか、俺には言えなかった。

◆

その日、夕暮れ時にシムリード・コルマディノ総督の館を訪れたのは、一人の男だった。

彼の名を、すでにコルマディノは知っていた。軍の上級将校の間では有名だった。トヴィッツ・ヒューカー。元軍人だ。ジェイス・パーチラクトという懲罰勇者とともに反乱を起こし、将校と兵士を殺傷した事件における首謀者の一人である。

（優れた参謀将校ではあった。が、まさか魔王現象側についていたとは）

非凡なところはあったが、ただ一つ、意欲に欠けていた。おそらく軍に居続けても出世はしなかったに違いない。しかしその思考の切れ味を眠らせておくには惜しく、適任があるとするなら、聖騎士団長の副官あたりだろうと思っていた。

たとえば――認めたくはないが、ザイロ・フォルバーツあたりと組ませれば、実力を発揮していた可能性はある。

(だが、この男がついに、何事かの意欲を得たというのなら)

それは人類にとっては脅威だろう。

コルマディノは若い従者を一人だけ選び、自室で面会の場を設けた。従者は緊張しているようだったが、それほど危険なことではないとコルマディノは考えていた。

「これは魔王現象、フォモールです」

トヴィッツは、一抱えほどの小さな箱を掲げてそう言った。

「人類が認識する六十番目の魔王現象になるでしょう」

「これはまた、ずいぶんと小さいですな」

「ご心配なく。時間があれば、もう少しばかり大きくなりますよ」

トヴィッツは箱を丁重にテーブルに載せた。

「少なくとも、本格的に成長すれば、この第一王都を破壊するには十分な大きさになるでしょう」

「それほどの大事になるのであれば、予言の《女神》が見逃さないのでは？」

コルマディノは、聖騎士団のすべてを軽視しているわけではない。帝都に残存している中では、第三と、第十あたりの聖騎士団は油断のならない相手だ。特に予言の《女神》を擁する第三聖騎士団長メーヴィカ・リージャーは歴戦の将であり、王都の守りを一任されるだけはある。

「計画通りに『成長』する前に、攻撃を受ける可能性があるのではありませんか？」

「そちらもできるだけ攪乱《かくらん》します。東部で賊に騒乱を起こさせていますし、陽動もいくつか用意しています」

「それでも、うまくいくとは限らないでしょう」

そう。夢想家どもと違う。自分は常に現実の、悲観的な側面からも目を逸らさない。

「油断と楽観は禁物です。失敗したときの保険はおありかな、トヴィッツ・ヒューカー殿？」

「もちろん。これは春季攻勢の前の削りと、布石を兼ねています。いわば前哨戦《ぜんしょうせん》ですからね――ユトブ方面７１１０部隊。ご存じですね？　彼らが動いています」

よく知っている名前だった。共生派が使っている、諜報と破壊工作をこなす特別な部隊である。その構成員はほんの十名ほどだが、特徴が一つ。全員が異形《フェアリー》である、ということだ。それも非常に知能が高く、会話もでき、作戦をよく把握する。

コルマディノも、その力を使ったことがある。だが――

「その部隊は、魔王現象アバドン閣下の直属だったのでは？」

少なくとも、コルマディノはそう聞いていた。異形《フェアリー》が人間の指示に従う理由はただ一つ。彼らを生み出した魔王現象がそう命じているから、というだけだ。共生派は必要に応じて、魔王現象アバドンからユトブ方面７１１０部隊を借りていたにすぎない。

そのアバドンは、第二王都で滅ぼされていた。いまは後任がいるということか。

「こうなることを予見していたアバドン閣下から、指揮権がとある方に委譲されましてね。さらにその方を経由して、私が指揮官に任命されました。今回は、コルマディノ総督、あなたを可能な限り支援するように命じています」

（なるほど）

と、コルマディノは思った。この男は、ずいぶんと魔王現象の中枢に食い込んでいるらしい。

（ユトブ方面7110部隊。少数だが、強力な部隊だ）

コルマディノはよく知っている。かつてザイロ・フォルバーツという男と、その《女神》が率いる聖騎士団を排除するためにも、その部隊を使った。

いまでも思い出すことがある。

ザイロ・フォルバーツに、自分が救われたときのことだ。コルマディノの領地に、魔王現象が率いる異形《フェアリー》の群れが押し寄せたことがあった。そのとき救援に駆けつけたのがザイロたち第五聖騎士団だった。

いや。あれを助けに来たと言うべきではないだろう。

（こちらは、魔王現象側との取引ができていた。予定調和の戦い。そのはずだった）

その当時から、コルマディノは魔王現象と接触を持っていた。魔王現象の侵略自体がそうした取引と交渉努力の結果だった。領地の境界に位置する集落を一つ、襲撃させる代わりに、一年にわたる不可侵を認めさせる。そういう契約だった。

それをぶち壊しにするかのような、第五聖騎士団の『救援』だった。異形《フェアリー》どもを撃退した後で、ザイロ・フォルバーツはコルマディノの城に乗り込んできた。

『こんなところで何をやっていやがる』

野犬が唸るような声だったように記憶している。

『なんのための兵士だ。城の中にこんなに集めやがって、籠城でもするつもりだったのか？　それでも領主か？　あの集落が襲われているのを知っておきながら、見捨てるつもりだったのか？』

『しかし』

と、コルマディノはこのとき反論した。

『誰を救い、誰を切り捨てるべきか。苦渋の決断を下すこともまた、領主の役目でしょう。魔王現象を根絶やしにすることはできないのですから、どこかで彼らと妥協しなければ——』

『俺たちがそれを言えるのか？』

ザイロ・フォルバーツの目には、激しい怒りが満ちていた。

『前線で戦う兵士に、犠牲になるどこかの誰かに、そんなことを言えるのか？　恥知らずもいいところだ。魔王現象は根絶やしにする。俺たちがそのつもりでやらなきゃどうするんだ』

あまりにも傲慢な態度。しかも何より耐えがたいことに、軽蔑されている。コルマディノは吐き気を催すほどの怒りを覚えた。こういう男が、人々を勝ち目のない戦いに引きずり込むのだ。

『……返す言葉もありません。私は、間違っていたようです』

内心の憤怒《ふんぬ》と嫌悪感を、コルマディノはどうにか堪えた。反省の言葉さえ口にした。

あれこそは、最大の屈辱だった。

（夢想家め。魔王現象の根絶など、できるものか）

努力を侮辱された気分だった。自分は領地を守るため、最低限の犠牲で、できることはすべてやっている。現実が見えているから、それが可能なのだ。

そのときから、単なる保険のためではなく、コルマディノは本当の共生派としての活動を始めた。ザイロ・フォルバーツとその《女神》を罠に嵌めたのは、その半年ほど後だった。

「――それでは、コルマディノ殿。今回の計画において、私は方針を一任されています」

トヴィッツ・ヒューカーは、こちらの顔をずっと見つめていた。コルマディノはかすかな不快感を覚える。いま思い浮かべた感情を見透かされていただろうか。

「すべては春の攻勢計画を失敗させるためです。よろしいですね？」

「それは、魔王現象の総合的な意見なのでしょうね」

「そう思っていただいて、間違いありません。彼らを束ねる『王』のご意思ですから」

「魔王現象の『王』……です、か」

コルマディノは驚きを隠せなかった。思わずトヴィッツの目を凝視してしまう。

「そんなものが存在すると？　あなたは、それに会ったことがあるのですか？」

「とても興味深い方でした。私などには、その内心を推し量ることも難しかったのですが――」

「……なかなかに面白い話題ですな。王とは、どのような方でしたか？」

「詮索は、やめておいた方がよいでしょう。王はそれを好まれない」

一瞬だけ、トヴィッツは窓の外を見た。もしかすると、なんらかの方法で監視されているのかもしれない。コルマディノには、ただ雪の降る曇天しか見えなかったが。

「あなたの活躍に期待します。コルマディノ総督。戦力としては十分ですね？　魔王現象を、ここに一柱、お預けします」

トヴィッツは、卓上の小さな箱をつついた。

「それに、あなたが隠している『先生』。その力があれば、第一王都、というより聖騎士団に打撃を与えることも不可能ではない」

「……ご存じでしたか」

気づかれている。『先生』。その存在こそは、コルマディノが隠し持つ切り札だった。三年前に、ザイロ・フォルバーツを殺すために手を結んだ魔王現象。その存在を、いまだに手元で匿《かくま》っている。

それでもコルマディノは、驚きや嫌悪を顔に出さなかった。

「で、あれば、期待していただきたいですな。私がどれだけ有用か、売り込むとしますよ」

「ええ。ぜひ、そうしてください」

トヴィッツの返答は簡潔で、なんの温度も感じないものだった。そういう他人への無関心さは、昔からあまり変わっていないようだ。

「後の計画実行はあなたにお任せします。私は次の現場に向かわなければなりません。成功した暁には、必ずや総督の望みは叶《かな》えられることでしょう」

「はは！　私の望みなど、たいしたものではありませんよ」

本当のことだ。心の底から、コルマディノには求めるものがある。破滅の回避を本気で考えるならば、当然至るべき結論だ。

「求めるものは、争いのない世界。ただそれだけです。人類と魔王現象との和平を切望します」

「なるほど。全面的に賛成です。私も、私が愛する存在とともに平穏な世界を過ごしたい。ただそれだけですからね」

笑って言うと、トヴィッツは立ち上がった。会談はここまで、ということだ。非公式で極秘の密会になる。あまり長く話し込まない方がいいだろう。

「それでは――トヴィッツどのをお送りしてもらえるかな。誰にも見られないように」

「はい。お任せを」

コルマディノは傍らに命じた。控えていた若い従者が歯切れよく返事を返し、トヴィッツを裏口へと送り出していく。隠し通路に近い。コルマディノの屋敷における、いざというときの脱出口も兼ねている。

その背中を見ながら、コルマディノは思う。打つべき手は打っている。自分ほど真面目に未来のことを考えている人間はいないだろう。

(だから、失敗するはずがない。人類のためだ。私がやらなければ)

当面の敵は明白だった。コルマディノの妨害に動いている連中なら、はっきりと見えている。

ザイロ・フォルバーツと、懲罰勇者部隊。やつらが殺しても生き返るのなら、何度でも殺す――人格が摩耗して、消え去るまで。

刑罰：ルフ・アロス聖選介入工作２

――ルフ・アロス開門祭まで、残り六日。

神殿にとって、信仰の対象は《女神》だ。

ベネティムでも彼らが説く創世の物語くらいは暗唱できる。

『まず、始まりがあった』

という一節から、神話は始まっている。

『始まりのなかった世界は、始まらなかったのであろうから語られることはない。すべては必然の中にある。この世界は始まりという奇跡から生まれた』

要するに『神話が語られている』ということそのものが、世界の開始を逆説的に保証する――ということだそうだ。ベネティムから見れば、まるで意味のない言葉遊びにすぎないように思う。

ただ、多くの人々はその神話の在り方を信じているし、他にどう解釈すれば世界の始まりを定義できるのかもわからない。とにかくこの世界には『始まり』が存在し、それはやがて何を考えたのか人類の繁栄のために《女神》を生み出したとされている。

その《女神》たちに祈りを捧げる場所が神殿だ。神殿の規模や数は都市人口に比例する。第一王都ともなれば、公に認められているものだけでも、市内に八つの神殿が存在していた。市民ホールなどの集会所の敷地に存在するものを含めれば、もっと多いだろう。

それら第一王都の神殿の中で、もっとも小さな神殿はと問えば、西部地区にあるチカータ神殿に違いない。必要最低限の設備だけ残した、といわんばかりの見た目をした神殿である。歴史は古いらしいが、神聖な空間を演出するための装飾らしいものはほとんどない。

勤めている聖職者も、たった一人。ただし、大司祭である。

ニコルド・イブートン。

年齢はまだ四十に満たないはずだ。大司祭の中では、異例といってもいいほど若い。

大司祭の肩書を持つ者は、現在では二十八名。ニコルド・イブートンを除けば、平均年齢は五十を超える。通常は、そのくらいの年齢で推挙されるものだ。それはイブートンが大司祭となるにふさわしい業績をその若さで積んでおり、神殿内部からの支持を集めていることを意味する。

(――しかし)

と、ベネティム・レオプールはその小さなチカータ神殿を見上げて考える。

(この神殿の質素さはどういう事情でしょうね)

神殿の見た目は質素を通り越して、みすぼらしいとでも言うべきかもしれない。

そのくらい年季の入った建物だった。あちこちに損傷が見られるが、修繕の気配はまるでない。

隣に併設されている孤児院の方がまだマシといったところで、最初はそちらが神殿本体かと思ったほどだ。

（とはいえ……そんなこと、本人には絶対に言えませんよね）

ベネティムには目的がある。そのためには万が一にでも、イブートン大司祭の機嫌を損ねてはいけない。ベネティム自身も気をつけなければならないだろうが、より問題になると思われたのは、護衛として連れてきた男の一人――

「なんだ、思ったよりボロい神殿だな。補修する金がないのか？　俺たちの兵舎みたいだな」

ザイロはおそらく、彼自身が感じたであろうことをそのまま口に出した。これだ。ザイロの相手の立場に頓着せず発言する性質が不安すぎる。しかし同行を断るわけにもいかなかった。

『お前を好きにさせると何をするかわからない』

とのことだ。心外だ――ベネティムもザイロに対して似たような感想を抱いている。

「ザイロくん、大司祭の前でそんなこと言わないでくださいよ……気難しい方らしいですから」

「何をそんなに怖がってるんだ。俺だって馬鹿じゃない、せいぜい気をつける」

「ほら！　『せいぜい』とか言うじゃないですか。それが不安なんですよ。私の経験上、そういう気持ちで行くとポロッと本音が出ちゃう人でしょう、ザイロくんは」

「わかったわかった、気をつける」

わかったという言葉の繰り返しも十分に不安だったが、ベネティムは言葉を飲み込んだ。

やはり護衛は、もう一人の彼だけでよかったかもしれない。こういう交渉事で絶対に余計なことを言わない人材。ベネティムが知る限り、もっとも信頼できる勇者。ザイロいわく最高の歩兵。

つまり、彼のことだ。

「よろしくお願いしますよ、タツヤ。これは非常に重要な任務で――、うぇっ？」

ベネティムの声は、最後に裏返った。

振り返ったとき、そこに立ち尽くしていると思った大男が、明らかに異様な行動をとっていたからだ。ものすごい勢いで回転している。両腕に人型の重りをぶら下げて――いや、違う。子供だ。まだ幼い子供を二人ほど、両腕にぶら下げて回転している。

「あはははは！」

と、タツヤの腕にぶら下がっていた子供が笑い声をあげていた。

「はええー！　なんだこれ、ニコルド先生の百倍すげえ！」

「なにこれ！　おっちゃん、目ェ回んないの？」

回転するタツヤの周囲に、いつの間にか子供たちが群がっている。回転するタツヤを囃《はや》し立《た》て、順番待ちまでしているようだ。おそらく孤児院の子供たちだろう。タツヤの腕にぶら下がり、一種の遊具のようにして遊んでいた。

（この騒ぎに気づかないほど、私は緊張していたのか）

ベネティムは頭痛を感じた。

たまにあることだ。タツヤが子供の多い場所に行くと、気づけば遊び相手――あるいは遊具の代わりにされている。

「なにやってんだ、アホ！　タツヤ、てめーも断れ！　遊んでる場合じゃねえんだぞ！」

ザイロがタツヤにしがみついていた子供を引きはがしにかかる。彼の形相は凶悪で恐ろしいはずだが、子供たちは誰も怖がる様子を見せない。それどころか、笑ってザイロの周りを走り回る。

「あははは！　すごい、本物だ！　本物のザイロだ！」

「『雷鳴の鷹《たか》』だ！　『雷鳴の鷹』！」

「だからオレが言ったじゃん。絶対に本物の懲罰勇者だって！」

子供たちが騒ぎ立てるので、ザイロは目眩《めまい》を覚えたようだった。頭を抱えて屈《かが》み込《こ》めば、子供と視線を合わせるような格好になった。

「おい……どういうことだ？　お前ら、俺のことを知ってるのか？」

「うん！　有名だよ。ゼイアレンテのお城を爆発させて、魔王現象ごと吹き飛ばしたって」

「アバドンと一騎打ちして、素手で全身の骨をへし折ったんでしょ」

「その後、頭から食べたんだよね」

ベネティムが聞いていても、ひどい嘘だ。しかし、そのうちの一つには心当たりがある――アバドンと一騎打ちして、素手で全身の骨をへし折った件。それはベネティムが小遣い稼ぎのために、つい三日前にリビオ記という新聞に書いた記事だ。

が、ベネティムは当然、そのような余計なことは口に出さない。

「……俺はなんか急激に疲れてきた。ベネティム、なんとかしろ」

「え。ええ……あの、みなさん。その辺にしといていただけますか」

ザイロがうつむいて動かなくなってしまったので、ベネティムは控えめに声をかけた。

「これからその人には仕事があるんですよね。私の護衛です」

「ええー！　つまんねえ」

「もう終わり？」

「申し訳ありません。タツヤ、行きますよ。とりあえず停止してください」

そういうと、タツヤはぴたりと止まる。

護衛としてはおよそ最高の人材だったが、予期しないところで妙な挙動をすることがある。その点だけが不安材料だ。たとえ子供が相手でも、タツヤは他人の命令にはほとんど無条件で従う――ように見える。まるで拒否する機能がないかのようだ。

「あのさ」

と、気づけば子供の一人がベネティムを見上げていた。

「あんた、もしかしてニコルド先生に会いに来たの？」

「ええ。お願いしたいことがありまして」

「じゃあやめた方がいいよ。たまに先生に会いに来る大人の人いるけどさ、だいたい怒鳴られて帰ってくもん」

「ええ……？」

「特にあんた、ものすごい胡散臭い顔してるし。ぜったい怒られると思うな。ってか、何の用？」

「ええと、まあ、その……実はですね」

ベネティムは口ごもり、言うべきか逡巡《しゅんじゅん》し、どうでもいいのでやっぱり言おうと思った。

「イブートン大司祭に、首席大司祭になってもらいたいんですよね」

アディフ・ツイベルいわく、このニコルド・イブートンだけは、唯一確信をもって共生派と関わりのない大司祭だといえるらしい。

この人物を頂点に立たせ、神殿と軍部が結びつけば、春の総反撃計画において大きな力になる。《女神》を擁していないため、神殿の意向を無視できない聖騎士団には特に影響が大きい。『防衛こそが聖騎士の責務である』といった思想上の活動制約が取り払われることになる。

イブートンならば、それを断行できる最良の候補だという話だった。どの派閥にも与《くみ》せず、公平で的確な判断を下せる人物。問題があるとしたら、ただ一つ――ベネティムはアディフ・ツイベルの言葉を思い出す。

「イブートン大司祭が、とてつもなく偏屈な人物である、ということだけですね」

だったら間違いなく自分が苦手な種類の人間だろう、と、ベネティムは思った。

そして、そのベネティムが抱いた感想を裏付けるように、このとき話しかけてきた子供はにやりと笑った。

「この前も来たよ、そういう感じの人が。なんか、自分をスイセンしてほしいって言ってさ、ニコルド先生にお願いしに来たんだって」

「……その人、どうなりました？」

「蹴とばされて追い出されて、さっさと逃げてったよ」

ベネティムは唾を飲み込んだ。ろくなことにならない気がする。それでも、行かねばならない。

「なんか面倒そうな相手だな……」

ザイロはいくらか気を取り直したらしく、首を左右に傾けながら立ち上がっている。

「まあ、どうにかするしかねえんだけどよ」

「あの、ザイロくん。攻撃されたからといって、むやみに反撃しないでくださいね……」

「するわけねえだろ！　これから立候補させようとする相手を怪我させてどうする。ホントにお前は俺をなんだと思ってんだ」

暴力の化身。そういう言葉が喉までせり上がってきたが、やはり口には出さずにおいた。代わりにタツヤの肩を叩いて促す。

「タツヤも行きましょう。もしも私が攻撃されそうになったら、防御をお願いします――ええと、あの。タツヤ？　聞いてますか？」

「うう」

「もしかして、目を回してます？」

「うう」

「……深呼吸してから行きましょう」

自分にとっても、それが必要だった。

◆

神殿の内部は、外見よりもさらに質素だった。かろうじて並べられた椅子と、ひび割れた祭壇があるくらいで、祭儀に使う香炉や燭台《しょくだい》、大聖印を模した銀細工もない。

そしてニコルド・イブートン本人もまた、予想を上回る人物だったといえる。

「断る」

と、イブートン大司祭は、床を雑巾でこすりながらそう言った。顔を上げようともしない。

「神聖選挙に関わるつもりはない。自ら権力を求めるということは、私の信仰に反している」

イブートンの喋り方は鋭く、鑿《のみ》で岩を削るような厳しさがあった。

「私は特定の人物に投票もしない。現在の神殿に、大司祭にふさわしい人物はいないと考えているからだ。聖選には出席させてもらうが、私は白票を投じる」

「しかしですね、大司祭どの」

横で無言のザイロの視線に促され、ベネティムはせめて食い下がろうとした。

「いままさに神殿はあなたのような高潔な人物を求めているわけでして――」

「やらんと言ったら、やらん。口車にも乗らん。特にお前からは詐欺師の気配がするぞ」

顔も上げずに、声だけでよくもそこまで判断できるものだ。ベネティムは密《ひそ》かに感心した。それはザイロも同じだったらしい。

「たしかにな。大司祭どの、ご明察だ」

軽く手まで叩いて、彼は大司祭の前で背を屈めた。まるでチンピラのように、ひたすら掃除をするイブートンの顔を覗き込もうとする。相当に柄が悪い。

「こいつは詐欺師だ。そのせいで捕まって懲罰勇者になった。……だが、神殿があんたを必要としてるってのは本当のことだ。魔王現象をどうにかしなきゃならない」

「神殿が、ではないだろう。私を必要としているのは軍ではないのか？」

イブートンの答えは明晰《めいせき》で、硬質だった。

「たしかに、魔王現象の根絶は必要なことだ。それは認めよう」

「根絶かよ。良い言葉だな」

「根絶だ。それ以外に道はない」

イブートンは明確にその言葉を口にする。横目にザイロを一瞥し、また手元に戻す。

「私がもしも首席大司祭であったなら、聖騎士団を積極的に運用する方針を打ち出すだろう。人類領域の防衛を主とする、いまの首席大司祭のやり方は後手に回っていた」

「だったら、あんたが首席をやるべきじゃないか。手遅れになる前に」

「それでも私が自ら権力を求めることはない。これは譲れないことだ、ザイロ・フォルバーツ」

「ち……やっぱり、来るんじゃなかった。俺のことを知ってるか」

ザイロは頭を掻きむしりながら立ち上がった。元聖騎士団長。なるほど大司祭ならば、彼の顔を知らないはずがない。

「フォルバーツ元聖騎士団長。お前がなぜ罪を負うことになったのか、私にはわからない。だが、お前なりの信念を貫いたからこその現在だろう？」

「信念なんていうめでたい代物じゃない。……結局、俺は間違えたんだろうよ」

「私も間違えているのかもしれない。だが、譲れないものに殉じるつもりだ」

その言葉に、ザイロは諦めたように首を振った。お手上げだ、とでもいうように手も上げる。

ニコルド・イブートンはそちらに視線も向けない。

「以上、話は終わりだ。定例の礼拝のために神殿を清めねばならんし、孤児院の小僧どもへの教育もある。地区の清掃活動と、除雪作業も指揮せねばならん」

「ええ……？」

ベネティムは驚くべきことを聞いた気がした。

神殿の清掃や孤児院の教育指導などは、信徒がやることだろう。少なくとも司祭までだ。大司祭ともあろう者がやるべきことではない。

「あの、そういうのは、こちらの神殿の信徒や司祭の方にお願いしては？」

「いない。だから忙しいのだ。有志が協力してくれてはいるがな。炊き出しに教導、難民への支援作業、いくらでもやることはある」

ベネティムはさらに愕然とした。大司祭ともあろう者が、たった一人で神殿の運営を切り回しているとは。正式な名簿に名は連ねていなくとも、協力者がいると思っていた。

「意外そうだな？」

あっさりと、そのベネティムの感想は見抜かれた。なんだか怒られているような気がして落ち着かない。仕方がないので、思ったことをそのまま言葉にする。

「いえ。大司祭ともなれば、寄付金を集めてより大規模な神殿運営が――ひいてはより大きな支援ができるのではと思ったのです」

その意見に軽く鼻を鳴らし、イブートンは雑巾を絞る。

「集まった寄付金はすべて人にくれてやっている。第一王都の外で活動する放浪神官たちにな」

「くれてやっている、というのは……投資ではなく？　単純な贈与ですか？」

「そうだ。勝手に使ってもらう。地方にこそ、救うべき者たちがいるのだ。信仰とは心の砦《とりで》。魔王現象の被害に晒される人々にこそ必要だ」

言いながら、イブートンは立ち上がり、腰を叩いた。

思ったよりも背は低い。ベネティムよりも低いだろう。だが、相対してみれば、圧倒してくる気迫のようなものがある。

「は！　筋金入りだな、この大司祭どのは」

ザイロはかすかに笑った。なんだか楽しそうだが、なにがそんなに愉快なのだろう。ベネティムは彼のユーモアを理解できないときがある。

「あんた、その調子だと――そのうちこの神殿も捨てて、地方に布教の旅にでも出るつもりか？」

「わかっているようだな。できればそうしたいものだが、孤児院の小僧どもを放り出すわけにもいかん。教育の計画ばかりは任せることのできる者がいない。教材の類も入り用でな」

「あ！　そ、そう！　そこですよ、大司祭どの」

かすかな突破口を見つけた気がした。ベネティムは勢いよく口を挟む。

「孤児院の経営状態はお察しします。一般市民からの寄付だけで、この規模の経営を続けることは困難でしょう。このままでは早晩、孤児院を閉鎖するか、縮小するしかないのでは？」

経営の縮小。つまり、救うべき孤児の取捨選択を意味する。それはこのイブートンという男の信条に反するだろうと思えた。

「そこで！　イブートン大司祭どの、あなたが神殿の頂点に立つことで体質を一新し、改革とともにその理想を――」

「人々の善意で成り立つ施設であるならば、それが途絶えたときに閉鎖するのが自然なことだ」

イブートンの回答は、取り付く島もない。そういう鋼のような響きがあった。

「私も神殿の改革を考えたことくらいある。だが、そのために己の信仰を枉《ま》げるのは本末転倒だ。いいか。どれだけ崇高な目的を掲げても、辿り着くための手段が誤っていてはならない。信念を捨てて達成する目的にどれだけの価値がある？」

彼の喋り方に、ベネティムはある男を連想した。ノルガユだ。その意志の在り方がどこか似ている気がした。

「どんなときでも、常に妥協してはならない。わずかな妥協がさらに大きな妥協を生む。自ら権力を求めるということが、私にとってはわずかな妥協なのだ」

「ですが、それでは子供たちが」

「私は非常に身勝手な人間だ。せめて私も屋外で彼らと同じ生活をするとしよう。本来、祈りには神殿なども不要なのだ。教えを広めるための、わかりやすい目印というだけでな」

ベネティムにはまるで理解できない考え方だった。それと同時に悟ったこともある。この大司祭の考えを変えさせるのは無理だ。

「ええと、ザイロくん。私からご提案なのですが」

一応――本当に一応、ベネティムはザイロを見た。これ以上は明らかに無理だと思った。だが、ザイロからは猛獣の目つきで睨み返されただけだった。

「何か言いたいことでもあるか？　無理そうだから諦めようって？」

「い、いえ……それでは、その、大司祭どの！　もしも。もしも、の話ですが」

最後にベネティムは確認することにした。

「……他の大司祭が、あなたを首席大司祭に推薦したとしたら？」

神殿規則が定めるところによれば、聖選で投票され得る対象は、立候補者だけではない。五人以上の他の大司祭からの推薦があれば、その人物は聖選で首席大司祭に選ばれる可能性がある、とされている。

「推薦されても、あなたは辞退されますか？」

「いや。それならば、辞退はしない。神殿規則であるし、権力を求めず選ばれたというのなら――それは信仰が私を選んだということだからだ。ただ、その可能性はないだろう」

イブートンは薄く笑って、そこでようやくベネティムをはっきりと振り返った。

「あの権力闘争に明け暮れる大司祭どもが、私を選ぶはずがない。やつらは――」

言いかけたイブートンが目を細めるのがわかった。ベネティムでもザイロでもなく、タツヤを見ている。は思わず振り返ったが、何も変わらない。

ただ無表情な、ぼんやりとした顔で虚空を見ている。もしかするとイブートンすら見えていないのかもしれない、と思わせる目つきだった。

「あ、あの。タツヤが何か？」

「いや」

ニコルドはタツヤから目を逸らし、今度は祭壇を見る。

その背後の壁には唯一、この神殿で信仰を示すものらしい象徴が存在していた。一幅の絵だ。女神と、それに付き従う従者たちを描いたであろう絵画。地味な色合いだが、筆致は繊細で、この神殿には似つかわしいように見える。

「あの、大司祭？」

「なんでもない。――速やかに帰るがいい。お前たちの言葉に貸す耳はない」

この調子では、どうしようもない。予想通りに打つ手がなくなってしまった――ザイロは面倒そうに鼻を鳴らして、ベネティムはため息をつき、タツヤの肩を叩いた。

もはやさっそく最後の手段を使うしかない。

すなわち、買収。

◆

その夜。ベネティムとザイロは、兵舎でヤケ酒のようなものを呷ることになった。

「まずいことになったな」

と、ザイロは葡萄酒《ぶどうしゅ》の杯を干して唸った。まずいことになった、というのはドッタや自分の得意な台詞だが、今日はザイロが口にしていた。

「あの大司祭どのは、相当に面倒な相手だぜ」

「……ええ。このままだと、立候補にすら漕《こ》ぎ着《つ》けませんね」

「対立候補は、どうなってる？　たまにあるだろ。投票が割れて聖選だけじゃ決まらないことが。再選挙で説得の時間を稼ぐとかできないのか？」

「難しいですね。有力者が三人いて、その中で頭ひとつ抜け出てる人がいますから」

現時点で、神殿によって指定された大司祭の数は二十八名。

そのうち、首席大司祭として立候補している有力者が三名。最有力候補はミローズという大司祭である。世間の噂を聞く限り、さらに優勢になりつつあるようだ。このままいけば、順当に彼女が当選するだろう。

『ミローズの婆《ばあ》さんはうまいこととやってるよ』

と、冒険者ギルドで酒を飲みながら聞いた話では、そういうことだ。

『中立派でバランスをとるのがうまいし、金も持ってる。自腹で神殿の学院とか、職人ギルドとかに金を貸してるんだ。みんな頭が上がらねえ……やっぱ世の中、金持ってるやつが勝つんだよ』

金を貸すというのは、まさに上手な方法だ。というより、普通はそうする。他人に無償で贈与などしているニコルドが異常なのだ。

『ヴァークル社がなんか知らねえけど支援してるみたいだしな。今回は、婆さんで決まりだよ』

この最大勢力たるミローズの派閥を切り崩し、選挙権を持つ大司祭の過半数を説得し、あるいは買収する——などという芸当は、ベネティムには不可能だった。そもそもベネティムにはそのような根気も気力もなければ、軍資金も足りていない。

（もっと楽な方法を使おう）

というのが、ベネティムの思考だった。

とにかく、少しでも楽な道を。困難は避けて、なおかつできるだけ近道を辿ろうとする。その結果として嘘ばかりつくことになり、詐欺師と呼ばれるようになって、いまや末路は勇者である。

それでも当人にまったく反省するつもりはない。反省は嫌な気分になるし、面倒くさいからだ。

「俺には脅迫しか思いつかねえが、イブートンは脅しても立候補しないだろう」

ザイロはどことなく投げやりな調子で酒を呷った。

「そうなりゃ、あとは正攻法か。テオリッタが正面から頼み込めば……いや、それも無理か。あの大司祭どのはたとえ《女神》の言葉でも考えを曲げないだろうな」

ザイロにしては、高評価な発言だ。相手に『どの』までつけている。それなりの敬意を示している証拠だった。これは非常に珍しい。

「どうする？　アディフに『やっぱり無理でしたか』みたいなこと言われるのは最高に腹が立つ。それに、カフゼンの話じゃこの件の裏には共生派の――」

何か喋りかけて、口をつぐむ。目を伏せ、考え込み、また葡萄酒を注ぐ。

「まあいい。ベネティム。何か考えはあるか？　正直、俺はお手上げに近いぜ」

仕方がない。もともと、ザイロには向いていない類の仕事だ。

ベネティムが思うに、ザイロは政治や世の中のことに興味がなさすぎる。本気で考えようとしても正攻法に近いものしか思いつかないのだろう。

（ということは、つまり……私が、基本的にはどうにかしなければいけない、ということ……！）

気が重すぎる。それでも、やるべきことを示してくれるだけまだマシだった。何をすればいいかわからなければ、ベネティムはなすすべもなく立ち尽くしていただろう。このとき、やるべきことはたった一つだった。

「とにかく、手段は問わず、イブートン大司祭を立候補させればいいんですよね」

「そうだけど……不安になる言い方だな……」

「本人が立候補しないなら、五人以上の大司祭による推薦出馬しかありません。イブートン大司祭以外でどの派閥にも属していない五人を、買収しようと思います」

「買収って、お前、そんな金持ってるのかよ」

「買収ができる人なら、心当たりがあります」

自分にできないことなら、できる者にやらせる。ベネティムの発想というのは万事がその調子だ。

それは結果的に、指揮官に向いている性格ではあったのかもしれない。役立たずではあるとしても、少なくとも、ザイロやジェイスの戦略を阻害したことは一度もない。

「誰だよ、それは」

ザイロが疑惑に満ちた目で聞いてくる。この場合、大司祭の過半数を買収し、イブートンへの投票を約束させることができる者といえば、一人しか心当たりがなかった。

すなわち、ヴァークル開拓公社。その組織の、第一王都方面支部長。

名を、フィジウス・ヴァークルという。ヴァークル家の長男。ベネティムの実兄であり、次期当主候補の筆頭にあがる、一族でもっとも優秀な実業家の一人。

「フィジウス・ヴァークル。私の兄です」

「……はあ？」

ザイロはぽかんと口を開けた。

「お前の兄が……なんだって？　ヴァークル？」

「そうです。言っていませんでしたっけ？　私はこう見えても、ヴァークル一族の一員なんですよ。ほとんど追放されてますけどね。第四子です。上に兄が一人、姉が二人。下には弟が一人」

「マジでどこまで本当かわかんねぇ」

呟いて、ザイロは開けたままの口に、酒のつまみの木の実を放り込む。

「そりゃたしかにヴァークル社が味方につけば、買収だって不可能じゃない。少なくとも、イブートン大司祭どのを推薦する五人を確保することもできる……だが……」

ザイロはどこまでも疑わしげにベネティムを見ていた。それでも信用するしかないはずだ。それ以外に手立てがないのだから。

「そんなことできるか？　お前、兄貴を説得できるのかよ。絶対に兄弟の仲悪いだろ」

「大丈夫です。私は兄さんから可愛がられていましたから」

「……それはどこから嘘で、どこから本当なんだ？　ぜんぶ嘘じゃないだろうな？」

「ぜんぶ本当ですって。なんでそう疑うんですか」

「お前がベネティムだからだろ」

ひどい話だ、とベネティムは思った。もともとフィジウスの第一王都での居場所は知っている。あとはその帰路を張り込むだけだ。

幸いにも人を雇う程度の金は手に入れたし、すでに動かしている。だから——

「なんだかんだ言っても、やるしかない……んですよね？　それとも、ぜんぶ私の嘘だったことにするので、ここでやめときます……？」

「ンなわけねえだろ！　もうわかった。こんなの、でかい詐欺みたいなもんだよな。段取りはお前に任せる。俺は何をすればいい？」

「はい。結構危ない橋を渡るので……一つ、ザイロくんにも頼みたいことがあるんです」

◆

フィジウス・ヴァークルは、その夜、特に遅い帰宅となった。

取引先との商談が、不意の訪問客によって長引いたこと。いつも使う帰り道が、道路舗装工事のために塞がれており、大きく迂回《うかい》する羽目になったことが原因だった。その日は昼過ぎからの雪が降りやまず、骨まで染みてくるような冷気が満ちていた。

嫌な予感がしていた、とは言わない。フィジウス・ヴァークルはその手の予感などというものを信じない。フィジウスにとってそれはただ、不快な日だった。

弟の顔を見かけたのは、その極めつけだった。

弟――ベネティム・ヴァークルは、雪の降る路地の真ん中に立ち尽くしていた。フィジウスは御者に命じて馬車を止めさせ、まずはその顔を注視した。亡霊であればいいと思った。それは弟が死んでくれた証拠になるのだから。

が、残念ながら、生きているらしい。

それを言うなら、ベネティムの傍らに立つ男の方がよほど亡霊のように見える。やけに手足が長い男で、その顔からはまるで意志というものが感じられない。雪の中で佇《たたず》むその姿は、どういうわけかひどく禍々《まがまが》しいように思えた。

空洞のような黒い両目が、見るともなくフィジウスを見ていた。

「兄さん。ご無沙汰しています」

と、恐ろしいほど白々しく厚かましい態度で、ベネティムは丁寧に頭を下げた。フィジウスは鈍い頭痛を覚えた。そんな、通り一遍の挨拶で再会するような仲ではなかったはずだ。

フィジウスには、妹と弟が二人ずついる。いずれも、ヴァークル社を継ぐ候補者であり競争相手だった——ベネティムを除いて。

この男は早々に自らの才覚のなさを発揮し、父や親族から与えられる「試し」にことごとく失敗してきた。「試し」ではなく、それはむしろ機会なのだということを、最後まで理解していなかったように思う。

ほとんど追放同然に家を出たが、直後に行方がわからなくなった。呆れ果てた弟だと、フィジウスは常々思ってきた。詐欺師のようなことをして働いていたことも知っている。いま、懲罰勇者として刑に服していることも。

まさか、こうして自分の前に顔を見せるとは思わなかった。

「私は不思議でならない、ベネティム」

ため息をついてから、フィジウスはベネティムに声をかけた。

「どの面を下げて、私の前に現れることができる？　いますぐ失せろ。邪魔だ。それとも、馬の蹄《ひづめ》にかけられて死にたいのか？」

「久しぶりに会った弟に、あまりにもひどい言葉ではないでしょうか？」

ベネティムは困ったような笑みを浮かべた。その笑い方がやけに癇《かん》に障る。理由はわかっている。

「もしかして、まだ怒っています？　モデリス社の偽装の件は本当に申し訳ないと反省して――」

「黙っていろ」

モデリス社の件、と言われて、フィジウスは低く唸った。威嚇するつもりはなかった。ただ単に、不愉快な記憶を思い出した。

かつて、ヴァークル社と対抗する大規模結社の出現が噂されたことがある。名前はモデリス社。それは一種の銀行であるという。金を預け、遠隔地で安全に引き出す。国で取り締まられている一部の賭博事業も行う。

そういう結社がすでに設立計画を進めており、背後には神殿がついている――フィジウスもその情報の真偽を調べ、そして、たしかにそのような動きはあるとしか思えなかった。

が、実際に深く探ってみると、モデリス社は影も形もなく消えた。

もともと存在しなかったのだ、と理解したとき、社の利益に無視できない赤字が発生していることに気づかされた。フィジウス自身と、その直属の配下がそういう動きをしたために、焦って証券を売る投資家がいた。それが影響した損害だった。

軽率な動きだったとは思えない。密かな調査だったはずだが、なぜそれが伝わったのか。フィジウスにはいまでもそれがわからない。ただ、その証券売買の動きで得をした者は確実にいた。それも複数。

その中心近くに、ベネティムがいた。

追跡したときにはもう遅く、またしてもベネティムは消息を絶っていた。死亡した、という噂だけを残して。つまり彼は利益争いの仲間割れで殺されたのだ、と楽観的な意見を挙げる者もいたが、フィジウスにはそうは思えなかった。

それを証明するように、この弟は懲罰勇者となり、そして——

「フィジウス兄さんにとって、利益になるお話があるんですよ」

と、ベネティムは言った。呆れた台詞だ。この弟には何度でも呆れさせられる。

「聞きたくないし、聞く必要がない。お前が私の得になる話などできるはずがない」

「首席大司祭の件です。私は、聖騎士団に属するとある方から密命を受けておりまして——どうしても勝たせたい方がいるのです」

聖騎士団からの密命だと。

フィジウスはその響きを心の中で吟味し、嘲笑した。懲罰勇者に密命など授ける聖騎士がいるものか。ましてや、ベネティムという口先だけの男に。

「どうせ嘘だろうし、たとえ真実だとしても、私に何の関係がある？」

「大司祭の皆さんの、買収をお願いしたいのです。ニコルド・イブートン大司祭を推薦していただくように。たったの五人だけで大丈夫です」

ベネティムは平然と不正の提案をする。

「馬鹿げている。私には——いや、ヴァークル社にはその得もない」

「ミローズ大司祭を支援しているからですか？」

「そのくらいは調べているようだな」

「ミローズ大司祭よりも、イブートン大司祭の方が儲かりますよ。まず、確実に神殿の収益は上がります。一般信徒や地方からの寄付が増え、浪費が減るからです」

その部分は事実だ。ニコルド・イブートンについては、フィジウスも知っている。もっとも神殿の勢力を拡大できるのも、ニコルド・イブートンという男だろう。魔王現象と戦う上で、人類側の利益になるともいえる。

「そしてイブートン大司祭はその収益を貯蓄しない。貧民街や難民、地方への寄付に回し、聖騎士団の軍備増強も行うでしょう。それをヴァークル社が回収することができます」

「かもしれんな」

フィジウスは部分的に認めた。適当に理由をこじつけているだけだろうが、その見立てに大きな誤りはない。こうしたベネティムの能力を、コルフィネ――二番目の妹などは評価して面白がっていたが、悪影響だ。あの妹もどこかで精神を叩きなおしてやる必要がある。

ベネティムには、もう一つ決定的に、まるで見えていないものがある。

「それでも私は――いや、ヴァークル社はニコルド・イブートンに投資しない。やつが人類側の利益になりすぎるからだ」

「それは、どういうことですか？」

フィジウスは何も答えなかった。説明する必要がないことだ――とはいえ、いま言ったその言葉自体が十分な説明になっている。あとは少しでも頭が回るなら理解できるだろう。

人類側の利益。まさにそれがヴァークル社にとっての問題だった。

ヴァークル社は戦争を欲している。魔王現象との戦いは、社にとって莫大《ばくだい》な利益を生み出し続けているからだ。そうである以上、社としてとるべき方針は一つしかない。人類をそれなりに優勢な状態に保ったまま、魔王現象にも加担する。

特に『共生派』という連中とは、つかず離れずの距離を保ってきた。やつらの私兵に――あるいはグエン＝モーサの教団といった兇徒《きょうと》に、軍部の密かな協力者を経由して雷杖を流しているのもヴァークル社だ。最終的には『共生派』と完全に手を組むべきか、否か。それはまだ結論の出ない問題ではあるが、いま敵対すべき相手ではなかった。

ゆえに、ベネティムの提案は認められない。聖選で勝利すべきは、ミローズ大司祭。

ヴァークル社の幹部会議でそう決まった。決定したのは父である。ほかならぬヴァークル社の長だった。その結論が出るまでには、ニコルド・イブートンを首席大司祭にする支援をする案も当然のように検討されていた。

（そういうことだ。一族の利益を考えるなら、それが最良）

フィジウスは、父の顔を思い出す。

静かではあるが、どこか冷徹なものを持った横顔。思えば自分は父の横顔しか見たことがないという気がする。正面から、父と視線を合わせたことがない。

（だが、この出来損ないの弟とは違う）

と、フィジウスは強く思う。かすかな痛みを感じるが、無視できるほどかすかな痛みだ。

（私は認められている。己の資質を証明し続けることができる）

だから、ベネティムなどと関わっている場合ではない。

「そこをどけ、ベネティム。お前に費やす時間はまったくの損失だ」

「そうですね。でも、今夜ばかりはそうでもないと思います」

「なに？」

「私たちと一緒にいることで、命が助かるかも」

違和感を覚えた――その瞬間、稲妻が閃いたように見えた。

ぱん、と、空気が乾いた音を立てて爆《は》ぜる。馬が棹立《さおだ》ちになり、その頭部が撃ち抜かれた。他ならぬフィジウス・ヴァークルが見間違えるはずもない。雷杖だ。ヤグルマ。蓄光弾倉の自動排出機構を安定させた狙撃杖の新型。

「なんだと」

と、疑問を口に出す頃には、フィジウスは馬車から転がり出ていた。身に沁《し》みついた危機回避。雪面に伏せ、頭を下げる。御者が何かを叫んで、雷杖を構え――その背後から撃たれた。囲まれている、とすぐに気づく。

「大丈夫ですか？　伏せてください、兄さん」

いつの間にか、ベネティムが寄ってきていた。この男も、地面に伏せている。

「敵が来たようです。兄さんが標的になっています」

「……どういうことだ」

「やつらは『共生派』です。私と兄さんが結託して、極秘情報を売ったことを疑われているんです。

私が密かに兄さんに会おうとしたからですかね？　実は私、他人からものすごく疑われる才能があるので――」

　フィジウスは絶句した。

　一瞬の沈黙。それを切り裂くように、奇怪な雄叫《おたけ》びが響き渡った。

「ゔぅぅ――ぁああああうううううう！」

　ベネティムの傍らにいた男だ。やけに手足の長いその男が、鉄製の竿《さお》のようなものを抱えていた。長柄の戦斧《せんぷ》か。

「大丈夫です、フィジウス兄さん」

　ベネティムはこちらを安心させるように、肩に手を置いてきた。

「タツヤがいますから、絶対に助かります。私たちを信じてください」

　フィジウスはその手を払いのけ、もはや無言でベネティムの顔面を殴りつけた。

◆

　タツヤの行動は迅速だった。

　一瞬、獣のようにうずくまったかと思うと、弾けるように跳んだ。ベネティムの目からは、黒ずんだ風が吹き抜けたようにしか見えない。

「ぐか」

という、喉から血を吐き出すようなタツヤの叫び声。その片手が戦斧を振るうと、降りしきる雪を巻き込んで吹雪の渦が生まれる。塀の上。雷杖を撃ってきた襲撃者の、胸から上が吹き飛んだ。鮮血が撒《ま》き散《ち》らされる。

「かかかっ」

タツヤの動きは止まらず、躊躇などあるはずもない。そのまま瞬時に二人、左右。戦斧の刃が喉と腹部を抉《えぐ》り裂《さ》き、絶命させた。

（タツヤこそ、懲罰勇者の中でも最強だ）

血飛沫《ちしぶき》と肉片が目の前に降ってきて、ベネティムは吐き気を覚えた。いまだにこれは慣れない。

（単純な戦闘では、きっと誰も勝てない）

ベネティムにはその確信がある。

単なる力比べや、俊敏な身体能力というだけの意味ではない。タツヤという男は根本的な何かが違うのだ。人間とはかけ離れている。それに、ベネティムは知っている。あのジェイスの相棒のニーリィが、タツヤに対しては一歩引いたような態度をとることを。

時にニーリィはザイロやライノーですら子供扱いするようなところがある。言葉こそ通じないものの、態度でわかる。それが、タツヤにだけは別なのだ。古い先達のように接する。

あるいは何百年という樹齢を重ねた、年老いた大樹へ敬意を捧げるような――

「貴様、ベネティム！」

ベネティムが思考を彷徨《さまよ》わせたのも束《つか》の間《ま》、兄が襟首を摑んできた。

フィジウスの目が火のような怒りを湛《たた》えている。昔からこの目が苦手だった。この目で怒られたくなくて、嘘をついたことが何度もある。嘘がバレると余計に怒られたが、何もしなくても怒られるなら、嘘をついた方がマシだった。

「……わからないことがある……！」

と、絞り出すようにフィジウスは言った。

「お前がどうやって共生派の連中と渡りをつけた？　そして、どうやって動かした？　私が貴様となんらかの密約を結んでいるはずがないと、やつらも少し考えればわかるはずだ！　そんな無能が共生派にいるのか？」

そう尋ねられたとき、ベネティムはぽかんと口を開けた。

まさか、この兄にもわからないことがあるなんて。しかも、これほど簡単で自明なことを。優越感ではなく、単純な驚きがあった。

「――ミローズ大司祭が共生派だということは、ほぼ確実でした」

なんだか少し愉快になったが、ベネティムはそれを顔には出さないことにした。

「だから彼女に極秘で接触しようとしたのですが、無視されました。当たり前ですけど……。そうしたら、なんだかすごく警戒されるようになって、監視とかされ始めたので……」

ベネティムの視界で、タツヤの影が目まぐるしく動く。その長い手足が伸び、振るわれるたび、血と肉がばら撒かれる。雷杖が光を放つが、そんなものが当たる男ではない。

塀の上から屋根の上や街路樹へ。緑色に輝く月の下、巨大な蝙蝠《こうもり》が飛び回っているようだった。

「私は監視の人に、全力で言い訳をしました」

「言い訳だと？」

「私はたしかにヴァークル社の末席ですが、もう追放されていて、何の関係もないですと。ましてやフィジウス兄さんとは根深い確執があり、絶対に何かを共謀したりすることはありません。本当です、信じてください――と」

喋る途中で、ベネティムはフィジウスから目を逸らした。その憤怒の形相を直視したくなかったからだ。緩みのない瞳。

「そんな風に全力で言い訳をしましたが、どうもさらに疑われてしまったようです。ザイロくんが手荒く追い払ったのも原因でしょうかね……？　私があらゆる証拠を揃え、言い訳をすればするほどそうなるんですよ……なんでみんな私の言うことを疑うんでしょうね？」

「お前は、なんという――」

フィジウスの手が再びベネティムの襟首を強く引き寄せようとした。それを恐れてベネティムは体を縮める――その瞬間、鋭い稲妻が、ベネティムの頬をかすめていた。

いや、実際にはフィジウスの肩だ。焼け焦げた臭いと、したたる血の感触。

フィジウスが顔を歪め、苦痛の声をあげる。屋根の上から、誰かが狙っている。タツヤを崩すのは諦めて、遠くから雷杖で狙撃しようというのだろう。

――という分析を、ベネティムは冷静にしたわけではない。ただ、反射的に叫んでいた。彼がいま持ち得る最強の手札に向かって。

「タツヤ！」

ベネティムは出血する兄の肩を両手で押さえ、叫んだ。

「狙われています、助けてください！」

普通ならばタツヤを呼んでも間に合わない、と判断する場面だろう。すぐに次の一射が来るのだから、なんらかの回避行動に移るべきだ。しかし、ベネティムにはその戦術的な思考ができない。

それにもかかわらず、タツヤはその指示に従い――結果的に実現させてしまう。

「じぃぃっ」

という異様な呼吸音。タツヤの体が高速で跳ね、そして、戦斧が一閃した。

ぱきっ、という奇妙な衝撃音。一秒ほど遅れてベネティムは気づく。それが放たれた稲妻を正確に弾く音であったということに。

「雷杖の、稲妻を」

フィジウスは顔を歪めたまま、呻いていた。

「弾いたのか。信じられん！」

「これがタツヤですよ」

ベネティムにもまったく理解できない現象ではあったが、ここで自信のないような顔はできない。

余裕を装って断言する。そして、もう一手。

ベネティムは首の聖印に指を添える。

「……ザイロくん。狙撃が来ました。いまので場所、わかりましたよね？　や、やれます？」

『当たり前だ』

雪の積もった屋根の上を、黒い影が飛んだ。タツヤとは違う。飛翔《ひしょう》するような独特の跳躍。

『追い詰めて捕まえる。そっちはそっちでうまくやれ』

潜んでいたザイロ・フォルバーツは、敵の居場所を見つけ出したようだ。吹雪の中を跳んでいくのがわかる。敵の捕獲。こればかりは、タツヤにはできないことだ。

「もう安全です、兄さん。何人かは逃がしたようですが」

ベネティムは体が急激に冷えていくのを感じる。この兄と対峙したときからずっと、恐怖と緊張による冷えた汗を流し続けていた。

「――改めてお願いします、フィジウス兄さん。我々とともに、人類の敵と戦いましょう！　共生派なんて叩き潰してみせますよ。私たちを信じてください」

タツヤが屋根の上の襲撃者に跳びかかり、胸の半分まで戦斧を食い込ませた。同時に頭部を掴み、そのまま力ずくで引きちぎっている。

絶叫。内臓がこぼれ落ち、タツヤは奇怪な雄叫びをあげる。

「るぅぅあああああ――ああああがあああああ！」

その姿は、人類の味方と呼ぶには、あまりにも暴力的で残虐だった。

「あれが懲罰勇者部隊の、最強の歩兵の実力です。我々懲罰勇者こそがこの戦いを勝利に導いてみせます、約束します！　私は尊敬する兄さんとともに戦いたいのです！」

「嘘をつけ……！」

さすがに兄は欺けない。しかし、

「私の言葉は嘘かもしれませんが、兄さんに他の選択肢がありますか？」

兄は何も答えない。ただ、ベネティムは再び顔面に衝撃を感じた。

視界が眩《くら》む。激痛。兄の憤怒の表情。拳ではなく肘を打ち込まれたのか。鼻骨が折れたような気がする。視界が眩んだ。

（でも……説教よりも、ずっとこれの方がいい）

鼻を押さえながらも、ベネティムは安堵していた。

一瞬で終わるし、これは相手がベネティムの要求を呑《の》むしかなくなったという意味だ。暴力を振るわれるというのは、おおむねいつも、ベネティムにとって一つの成功の証であるといえた。

「あの、痛いですよ、兄さん」

「……以前から、お前には聞きたいと思っていた」

ベネティムの言葉をまるで無視して、フィジウスはゆっくりと体を起こす。

そうして見下ろす顔つきは、ベネティムとは似ているが、まるで真逆の印象がある。冷たい石の彫刻のような顔だ。柔らかさの欠片もない。

「ベネティム。お前はなぜ、そこまで恥を晒して生きられるのだ。人に迷惑をかけることをなんとも思っていないのか？」

「そんなことはありませんよ。……私だって、兄さんたちのように、少しはちゃんとした人間になりたかったんですけどね。無理でした」

「嘘だな。なろうと思ったことは一度もないだろう」

「そうですね。……昔から兄さんたちのことが理解できなくて。私は私なりに、ちゃんとしているつもりでした」

「それも嘘だ」

「……はは。兄さんは騙《だま》せないなあ。そうです。復讐《ふくしゅう》のつもりでした。私は勝手に期待して、勝手に見捨てた父さんや兄さんたちに復讐するために……」

「もういい。そもそも、お前にこのようなことを尋ねたのが間違いだった」

フィジウスは首を振り、そしてもうベネティムを顧みない。

「置かれている状況は理解した。ここから先は、お前の背後にいる何者かと話をすべきだろうな。埒《らち》が明かん」

父や周囲の期待に応え続けてきた男。ベネティムにとって、それはもはや理解不能な超越者のように思える。信じられない忍耐力を持った男。

（こういう風に生きられたら、どんなにいいだろう）

と、ベネティムは思う。きっと、兄は確固とした己というものを持っているのだろう。

ベネティムには、もはや自分でも自分の本音がわからない。自分の心の中をどう掬《すく》おうとしても、その場しのぎの、目の前の相手をどうにか納得させようとするためだけの言葉しか出てこない。

そもそも内心の言語化というものを、ベネティムは自分からやったことがない。いつも他人の要請や脅迫によって行動してきた。誰かの望む内容が、そのままベネティムの行動原理だった。自分のために、何か自発的な行動を起こしたことが記憶にない。

いまではその行動の連続こそが、ベネティムという人間に蓄積された事実だった。

(兄さんを尊敬しているというのは、本当だと思うんだけどな……たぶん)

ベネティムは頭上を仰ぐ。ザイロはうまくやっただろうか。

◆

――雷杖の射撃を回避し、捕らえ、路上に蹴り落とした。

追いついてしまえば、俺にとってはさほど難しいことではなかった。そいつは接近戦に備えて短い剣も持っていたし、それは切っ先から聖印によって炎を放つという珍しい代物だったが、剣技はいま一つだ。

鳥のような鋭い叫びとともに振るわれる刃の、軌跡を見切る。

「遅《おせ》えっ」

踏み込んで肘を叩き、探査印ローアッドの振動を打ち込む。出力を高めたこいつを腕に食らった場合、ほとんどの人間が武器を保持できない。あとは手放した剣を蹴とばして終わりだ。

その際、俺は敵の剣に刻まれたものを見た。くさび形《がた》の、大聖印に少しだけ似た紋章。グエン＝モーサの教団の証だった。

「あんまり暴れるなよ。痛い思いをするだけだ」

俺は警告した。倒れた相手が、ナイフを引き抜いて放とうとしたからだ。まだそんな元気があったとは恐ろしいが、だいたい、ナイフ投げで俺に敵《かな》うやつがこの世に何人いるだろう？

つまり俺の投げたナイフの方が、先にそいつの肩に突き刺さることになった。

「聞きたいことがある」

地面に倒れ伏す狙撃手の、その背中を踏みつけて尋ねる。

「お前らの後ろにいるのは誰だ？　お前らグエン＝モーサを支援してる、クソ野郎のことだよ」

必ず、それはいるはずだった。グエン＝モーサの教団だけでできる陰謀じゃない。ミローズ大司祭を支援して、ヴァークル社を動かす。そういうやつが必ずいる。かなりの大物だ。

おそらく、こいつも名前なんて知らないだろう。ただ、手がかりさえ摑めればよかった。

だが――

「は。はは！　ザイロ・フォルバーツ！　この……汚れた背教者め！」

思ったよりも強い罵倒が返ってきた。瞳に浮かぶ感情には恐怖でも怒りでもない、なにか振り切った感情が浮かんでいた。

「貴様に教えることなど、何一つ――」

じりっ、と、そいつの体から火花が散った。前兆はそれだけだったが、十分だった。

「ない！」

俺はそれが何を引き起こすか知っていた。反射的に、飛翔印を使って飛び退く。

直後、そいつの体が炎とともに吹き飛んだ。回避はどうにか間に合ったが、巻き起こった突風で地面に転がる羽目になる。

（信じられねえ。自爆かよ。しかも――）

小型の焦土印に近いものだ。目の前で炎の渦が猛《たけ》り狂《くる》っている。間もなく捜査官やら消防部隊が飛んでくるだろう。

（本気か、こいつ……小型の焦土印を、飲み込んでた？　それとも腹に埋め込んでたのか？）

いずれにしても、凄まじい覚悟だ。よほど何の情報も与えたくないらしい。失敗したらすぐに死ぬ覚悟を決めるところも徹底している。あわよくば俺を吹き飛ばせたかもしれない。

――それでも、わかることはあった。

（相手は軍人だ）

と、俺は確信した。

こんな道具を揃えられるのは軍人だけだ。狙撃杖に焦土印。ヴァークル社から物資だけは支援されているにしても、それを製作する工房は限られている。ガルトゥイルが監督し、軍の施設でしか製造できないことになっていた。研究所も同様だ。

今回の一連のグエン＝モーサの教団の動きを見ていると、この武器の豪勢な使い方は、密かな横流しなんてレベルの話ではない。ましてや焦土印のような、取り扱いに細心の注意が必要なものまで持ち出してきやがった。あれの運用と保管は軍でも最大級の機密の一つだ。ドッタみたいなやつが存在しない限り、ちょろまかすことなんてできない。

となると、相手の後ろにいるのは軍人の中でも、相当な地位にある人物だろう。少なくとも太守以上、おそらくは総督だ。それにユトブ方面７１１０部隊。あのとき、俺たち第五聖騎士団を嵌めた部隊と繋がりがあるとすれば――さらに候補は絞られる。

俺は頭の中で、当時から現在までにおいて、総督以上の地位にある人物を並べ始めていた。

◆

朝のチカータ神殿には、日の光が満ちる。

そのような造りになっているのだろう。質素だが、よく清められた祭壇に光が当たり、静謐《せいひつ》で神聖な輝きを帯びている。

ニコルド・イブートンはその前に佇んでいた。それも、大司祭としての正装で。

「……どんな外法を使ったのか」

イブートンはベネティムの顔を見るなり、そう言った。

「興味はまったくない。だが、五名の大司祭が私を推薦した以上は、それが神々のご意志というものだろう。神殿規則からしても、拒絶はできん」

「ありがとうございます」

ベネティムは深く頭を下げたが、イブートンは眉一つ動かさなかった。

「その気になってくれて助かるぜ、大司祭どの」

神殿の長椅子に深くもたれかかりながら、ザイロが自分の首を指差して言った。

「あんたに勝ってもらわなきゃ、俺たちは首を吹っ飛ばされて年が明けるまで修理場だ」

からかうような物言いはひどい態度だと思ったが、イブートンはたいして気にした様子もない。

「多くの者が私を選べば首席大司祭となるだろうし、そうでなければ別の者がなる。そちらの方が個人的には好都合だがな。私にはやるべきことが多い」

「こいつはあんた個人の問題じゃなくなってるんだ。やってもらわなきゃ困るぜ」

「どこまでいっても信仰とは個人の、心の内側での問題だ。人が心に持っている、尊重するべき聖なるものを守るために存在している。神官はその領分の守護者に徹していればいい。本来はな」

「……ああ。そりゃ賛成だ。そういう世の中になるといいな」

ベネティムには、ザイロとイブートンの会話の半分も理解できない。なにか難しい話をしている気がする。ともあれイブートンは襟を正し、背筋を伸ばして歩き出す。

「ルフ・アロスの聖選まで時間がない。本日中に手続きを終わらせるが、おそらく命を狙う輩がいるのだろう。お前たちが私を首席の座につけたいなら、せいぜい注意して護衛することだ」

「ご心配なく。ただいま、手配しています」

ベネティムは即答したが、その点についても問題だらけだった。普通の方法では護衛の兵士など集まらない。なんとかしなければならなかった。それまで、タツヤとライノーを交互に護衛として張り付けておくしかないだろう。それでも限界はある——早急に手を打つべきだった。

（過労でどうにかなりそうだ）

と、ベネティムは思う。やるべきことが多すぎる。

「では、これから私の所信表明に向かおう」

そのままゆっくりとすれ違って歩み去る、寸前で足を止めた。その目が、ベネティムでもザイロでもなく、その傍らで立ち尽くす男を見ている。タツヤだ。

「似ているな、その男」

「はい？」

「神話の時代の英雄だ。聞いたことぐらいはあるだろう？　第一の《女神》が召喚し、第一次魔王討伐を成し遂げた九星のうちの一人。輝ける光の筒と剣を持って降臨し、己を聖獣に変化させて魔王現象どもと戦ったという」

イブートンは振り返り、祭壇の背後に飾ってある絵画に一瞥をくれた。

そこには《女神》と、彼女に付き従う戦士たちが描かれている。多様な色彩で描かれたその人影の群れは、明らかにいずれも人間離れしている姿にも見えた。絵画であるから、いくぶん誇張されているのだろうが。

イブートンの言う通り、第一次魔王討伐の際の話は、ベネティムでも聞いたことがあった。肉体を持たぬ大賢者にして建国者の《封じられし》ウラド、《呪陣》のアヴィリに、《貪欲なる》ニーグ、審判者ユキヒト。それから、あとはなんと言ったか――

「第一次魔王討伐の、『九星演義』か。俺も読んだよ」

不意に、ザイロが呟いた。その目が、祭壇の絵画に注がれている。彼はこの見た目で妙に古代の物語や書物に詳しい。貴族としての教養なのかもしれなかった。

「英雄の八星まではどの文書も一致してるが、最後の一人は名前も失伝してるそうだな。中には勝手な設定とか付け加えてるやつもいる」

「そうだ。第九星、聖獣の毛皮を纏う英雄の名前は失伝している」

イブートンはもう振り返らない。絵画からも、タツヤからも視線を外し、また歩き出す。

「はるか古代の英雄。異貌の姿を持つ、異世界から来たる聖騎士。とだけ伝えられている」

「俺たちも、タツヤが第一次魔王討伐から従軍してるって噂を聞いてる。どこまで本当かわからないけどな」

ザイロが視線を向けてくる。その噂の出元はベネティムだ。事実、勇者刑に処されたときからそう聞いているのだから、嘘ではない。本当でもないかもしれないが。

「正直言ってあんまり本気で信じてなかったが、こいつはその英雄だったのかもしれないな」

ザイロに指を差されても、タツヤは当然のようになんら反応を示さなかった――ただ、イブートンの護衛を果たすべく、その背に追随して歩いていく。その姿を、ベネティムはなぜかひどく神聖なもののように思った。

「……で？　ここからどうする、ベネティム？」

ザイロは立ち上がり、欠伸をした。グエン＝モーサの教団を追い詰めるべく、彼もツァーヴと徹夜仕事をしていたらしい。どうも眠気が消えていないようだ。

「イブートン大司祭が聖選の舞台に上がるなら、勝ちの目が出てきたな。期待できるぜ」

彼の言う通り、ニコルド・イブートンは神官や信徒からの人気が高い。彼のために寄付する者もいる。ということは、収入の増益が見込めるということで、投票も期待できるだろう。ヴァークル社が買収した五人は確実に票を投じるはずだし、それに便乗する者もいるかもしれない。

（ただ……向こうが本気でミローズ大司祭を勝たせるつもりなら、もう少し確実な手段をとっていると思うんですよね……）

と、ベネティムは思ったが、口にはしない。昔からベネティムは最悪の展開を予想することが多かった。しかし、そうした『最悪の展開』はしばしば荒唐無稽だとか言われる結果に終わるため、基本的に他人に打ち明けることはない。

言えば嘘だと思われる。それだけならまだしも、真実であった方が良くない結果を生む。勇者刑に処されたのも、ベネティムの考えた『最悪の展開』が真実を言い当ててしまったためだ。

だからこのときも、ベネティムは黙っていた。聞かれないことは言わないのが一番だ。

「あと俺たちが警戒するべきは、イブートン大司祭どのの暗殺だ。さっさと護衛を雇わなきゃならないぜ。当日、聖選をぶち壊しに来ることも考えて、こっちの手勢が百人は必要だな」

「それってつまり、とにかく人を集めればいいんですよね。たぶん、私は……五十人くらいなら集められます」

「おい、大きく出たな。お前の兄貴というか、ヴァークル社に頼むのか？」

「まあ……大きく分類すればそうですね」

「あ、いますげえ不安になった！　何考えてるかちゃんと言え。気になるんだよ、お前のそれ！」

「ええと、それなら言いますけど。実は、ですね。その後の展開も含めると、人を集める確実な方法と、やるべきことは――」

　そうしてベネティムはザイロに考えを打ち明ける。内心ではザイロが暴れ出すかと恐れていたが、彼はぽかんと口を開けた。

「――本気で言ってんのか？」

「え？　あの、はい。この方法なら、聖選にも勝てると思いますし……」

「ひでえな、冗談みたいだ。詐欺じゃねえか。けど」

　罵倒していいのか、ザイロはひどく悩んだようだった。

「なんつーか、ベネティム、お前たまにとんでもないこと考えるな。すげえな、その発想」

「ほ、褒められてるんですよね？　他に方法が思いつかないので」

「褒めてる。計画には少し手を加える必要はあるが……問題は残りの五十人か。必然的に、頼めるやつが限られてくるな」

「ええ。残念ながら……そちらの方が、私は不安です」

　ベネティムは胃のあたりに痛みを感じたような気がした。

刑罰：ルフ・アロス聖選介入工作 3

――ルフ・アロス開門祭まで、あと三日。

国王の仕事は、多忙を極める。

その決定には連合王国に生きるすべての民の命が懸かっており、特にいまは戦時だ。いっそう責務は重い。冬季休戦中とはいえ、少しでも国力を回復させ、雪解け後に備えねばならない。

ノルガユ・センリッジの考えるところでは、春季攻勢計画で魔王現象を討伐できねば、人類に未来はない。この休戦期における王の働きこそが、春の決戦の行く末を左右するのだと、ノルガユは確信している。

ゆえに、休む暇など一切ない。

まずは早朝。起床してから、朝食をとりつつベネティム・オーマウィスク宰相に一日の予定を確認させる。食事は粗食だ。黒パンに蕪《かぶ》の酢漬け、野菜の欠片を使ったスープ。時にはベーコンを一切れ。もっといい日ならば炒《い》り卵《たまご》。

「……えー。本日も、陛下にご決裁とお目通しいただきたい書類が多々あります」

と、ベネティムは書類の束を差し出してくる。この程度は想定の範囲内だ。むしろ少ない。

「またかねてよりお願いしておりました件、親衛隊の――」

「結構だ。予定は頭に入っている」

と、ノルガユはかすかに塩味を感じる程度のスープを啜った。

「ベネティム、お前は速やかに西方貴族どもの協力をとりつけよ。それがなければ、春季攻勢計画は頓挫する。――それから神殿の抑えも忘れるな。愚か者どもに神殿勢力を掌握されては面倒だ」

「万事、滞りなく。全力を尽くします」

と、ベネティムは頭を下げた。このベネティムにも様々な仕事を与えており、実際、それだけ活発に働いているようだ。最近は、珍しく本当に神経を削っている顔をしている。

よって、ノルガユも一言だけを与える。

「よいだろう。励め」

そうしてベネティムが退出するのを見送って、書類の山に取り掛かる。連合行政室がまとめた資料をベネティムが選別したというものだが、考慮するべきことは実に多い。

諮問が必要な項目については、個別にまとめておく。王がすべてを把握する必要はないが、やはり小さな視点というものは必要なのだ。一方で、それに引きずられてもいけない。全体を俯瞰《ふかん》する思考と、個々の立場に寄った発想、その両方を使い分けるのが王だ。

そのようにして書類を読み込んでいると、稀《まれ》に来訪する者もいる。正式な訪問の予定はとっていないが、限られた数名にだけ、ノルガユはそのような無礼を許していた。

たとえば、諜報機関の長。

第十二聖騎士団長、カフゼン・ダクロームという。この男はいつも気配もなく、執務室にまで堂々と忍び込んでくる。

「ご無沙汰しておりました、陛下。ご挨拶が遅くなり申し訳ございません。第一王都へのご帰還、お喜び申し上げます」

そう言って、カフゼンは恭しく一礼する。いつものことながら、芝居がかった仕草だった。

「大仰な挨拶はいらぬ。お互い多忙な身だろう」

「ええ。それでは、早速、現状のご報告から――」

「それも不要だ。報告ならば、お前の部下からすでに受けている。責務は怠っていないようだな」

ノルガユの机の上には、書類がうずたかく積まれている。密かにカフゼンの手の者から届けられる報告資料だった。第一王都に帰還してからは、資料だけは毎日のように届いていた。カフゼン本人が訪れるのは初めてのことになる。

「我らの働き、陛下に評価していただけるなら幸いです。前線の戦はいかがでしたか？」

「厳しい」

と、ノルガユは重々しく告げる。

「非常に厳しいな。兵は傷つき、民は疲弊しつつある。このままでは二年、三年と戦線を維持することはできん。余力のある現在こそが最後の機会だろう」

「では、我々もいっそう努力しなければなりませんね」

「当然だ」

カフゼン・ダクロームの、どこか嗜虐的な笑顔を睨みつける。

「目と手を緩めるな。お前たちには、我が国の裏の治安を一手に担っているという自覚を新たにしてもらいたい。特に憂慮すべきは、東方にあるぞ」

ノルガユには、最大の懸念点はそこにあると思えた。毎日のように目を通している税収に関する書類、人の動き、治安と経済活動の変動などでそれは見通すことができる。

「くだらん連中に唆されたか。東方諸島で反乱勢力の気配があるようだな？　この『海賊』という輩ども、実に疑わしいではないか」

「慧眼《けいがん》です。旧キーオ王家に連なる有力氏族が武装したものが、その『海賊』と見られています。《ゼハイ・ダーエ》の軍勢と名乗っているようで。樹鬼を率いており、鎮圧に手を焼いています」

ゼハイ・ダーエ。旧キーオ諸島国家における、守護獣として信じられる生物の名だった。

真紅の鱗を持ち、海と空を自在に舞う、巨大な蛇。伝説では山を削り、竜巻を呼ぶことができたとされている。海賊どもは、キーオ王家に属する何らかの正統性を主張している集団と見るべきだ。

「春季攻勢計画が潰《つい》えぬよう、お前たちが手を回せ。特に港は重要だ。死守せよ」

「承知しております」

「話は以上だ。すぐに動き出すがいい」

「冷たいですね、陛下」

カフゼンは苦笑した。そうすると、この男は痛みを堪えているような顔になる。

「せっかく凱旋なされた陛下とお言葉を交わすのを、私は楽しみにしていたのですがね」

「余が定義する凱旋とは、勝って帰ることを言う」

ノルガユはまた書類に目を落とした。

「余はまだ勝利を得ておらぬ。すべてはその後だ」

「私もその日を夢見ていますよ。陛下が王城に帰還し、民は歓喜して出迎える。すべての兵士は傷を癒《いや》し、疲弊した国土は安らぎを取り戻す。そういう日です」

「それを夢などとは、二度と言うな」

ノルガユは厳しく言った。平和というものは決して夢ではない。王たる者がそんな表現をするべきではなかった。

「もう行け。余もお前も、責務を果たさねばならん」

「ご忠告、胸にとどめておきます」

そしてふと一瞥したときには、すでにカフゼンは去っていた。

そういう男だった。

それから、その日の非公式な訪問者といえば、もう一人。いささか頼りない足取りながら、ノルガユの執務室を訪ねる人物がいた。

「ノルガユ様」

と、その小柄で痩せた少年は、見事な作法に則《のっと》った礼をしてみせた。

「ノルガユ様には、いまだしっかりとした形で礼を申し上げておりませんでした。あのとき、トゥジン・トゥーガ丘陵で私の命を救ってもらったことについてです」

「そうか。ライクェル」

と、ノルガユはその少年の名を呼ぶ。

「もうすっかり健勝そうだな。泣き言を余に訴えることもなかった。よいぞ、王族たる者はそうでなければな」

彼の弟。第三王子、ライクェル・ゼフ＝ゼイアル・メト・キーオ。すなわち、後継ぎがいないノルガユにとっては、次期王位継承候補者の一人でもある。レナーヴォル、リーズファルに次ぐ——

（いや。リーズファルは——たしか——）

不意に頭痛を覚えて、ノルガユは首を振る。

「ノルガユ様？」

ライクェルが心配そうに見上げている。ノルガユはかすかに呻いて首を振った。その少年を安心させるように。

「気にするな、ライクェル。おそらく、疲れが少々溜まっていたのだろう」

「そうですか。……あの、ご無理はなさらぬよう。姉も、身を案じていました」

「うむ」

ノルガユは大きく意識して呼吸をすると、最後の書類の一枚に署名を終えた。

「お前たちも体には気をつけろ。この状況下、王たる者が安寧を貪るなどもっての他だが、王族に代わりは少ない。国家には変わらぬ中心たる存在が必要なのだ」

そうでなければ、常に最強の者が国家の頂点に立とうとすることになる。そんな状況は必然的に闘争を生み、民を安んじることができまい。

あるいは一部の者が主張する、かつての西方連邦に倣った議院制は、ノルガユにとっては言語道断だった。市民選挙で国家の代表を決めるなど、人気投票で国を運営するようなものではないか。それで優れた者を本当に選出できるとは、ノルガユには信じることができない。民に己の代表を選ぶほどの賢さを求めるのは、冷酷としか思えなかった。

(やはり、国の基本は王である)

王を、優れた者たちが補佐する。そのためには教育機関を拡充し、腐敗しないような仕組みを整えねばならない。

「よいか、ライクェル。己の責務を常に己自身に問え。王族であるとはそういうことだ」

「あっ、ええと――は、はい！　わかりました、ノルガユ様」

少し戸惑ったようだが、ライクェルは素直に返事をした。そうでなくては。まだ幼いとはいえ、なかなかの素質の持ち主であるとわかる。

「他の、あの――勇者の皆様もお元気でしょうか？」

「壮健だ。嫌になるほどな。余の精鋭だ、この程度の戦闘で消耗してしまうようでは困る」

ザイロとジェイスはひどい手傷を負ったようだが、すでに復帰している。春までに、どれだけ軍の力を底上げできるか。それは連合王国の陸と空を担う二人にかかっているのだから、休んでいられる状況でもない。

「さて――お前には悪いが、ライクェル。余はこれから別の職務を果たさねばならぬ」

「お出かけになるのですか？」

「やるべきことがある。遊んではやれぬ」

ゆっくりと立ち上がる。もう頭痛はない。

「募兵だ。余が手ずから、親衛隊を募る必要がある」

◆

「募兵？」

そのことを聞いたとき、パトーシェ・キヴィアは思わず眉をひそめた。

乗馬の調練の後、シエナ狙撃兵長と市内の食堂で食事をとった帰りのことだった。兵舎の談話室でザイロが待っていた。相変わらず険しい顔つきの男だ。この第一王都に帰還してからというもの、戦場よりも険悪な表情になっている気がする。

「大丈夫か、貴様」

思わず、そんな風に声をかけていた。

「まともに眠っていないように見えるぞ。その様子では……テオリッタ様も心配なされるだろう」

後半は、言い訳のような台詞になってしまった。ザイロは目元を親指でこすって笑った。

「さっきまで、ここで少し寝てた。お前に心配されなくても大丈夫だ」

「私は別に心配していない」

「一回か二回の徹夜くらいで、いざってときにしくじるような鍛え方はしてない。きっちり仕事は片づけられる。お前もそうだろ？」

たしかにそれは兵隊の基本だ。不眠不休での行軍訓練、そして戦闘訓練。最低限の休息で移動し、即座に的確な判断と行動ができるようでなくては、将校は務まらない。パトーシェも王都からガルトゥイルまでを徹夜で往復する訓練をしたことがある。

だが、このときはザイロの発言に対してなぜか妙に腹が立った。

（まともに任務を果たせるか、だとか――そんなことを心配したわけではない）

では何を心配したのか、といえば、パトーシェも言葉にできなかった。

「ニコルド・イブートン大司祭どのが、正式に聖選に参加することになった。候補としてな」

パトーシェが逡巡している間に、ザイロは唸るように言った。

「残りの仕事は二つ。あと三日だから時間がない。泣けてくるよな」

「泣き言を言っても始まらんだろう。残りの課題はなんだ？」

「一つ。グエン＝モーサの教団を片づける。こっちは俺とツァーヴでやる……ツァーヴが居場所を割り出した。いまから向かって蹴散らしてくる」

ザイロは指を二本立てた。順番に追っていく。

「二つ目。募兵だ。イブートン大司祭どのに護衛がいる」

「……そうだろうな。本当にニコルド・イブートンを立候補させることができたなら、護衛部隊の人員確保は急務だ。我々だけでは手が回らん」

「ああ。俺たちが自由に動かせる兵力が欲しい。ルフ・アロスの聖選に間に合えばいい——それまでタツヤとライノーが守ってるけど、まあ、仕掛けてくるなら当日だろうな」

「自信がありそうだな。根拠は？」

「前日までなら、殺されても他に候補を立てるとかな。イブートンの死を利用する方法があるんだろうよ。実際、アディフの口ぶりだと、何か手がありそうだった」

それならば、やはり当日を警戒するべきなのだろう。というより、物理的にいますぐ兵力を都合することなどできない。万が一の暗殺に備えるならば、タツヤとライノーに期待するしかない。

「護衛は、できれば百人は必要だ。最低でもそれだけはな」

「本当に最低限だな。だが、無茶な話としか思えん」

そのように、パトーシェは断言するしかなかった。

現状では、まったくの民間から探すしかない。つまり、不名誉で過酷な作戦を、懲罰勇者とともに戦う——そういう、明らかにどうかしている人材を。百人も。

「とりあえず、半分の五十人でいい。あとの五十人は、ベネティムがどうにかするって言ってる」

「ベネティムか……不安だな」

「俺もそう思ったが、聞いてみたら勝算があった。でも、お前は知らない方がいい」

「な、なぜそう思う？」

「秘密にしておきたいことだからだ。そういうの苦手だろ」

「……何を言う。秘密くらいは守れる！」

「言い方が悪かった。隠し事の得意なやつになるのはやめてくれ。このところ、そういう連中にうんざりし始めてる」

真正面からザイロの目を見ると、パトーシェはなんとなく反論しづらかった。ひどく疲弊した様子が見て取れた。咳ばらいをしてうなずく。

「わかった……詳細は聞かないでおく。だが、五十でも難題だぞ。自分から死刑囚に立候補せよというような話だ。待遇はどうなる？　我々が雇用などできるのか？」

「いま編成準備中の、『聖女』が率いる聖骸旅団って部隊。噂くらい聞いてるだろ？　そこに所属する義勇兵って扱いになる」

聖骸旅団。実際、それは有名な話になっている。

聖女ユリサ・キダフレニーを指揮官に据えた、春季攻勢計画の要となる部隊の構想だ。もちろんユリサに戦闘指揮などとれるはずもないだろう。彼女は軍事技術を学んだ人物ではない。ただし、象徴としての意味はある。

「難しいな……薄給なのは確実だし、いずれもっとも過酷な戦線に投入されることになるぞ」

「頼む。なんとかしてくれ。あと三日しかない」

ザイロは目の下に隈の浮いた顔でうなずいた。頭を下げたつもりかもしれない。

「やることが山積みだ」

結局、自分しかいないということになる。ドッタは骨折して入院したし、そもそも向いているとは思えない。タツヤは根本的に不可能だ。ライノーは――なぜだか、兵士の募集という仕事を任せてはいけない気がする。

「募兵を担当するのは、私一人か？」

「いや。ノルガユがいる。陛下と組んでやってくれ」

「あの男とか……大丈夫なのか、あれは？」

「あれでも演説は得意なんだ。ヨーフ市でもなんだかんだ言って、あいつが冒険者ギルドのやつらをまとめ上げてただろ？　ノルガユはお前がうまく面倒を見てやってくれれば、役に立つ」

「……やむを得ない。やろう」

パトーシェはため息をついた。状況は切羽詰まっている。遊ばせておける人材などいない。

「だが、貴様は出かける前に少し眠れ、ひどい顔だぞ」

「俺はいいんだよ。すぐに出かける……寝てる場合じゃない」

「貴様は自分を労《いた》わるつもりはないのか？　任務とはいえ、所詮はアディフ・ツイベルの個人的な頼みごとにすぎない。自分をすり減らす必要があるのか？」

「ちょっと事情が変わってきたんだよ」

ザイロは口の端を歪めた。笑ったようでいて、なにかを堪えているようでもある。

「今回、聖選の裏で動いてる連中の背後に、ユトブ方面７１１０部隊ってやつらがいる」

「それは――」

「俺とセネルヴァを嵌めた連中。部隊を名乗ってるからには、そのさらに背後には指揮官だか黒幕だか――そういうやつがいるんだろう。ヴァークル社を動かして、対立候補のミローズ大司祭を祭り上げて、グエン＝モーサの教団を唆してるやつだ」

　パトーシェは沈黙していた。ザイロは無理をしようとしている。それを止める方法がわからない。何か言葉をかけるべきだった。頭の中を探って、それを絞り出す。

「……テオリッタ様も、お前を心配していらっしゃる」

　そう――心配していたのは、テオリッタだ。自分ではない。

「お前はこの数日飛び回り、まったく姿を見せないではないか。ルフ・アロスの祭りをともに回る計画を立てておられたぞ。テオリッタ様を悲しませるなら、私が許さん」

　言ってから、後悔した。こんな言葉をかけたかったわけではない気がする。では、何を言うべきだったのか、それは自分でもわからない。

「じゃあ、当日までに片づけないとな。邪魔者を始末して、きっちり護衛ができれば、イブートン大司祭どのは十分聖選に勝てるはずだ。そうすりゃ俺たちの仕事も終わり。祭りを楽しめる」

　ザイロはパトーシェの肩を叩いた。

「テオリッタによろしく。ルフ・アロスは一緒に回るよ。だから、募兵の方はお前に任せた」

「……わかった」

　逡巡した挙げ句、パトーシェはうなずいた。

　思えば、滅多にない機会ではある。前回の第二王都潜入では、フレンシィ・マスティボルトが作戦成功に大きな貢献を果たしたと聞いている。それを聞いたときは意味もなく不愉快だった。そのフレンシィはいま、冬の備えのために領地に帰っていた。

別にあの女がどうこう、というわけではないし――決して対抗するつもりはない。まったくない。

だが、かつて聖騎士団の長に選ばれた者として、実力を証明するときだ。

そうして、もっと自分を――いや。違う。周りの他人を、頼るようになればいい。この男の悪いところはいくつもあるが、特に一人で色々な物事を抱え込み、『たいしたことじゃない』などと子供じみた強がりを言う愚かさは救いがたい。

「やってみせよう、たやすいことだ」

◆

――とは言ったものの、募兵にあたって問題は山積していた。

そもそも達成不可能な要素が多すぎた。パトーシェ・キヴィアの募兵任務は、ある意味で最初から失敗していたといえる。

ノルガユなどは、

「王たる余が自ら呼びかけ、旗を掲げれば、必ずや勇気ある万民こぞって集うこと間違いなし」

と、楽観主義を超えた台詞を口にしていた。

「よって、この任務の困難性は、いかに兵を選抜するかにかかっている。卓抜した気概と軍事的才能を持つ者を見出《みいだ》さねばならん。それは貴様に任せる、パトーシェ・キヴィア」

ノルガユは金色の髭《ひげ》を撫《な》でながらそう言った。

「王宮では下々の者が遠慮するであろう。まずはしかるべき場所を確保せよ」

「……わかっている」

命令に従うようで釈然としないが、事実としてそれは必要だった。

懲罰勇者たちが寝起きしている、軍営の片隅で募兵するわけにもいかない。通常ならば民間人の立ち入りが禁止されているからだ。懲罰勇者がその許可をとるより、民間施設を期間限定で借用する方がまだ容易だった。

よって、目をつけたのは第一王都多目的市民ホール・東タルガーノ地区だった。

常日頃から開放されている、市民にとって憩いの場の一つである。演劇や演奏、職能ギルドの会合や臨時の市場といった催しに、幅広く使われている。そこを懲罰勇者部隊による募兵のための拠点として、使用する許可が下りた。

当然のように使用料を支払う必要があったが、これはベネティムが現金を出した。軍票ではなく現金を持っていたことに驚いたが、追及はしなかった。本来ならドッタを捧剣祭で勝たせることで手に入れるはずだった金が、なぜ存在するのか。それを考えたとき、ろくな手段ではないように思えたからだ。

とにかく手筈《てはず》はすべて整えた。そのはずだった——のだが。

「そんな話は聞いてないね」

鉛のような目つきをした、陸軍の軍服を着た男が応対した。

おそらくは、どこかの有力貴族の後ろ盾を得ている部隊なのだろう。まるで日に焼けていない、ベネティムのように白すぎる肌が、長らく王都近辺の防衛に従事していたことを物語っている。

「この施設は少なくとも十日ぐらい、うちらの部隊が貸し切ることになってるんだよ」

「こちらこそ、そのような話は聞いていない」

パトーシェは、可能な限り食い下がった。それでは命令が通らないからだ。どこで齟齬《そご》があったのか突き止める義務があるだろう。もともと理不尽なことに対しては、その原因をどこまでも追及したくなる性質だ。

「いったい貴官は、どのような権限を根拠に、この市民ホールを貸し切ると断言できるのか。我々は命令書を受けている」

「どのような権限って……王都直衛軍三七重装打撃隊。デュサン司令閣下の権限だよ」

鉛のような目つきの男は、パトーシェの手にした命令書を一瞥した。

「冬季休戦までを勇敢に戦い抜いた我々と、その戦いを資金面で支えた国士の方々を慰問するため、宴《うたげ》を開くことになってる。市内のでかい施設は、だいたい似たようなもんじゃねえかな？」

これには、パトーシェも言葉を失った。憤りのためだ。

（勇敢に戦い抜いただと。どの口がそんなことを）

王都周辺の防衛を担う部隊の指揮官は、富裕貴族の後ろ盾を持つ者が多い。

そういう連中には『騎兵隊』やら『打撃隊』などという肩書を持つ者もいる。王都直衛とされる部隊の中で尊敬に値する者は、聖騎士などの一部の精鋭、あるいは兵站部や管理部といった部署ぐらいのものだ――とパトーシェは考えている。

　王都の防衛部隊には惰弱な兵が多い。危険な前線ではなく、第一王都の周辺で安穏とした日々を送る連中。それも、指揮官の積極的な働きかけによってその立場を得た者たち。

「……だが、宴といっても施設をすべて使うわけではないだろう」

　不快ではあったが、パトーシェはさらに己の責務を主張した。

「我々は使用料を支払っている。屋外の一部使用だけでも構わない、我々には天幕の用意もある」

「駄目だね。お前ら『懲罰勇者』だろ？」

　鉛のような目の男は、片手で虫を払うような仕草をした。

「同じ敷地にいると考えただけでも、高貴な国士の方々の機嫌を損ねるかもしれん。もっとも――」

　鉛の目の男は、そうして薄く笑った。

「お前が給仕でもやってくれるんなら、宴の席に参加させてやってもいい」

「貴様は」

　パトーシェは思わず拳を固めかけた――が、その前に大声で怒鳴った者がいる。

「何を言っている、愚か者め！」

　ノルガユだった。いつも通りの厳めしい顔で睨みをきかせていた彼は、いつの間にかパトーシェの前に進み出ていた。

「この余が自ら親衛隊を組織しようというのだ。それでも王都を守護する直衛部隊か？　上意下達は軍の基礎も基礎、これをおろそかにしては戦いなどできん！」

「……なんだよ、お前は」

鉛の目の男は、迷惑そうにノルガユを見た。

「うるせえから消えてくれるか？」

「う、う、う、うるさいだと！」

ノルガユは怒りのあまり言葉を詰まらせた。

「貴様っ、余の顔を知らんのか！　余はノルガユ・ゼフ＝ゼイアル・メト・キーオである！　貴様の上官を連れてこいっ、即刻処罰してくれるわ！」

「お、落ち着け、ノルガユ……陛下」

やむを得ず、パトーシェは『陛下』をつけてノルガユの名を呼んだ。怒鳴り散らしたせいで周囲の目がこちらに向いている。異変を察した兵士たちが近づいてきつつある。

「おそらく何かの命令の行き違いだろう。ここは一度下がって、別の方法を――」

「黙れ、パトーシェ・キヴィア！　このような無礼者を許しては国の乱れ、秩序の崩壊に繋がりかねん！　いますぐこの者の身柄を拘束せよ！」

「たしかにそれはそうではあるが」

「おいおい……本当になんだ？　おかしいぞ、この男……」

あまりの剣幕に、鉛の目の男は一歩だけ後退した。

いますぐにでも暴力を振るわれると思ったのかもしれない。そして周囲の兵士たちに助けを呼ぼうとしている――限界だ、とパトーシェは思った。

「失礼」

そうすると決めたパトーシェの動きは迅速だった。

まずはノルガユの顎を肘で一撃——脳を揺らしてよろめかせる。そこからすぐさま首に腕を回して絞め上げると、ノルガユが意識を失うまで大して時間はかからない。体格はいいが、ノルガユ自身の戦闘能力はほぼ皆無といっていいだろう。

よってノルガユの身柄の拘束は、たちまちのうちに完了した。

「えっ」

と、鉛のような目を見開いて、男がさらに一歩後退した。

周囲のざわめきが聞こえてくる。

「……これ以上は無意味なようだ。他を当たる」

それだけ言い残し、パトーシェはノルガユを引きずりながら市民ホールを後にする羽目になった。

ノルガユは引きずっていくしかない。

ひどく目立つだろう、と思った。

◆

正規の手段で獲得した、募兵のための場所が使えないというのなら、パトーシェに思いつく手段は少なかった。

（残るは公園か、道端か）

どちらもあまり期待できない選択肢に思えた。この寒空の下、ただでさえ人が集まりにくい条件の場所で、募兵しなければならないのか。そもそも懲罰勇者と連携する部隊という時点で、相当な物好きを探さなければならないというのに。

チラシを作って地道に配って歩く方がマシだろうか？　それにしても印刷機やインク、用紙の調達が必要になる。

（……そこまでやって、どこまで効果があるか）

それはパトーシェ自身にもわからない。

むしろ疑念の方が大きい。本当なら、私兵の提供を依頼できそうな貴族や商人、そうした伝手を頼るべきだとは思うが、そんなものはない。少なくともパトーシェには無理だ。

家を捨て、唯一の親族だった伯父も殺した。それは自分自身でやったことだ。

（そもそもなぜ、こんな任務を私に――）

と、ベネティムの怯えた顔を思い浮かべるが、よくよく考えると自分とノルガユぐらいにしかできない仕事ではある。ベネティムならば人を集められるかもしれないが、兵士の選抜などできない。ドッタやツァーヴには向いていないし、ライノーは論外だ。

タツヤは――あの男はいったい何者なのだろうと思うときがある。自分から喋ることはほぼない。質問をすると意味不明な呻き声を返す程度だ。

（しっかりしろ。これで成果が皆無だったとなれば、あの男に何を言われるものかわからない）

やらなければならない。いつもそうだが、ザイロ・フォルバーツに対しては、我ながら驚くほどの敵愾心《てきがいしん》が湧いてくる。負けるわけにはいかない、という感覚だ。

（方法はある。どんな手を使ってでも任務を果たす。これは、私が任された仕事だ……！）

パトーシェの目は、軍営の片隅に張り出されたチラシを睨んでいた。

『炊き出し』。いまの第一王都には、魔王現象の被害から逃れてきた難民が多くいる。そういう者たちを対象に、希望者を募って実施される奉仕活動のことだった。

特に、年末年始の冷え込みは強烈だ。温かい食べ物を振る舞い、満足な住居のない人間には風雪を凌げる仮設住居を用意する。それから仕事の斡旋《あっせん》。衣類の提供などを行う——そういう趣旨の文章が、紙面に書き込まれていた。

この活動に便乗するのなら、許可は不要だ。軍への入隊を斡旋し、労働環境を保証することにもなる以上、どこからも文句はあがらない。

ただ、問題が一点。

（炊き出しという名目で活動するのなら、最低限の料理技術が必要になる……）

しかし、やるしかないだろう。ルフ・アロス開門祭まで、あと二日の猶予しかない。使えるのは明日と明後日、その次の日はもう聖選だ。つまり明日中に護衛を確保できなければ、編成と、最低限の予行演習をしている暇がない。

パトーシェは自分の頬を強く叩き、気合を入れた。

「見るがいい。私の、これまでの鍛錬の成果を！」

◆

結論から言って、料理という一点におけるパトーシェの自己評価は、あまりにも高すぎた。

「……これは、どういうことだ……？」

パトーシェ・キヴィアは小ぶりな鍋の中を覗き込み、困惑した。

作っていたのは、麦と芋の粥《かゆ》だった。これに少量の野菜の切れ端を加える。見た目は悪くはない。

だが、その味は――濃すぎるうえに、妙に油っぽい。味見をしなければ良かったと思ったくらいだ。

少なくとも、本来の炊き出し用の大鍋でやらなかったのは正解だった。パトーシェは公園の中央に備えられた、たくさんの鍋と調理器具を見つめて思う。ベネティムからさらに資金を引き出して買った器具を台無しにしてしまうところだった。……いや、本当に台無しだろうか？

（そうだ……こうして、何度も口に運んでいれば）

パトーシェはさらにもう一匙《さじ》、自作した麦粥を口に運ぶ。

（食べられなくもない味のような気がしてくるぞ。いけるか？）

素早く咀嚼《そしゃく》する。妙に油っぽく、塩気が強すぎ、焦げ付いている部分もあるが、徐々に慣れることはできそうだ。

「……うむ」

だが、その傍らで麦粥を啜ったノルガユの意見は、まるで異なっていた。粥を掬った木匙をくわえると、真顔でうなずく。

「とりあえずこの粥を大衆に振る舞うのはやめておくがよい。責任を持って、勇者部隊で消費せよ」

「な、なぜそうなる」

パトーシェはノルガユを睨んだ。

「ザイロから秘伝の調理レシピまで預かっているのだぞ！」

行軍中の炊事技術錬成計画として預かった、手順書のようなものだ。この通りに忠実にやれば、まっとうな粥ができる。あの男はそう保証していた。

「こうしてみると、食べられない味でもないだろう。若干の失敗はあったが、次はもっとうまく調理できるはずで――いや、大鍋に挑む前に、もう一度くらい小鍋で試行を……」

「パトーシェ・キヴィア。貴様のその忍耐力は称賛に値する。が、その忍耐力こそが貴様の料理の進歩を阻害しているのだ」

ノルガユは聖印調理器の熱を落とし、パトーシェから小鍋を隠すように蓋をした。

「味見で己の忍耐力の限界に挑むべきではない」

「こ、この程度は忍耐のうちにも入らん……心配は無用だ。十分に味もするし……」

「そもそも貴様の心配などはしていない。味は十分すぎて過剰だ。その点を理解するべく、一つずつ検証していくが――」

こういうときのノルガユは、まるで我慢強い教師のような物言いをする。木匙を指揮棒のようにして鍋を差す。

「まず、この妙な油っぽさの原因はなんとしたことだ？　油でも入れたのか？」

「入れた。鍋と具材が癒着しないようにするためだ。栄養効率も高くなるとザイロが言っていた。手順書には明記されていなかったが、炊事の基本だからな。私は欠かさない」

「その基本に対する考え方が誤りだ。粥のような煮込む料理にその必要はないし、量も多すぎる。――次にこの異様な味の濃さだ。塩の分量は正確であったか？」

「当然、正確だった。小匙を使って――」

「それは大匙である」

ノルガユの冷徹な指摘に、パトーシェは腹を立てようとした。

が、彼女の性格では不可能だった。代わりに、自分でもよくわからない言い訳が口から出てきた。

「……こ、この程度の大きさは、……そう。軍用スコップの規格を知っているか？　小型尖形《せんけい》スコップと呼ばれるものは、直径が三十標準カングと定められており――」

「軍用スコップの規模感を料理に持ち込んだことが、貴様の戦略的敗北である。また、わからない場合は他者に聞くべきであった」

パトーシェは何も答えないことにした。というよりも、答えるべき内容を持っていない。

「ただし、過剰な加熱による焦げ付きは、調理手順の記載不備によるものだな。貴様の責任ではないため、これについては不問とする。保温中の熱操作について、聖印調理器に慣れていない者にも伝えるべきだが、その部分が抜けているようだ」

ノルガユはそう締めくくり、『炊き出し調理手順概要書』と書かれた薄い冊子を閉じた。

「――以上。とりあえず貴様は調理器具の名称を習得し、その忍耐力を味見の際に発揮することをやめねばなるまい」

「で、では、もう一度……」

「その時間はない。それより貴様の場合は、刃物の扱いに長けている。芋の皮剥きに専念せよ」

　ノルガユの物言いでもっとも屈辱的なのは、それが適切だと思えるからだ。

　調理用の小型の刃物の扱いについては、懲罰勇者部隊に入ってから少しは上達した。無用に芋をやせ細らせてしまうことはない。

「やむを得まい。調理は余が手ずから担当しよう」

　ノルガユは大きくうなずいて、その頭を白い布で覆った。これにはパトーシェも驚いた。

「できるのか？」

「適切な調理器具と手順があれば、できないことはない。もともと、あれらの民は余の庇護を頼ってこの第一王都までやってきたのだ」

　ノルガユはざくざくと雪を踏みしめ、歩き出す。

「その期待に応えるのが余の役目。このようなことは特別に、一度だけだぞ」

　懲罰勇者部隊に割り当てられた大鍋と調理場は、公園のほんの片隅であり、天幕からも少しはみ出す有り様だ。しかし、ノルガユは迷いなく大鍋と食材を手に取った。

「そうか……」

　パトーシェは、その視線を公園の外へ向けた。

長蛇の列ができている。その顔はいずれも疲弊しており、かつ栄養状態にも不安が見られるものだった。魔王現象が猛威を振るう地方から逃れてきた者は、非常に多い。特にトゥジン・トゥーガ丘陵周辺は、壊滅的な損害を受けた村も多かった。

「しかしこれでは、兵の募集などできそうにないな」

「問題ない。余が堂々たる声で呼びかければ、必ずや志願者は集まるであろう。パトーシェ、貴様も弱音を吐く前に芋の皮を剝け」

「ううむ……」

存外に手際よく作り始めたノルガユを横目に、パトーシェも包丁を手に取る。

しかし——炊き出しが首尾よく成功したとしても、ここに集まっている難民の中から、何人が話を聞いてくれるだろうか。まるで自信はない。

(必要な数は、五十名だぞ)

酔狂な人間が一人二人では賄えない数だ。とても無理だろうと思わざるを得ないが、考えても仕方がない。パトーシェは全力を尽くして挑むしかなかった。

「さあ、ぐずぐずしている暇はない。パトーシェ・キヴィア！　貴様は芋を剝き終わり次第、民を労わる声をかけ、余が精兵を必要としていることを伝えに行くのだ！」

ノルガユが一人、気力に満ちた声をあげた。パトーシェはため息をつき、芋を剝く手に集中しはじめる。なんとなく、この先に起きることが見えた気がした。

◆

「――どういうことだ！」

ノルガユは憤慨していた。

大声で喚《わめ》き、手近な炊き出し担当の職員を捕まえて不満をぶちまけている。

「一人も兵が集まらんではないか！　こんな嘆かわしいことがあろうか？」

それはそうだろう、というのがパトーシェの見解だった。

結果として、炊き出しの麦粥はうまくできたと思う。ノルガユの器用な手先と、ザイロのレシピが効果を発揮していた。懲罰勇者の大鍋はそれなりに難民たちにも人気があった。

だが、それだけだ。募兵要綱を配り、勧誘を試みたものの、ことごとく失敗に終わった。そもそもノルガユは態度が高圧的すぎたし、パトーシェも――認めたくはないが――愛想よく人を勧誘するなどといった経験がそもそもない。

とにかく自分もノルガユのように不満をぶちまけたくなるほど、人は集まらなかった。

募兵任務の収穫は、実質的に皆無であった。列を成していた難民はすでに散っていた。残っているのは炊き出し職員たちと、それからもともとこの公園に棲《す》んでいたであろう者たちだけだ。彼らは遠巻きにこちらを窺《うかが》っている。

炊き出しにまだ残りでもあれば、それを受け取るつもりなのかもしれない。

「実に嘆かわしいぞ！　これは愛国心の衰えか——許せん！　いますぐ集会の準備をせよ。余が王城にて直々に呼びかける」

「は、はあ……あの、なんです？　集会？」

　肩を掴まれた炊き出し職員は、明らかに混乱していた。

　これは助け舟を出さざるを得まい。パトーシェはもう一度ため息をついた。肩を掴んで強く引き離す——炊き出し職員は驚いたような顔をした。

「落ち着け、ノルガユ。……私の個人的な意見だが、貴様の勧誘方法に問題があったように思う。あまりにも高圧的な態度だった気がする」

「なんだと？　無礼なことを……！　そもそも貴様に言われたくはない！　威圧するように睨みつけては、集まるものも集まらぬわ！」

「何を言う、私は威圧してなどいない。しっかりと誠実に対応をしていただけだ」

「子供が怯えていたではないか！　あれこそは人食《ひとく》い獅子猿《ししざる》の目であった」

「きっ、貴様、なぜ私の学生時代の異名を——」

　パトーシェが驚愕した、そのときだった。

「……あのう」

　と、横合いから声が聞こえた。ひどく怯えた声だ——パトーシェとノルガユは揃って振り返る。

　その形相が、よほど恐ろしかったらしい。

「ひぇっ」

と、後ずさりまでされた。

二十人と少し、というほどの集団だった。いずれもどこか薄汚れて見えたが、健康状態はさほど悪くはなさそうだ。先ほどまで並んでいた難民たちとは、どこか違う。

「あの、すみません！」

彼らのうち、代表らしき男が真っ先に頭を下げた。

「おれら別に、文句つけようとしたわけじゃ……なくて……」

「別に怒っていない」

パトーシェは心からそう言った。

「何か用か？」

「いや、用、と言いますが——あなた方、懲罰勇者の方でしたよね？　ええと、そう！　そこの人！」

いきなりノルガユを指差し、男は興奮気味に声をあげた。

「あの、鉱山！　ゼワン＝ガンの鉱山で、ほら……おれらを助けてくれたじゃないですか！　あの死ぬほど目つきの悪い兄さんと！」

ゼワン＝ガン鉱山。パトーシェは、もちろん覚えている。あの鉱山——鉱夫たちを救出するために、単独で懲罰勇者部隊が無茶なことをやった。ザイロとノルガユ。それに自分たちも巻き込まれたが、結局、何人かは助かった。

すると、この連中は——

「結局、あの鉱山は閉鎖されちまって、稼ぎ場所もなくなったもんで……仲間も誘って、兵隊にでもなるかって出てきたんですよ！　それで、せっかくなら、あんたらのところで働きたいと思ったんで……その……」

鉱夫の代表らしき男は、頭を掻きむしった。

「あんたら、そう簡単に人を見捨てたりしねえから。……ってことは、おれらが生きて帰れる目も高いってことでしょう。義勇兵、おれらでも大丈夫ですかね？」

「うむっ」

パトーシェが唖然《あぜん》としていると、ノルガユが大きく鼻を鳴らしてうなずいた。

「心掛け、まことに見事である。貴様らのような臣民がいてこそ、余の国は成り立つのだ！」

その姿に、パトーシェはめまいがした。ゼワン＝ガン坑道。覚えている。何人かは、あの鉱夫たちの中にいたような気もする。鉱山を捨てて、ようやくここまで避難してくることができたのか。

「見たか、パトーシェ・キヴィアよ」

急激に機嫌を直したノルガユは、誇らしげに言った。

「これこそ、余の威光が臣民に届いたという証だ。余の判断は間違っていなかった！」

「いや……だが、これではまだ人数が――」

「あのう、ちょっといいっすか？　勇者部隊の皆さんですよね？」

また、声をかけられた。こちらは鉱夫たちではない。その身なり――曲がりなりにも、武装している。棍棒《こんぼう》やら槍《やり》やらを抱えた集団。

パトーシェが一見したところ、傭兵のようにも見える。それも食い詰めて、装備もろくに整えられていない傭兵たち。

「今度はなんだ。傭兵か？　悪いが、たいした報酬は支払えないぞ」

「いえ、その、おれらは……元・冒険者ってやつですかね。あの、おれ、マドリツっていいます。第二王都で抵抗組織やってまして。ほら、ザイロ先生にお世話になった」

「え、ええ……？」

パトーシェはさらに困惑した。ザイロを先生と呼び、世話になっていたとまで言う。あの第二王都で何か抵抗組織を使って策動していたというが、そんな一幕があったとは。

「それでまあ、第二王都でも商売あがったり……っつうか居場所なくなったもんで、もう兵隊でもやるかと。そしたら、ヨーフ市の方でも職場なくしたって冒険者連中と合流しましてね」

愛想笑いをして、マドリツは一枚の紙片を掲げた。パトーシェが刷り上げた募兵要綱だった。

「せっかくなんで、みなさんと仕事しましょうかと」

「……ここにいる者だけではないな。合わせて、何人だ？」

「ざっと二十人ちょっとの大所帯になっちまったんですが、仕事、ありますかねえ？　仕事にありつけなかったら、もう山賊でもやるしかねえんじゃねえかと……」

「うむ！　よろしい！」

ノルガユはまた、深く満足げにうなずいた。

「心掛け、まことに見事である。余の親衛隊となることを許す！」

おおっ、と、なぜか歓声があがった。

「さすが陛下だ！」

「気前がいい！　これで寝る場所もメシも安心だな」

「オルド爺《じい》さんはどこだ？　今日は酒盛りできるって伝えろよ！」

「ふふん。どうだ——見よ、パトーシェ」

ノルガユは尊大に両手を広げてみせた。

「これが、余の威光である。続々と兵が集まってくるではないか」

パトーシェはめまいを通り越して、気が遠くなるのを感じた。

結局、懲罰勇者の支援部隊は、こうして五十名ほどの人員を獲得したことになる。残りはベネティムがどうにかするという話だが、本当だろうか。いずれにしても、パトーシェは不満を抱えている自分に気づく。

何もかもノルガユの主張通りになってしまったことになるからだ。

（まったく、納得がいかない）

こんな部隊があってたまるか、と、パトーシェは思った。

だが、役目は果たした。ベネティムが調達してくるといった残り半分の兵力は不安だが、まずは揃った。あとはザイロたちだ。果たしてうまくやっているだろうか？

——不意に声をかけられたのは、束の間だけ考え込んだときだった。

「炊き出しに、職業の斡旋か。慈善事業のつもりか？」

どことなく、挑発するような物言いだった。振り返れば、白い貫頭衣の男がそこにいた。首からぶら下げている大聖印を見ると、神官であるようだった。彼もこの公園で炊き出しをしている有志の一人であるらしい。両手で鍋を抱えていた。

神殿関係者がこんなところに顔を出すとは珍しい。いまは聖選の直前で、誰もが自分の支持する大司祭のために動き回っている時期だろう。首席大司祭が決まってから、少しでも立場が有利になるように。

それなのに、いま炊き出しの手伝いをしているということは、この男はよほど末端の神官なのかもしれない。着ているものもくたびれて見える。

「お前たちは懲罰勇者だろう」

神官は断定的に言った。

「炊き出しは結構。職を失った者に、軍での仕事を与えるのも結構だ。しかしその方法で募兵して、彼らの行きつく先はどうなる？　懲罰勇者部隊とともに、地獄のような戦場ではないか？」

「……ああ」

と、パトーシェは答えた。

「我々のやっていることは、慈善事業などではないな。たしかにそうだ」

また、雪が降り出しそうだ。暮れかけた日はすっかり雲に隠れてしまっていた。

「だが、何もしないよりはずっとマシだ」

「行為しない善よりも、偽善の方がよりよいとするか。それもいいだろう。では、たとえ地獄への案内だとしても――一時的とはいえ、救済のための行為は正しいと言いたいのか？」

　神官の男は、やけに鋭い目つきで尋ねてくる。パトーシェはうなずくことも、首を横に振ることもできなかった。それほど厚顔無恥である自信がない。ただ、質問を返すことにする。

「あなたには、彼らにはその道行きが見えていないと思うのか？　地獄への案内と知らずに、その列に並んでいると考えるのか？」

「……どうかな。結局、そこが問題になるか」

「あまり人を見くびるものではない。最近、私はそのことばかり考えている」

　ともすれば、そういう結論を出しかねない腹立たしい男が、近くにいるからだ――と、いうことまでは言わない。

「《女神》と同じように。進んで地獄に向かおうという者はいる」

「お前も同じか、懲罰勇者パトーシェ・キヴィア」

「できれば、私もその一人でありたい」

　名前を知っている。少し意外に思い、神官の男の顔をよく見ようと思ったが、すでに彼は踵を返していた。

「ならば結構だ。礼を言っておこう。あの男にもな。たいした人物だ」

　ノルガユのことだ。彼は鍋を温め直している。残った食料を掻き集めるつもりらしい。

「少なくとも、お前たちは信頼するに足る」

　――後に、パトーシェは彼が何者か知って、ひどく狼狽《ろうばい》した。

ニコルド・イブートン。まさか聖選を直前に控えた大司祭が、たった一人で炊き出しに顔を出しているとは思わなかったからだ。

◆

その下水道へは、第一王都を流れるドメイリー川の一角から侵入することができる。

さらにそこから非常整備用の階段で下ったところが、シドフィル地下要塞への入り口だった。やたらと長い梯子《はしご》をいくつ下りたかわからない。ようやく辿り着いた終点では、冷たく湿った暗闇が俺とツァーヴを出迎えた。

「うお。暗っ！　そして寒っ！」

ツァーヴが半笑いのような声で言った。

「オレでもぜんぜん見えねえ。兄貴、明かりお願いします！」

「わかってる」

俺は片手に持った聖印式のカンテラを起動させた。青白い光がひび割れた壁を照らす。その先に続く迷路のような道も見えてくる。

「やっぱり、だいぶ広いな」

第一王都ゼフェンテの地下に存在する、広大な空間である。旧王国時代の遺構。シドフィルの黒要塞とも呼ばれている。準古代のゼフ王シドフィルによって築かれたこの施設は、上下の二層から成り立っており、有事の際に立てこもる砦であったという。

どんな技術を使ったものか、この遺構は経年劣化に耐え、いまだにその形を保っている。

「こんなところ、闇雲に探し回りたくねえぞ」

俺はツァーヴを振り返る。

「なあ。敵の居場所なんだが、だいたいの見当はついてるって本当か？」

「もちろん！　ベネティムさんじゃないんで、嘘つかないっスよ。捕まえたやつから丁寧に座標を聞き出したんスから。少なくともグエン＝モーサの拠点があるはずっス」

どんな風に『丁寧に』聞き出したのか知らないし、知りたくもなかった。こいつの他人に対する酷薄さは、たまに俺も不快感を覚えることがある。

「えーと……西側の奥の方……あ、兄貴、もうちょい照明近づけてください。地図読みます」

ツァーヴの広げた地図は、かなり真新しい。冒険者どもから手に入れたものだ。この地下遺構の探索はだいぶ進んでいて、準古代のお宝など存在しないと推定されているが、地形の把握は行政室の都市計画事業部からそれなりの報酬が出る。

そのために小遣い稼ぎに潜るやつがいる——という話だった。

「うーん、暗いな！　やっぱりテオリッタ様を連れてきた方がよかったんじゃないスか？　いるだけでなんかちょっと明るいし」

「テオリッタがいたら問題だろ。あいつはグエン＝モーサのやつらと戦えない」

この地下要塞の探索が決まったとき、テオリッタは散々ついてきたがったが、どうにか止めた。

人間が相手だとテオリッタの能力はほとんど通じなくなるし、逆に攻撃される危険が高まる。

そこで仕方なくツァーヴと二人、こんな地の底の暗闇まで下りてくる羽目になっている。

「グエン＝モーサの殺し屋どもは、ツァーヴ、主にお前に相手をしてもらうからな。俺は暗殺者の手口とかに詳しくない」

これは単純に敵が暗殺者である場合、兵隊や異形《フェアリー》とは手口が違うということだ。対処方法を知らなければ命取りになるような、初見殺しの技をいくつか持っている可能性がある。俺はそいつらとの戦い方をよく知らない。

「へへ！　兄貴がそこまで言うなら仕方ねえなあ。超天才のツァーヴくんが、きっちり片づけてあげようかな！　みんなオレがいないとぜんぜん駄目なんスから、もう！」

「頼んどいてアレだが、お前の上から目線はちょくちょく腹立つな……」

「事実なんでいいでしょ？　それじゃあ進みましょうか！」

ツァーヴは地図を折りたたみ、さっさと歩き始める。

「迷ったら大変なんで、目印残していきます？　パン屑《くず》とか？」

「ネズミとかに食われたらどうすんだよ。わかりにくいし。蓄光塗料を持ってきたからこれを使う。炭鉱とかでも警告灯代わりに使われる塗料だから、数日くらい持つ」

俺は片手の瓶から青白く輝く蓄光塗料を垂らし、爪先で矢印の図形を作る。これは進んだ方向を示すものだ。帰るときはこれを逆に辿っていく。

「お。兄貴、なんか手慣れてますね？　もしかして冒険者やってました？」

「真似事《まねごと》だけどな。準古代の遺跡ならいくつか潜ったことがある」

　危うく迷って死にそうになったことがあるので、遭難対策には気をつけている。この手の機転はリュフェンがやたらと思いついた。食料を多めに携行していたのもあいつだった。

「第一王都の地下で遭難とか冗談じゃねえからな……」

「ここ、完全に迷宮っスよね。兄貴、聞いたことあります？　この地下要塞には、旧王国時代の怪物が閉じ込められてて、いまだに徘徊《はいかい》してるとか……王族の秘密の脱出路になってるとか……」

「そんな噂まであるのか？　いや待て、それは誰から聞いた？」

「ベネティムさんっス」

「じゃあ嘘だな。何も信用できねえ」

「へへへ！　そりゃそうだ！」

　ツァーヴのだらしない笑い声が、暗闇に反響した。

「でもまあ、怪物がいるってところはマジかもっスね。グエン＝モーサのやつらが異形《フェアリー》を飼ってるみたいだし」

「そこだ。もしかすると魔王現象もいるかもしれない。ヤバくなったら即座に撤退する――そして、聖騎士団に連絡する。アディフのやつにどうにかしてもらおう」

　さすがにこの街で魔王現象が出現、などということになれば、あいつらの出番だろう。この第一王都の戦力があればどうにでもできる。

「そこまでの仕事だ。さっさと片づけるぞ」

俺は左手で拳を作り、壁を軽く叩いた。

こぉおん、と、軽い音が壁面を伝わっていく。天井。床。探査印ローアッド――こういう閉鎖空間なら、これ以上ないほど有効だ。この先がどうなっているか、指先でなぞるようにわかる。

動き回っているやつはいない。ネズミとかその程度のものだ。

「反応なし。行くぞ」

「うおっ！　兄貴のそれ、超便利！　楽勝じゃないっスか！」

「ある程度はな。こいつに頼り切るのは危ない。動かない罠があったら引っかからないし、小さすぎるやつも感知できない」

「それでも十分っスよ！　いやー、今回はすぐ終わりそうだなあ。そうだ！　オレ、早く帰って一昨日拾ってきたコレクションの整理したいんスよね」

「今度は昆虫の死骸とかじゃねえだろうな……テオリッタに見せたりするなよ。飛び上がって驚いてたし、悪夢も見たとか言ってたからな」

俺は釘を刺しておく。このツァーヴという男は、何か妙なものを集めたがったり、変な生き物を飼おうとしたりする癖がある。が、当のツァーヴは目を瞬かせた。

「昆虫の死骸？　なんでオレがそんなん集めるんスか？」

「集めてただろ！　超気持ち悪い虫の死骸を！」

「あ。あー……一時期ハマってましたね。思い出しました。ボッチュくん、フェーレスくん、トニシスくんにサゴナンくん！」

「名前つけてたのかよ。昆虫の死骸に名前つけてるやつ初めて見た」

「まあ、そんな時期もあったということで。いまアツいのは蛇の抜け殻っスね」

こいつは妙なものを収集し始め、そしていきなり前触れもなく唐突に飽きる。勘弁してほしい。

「さあ、早く帰ってコレクション整理しちゃうぞ」

いかにも楽しそうに、ツァーヴは口笛を吹いて歩き出す。

「兄貴にも見せてあげますからね」

「いらねえ」

まるでピクニック気分だ、と俺は思った。

——そして、そんな調子で始まった仕事が簡単にいくはずがないのだった。

◆

(面倒だな)

シムリード・コルマディノは、対面の相手を観察して思う。

(ずいぶんと不安に囚《とら》われている。仕方のないことではあるが)

ラウィン・ミローズ大司祭のことだ。長い白髪を一つに束ねた初老の女。

本当なら、こうして接触するのは良いことではない。誰にもこの繋がりは露見させたくなかった。

首席大司祭の候補者と、軍の総督が会うことは規約違反でもある。だから、人払いには万全を期していた。

「どうも、形成が順調ではなくなってきたようね」

と、ミローズ大司祭は言った。

「どういうこと？　五人もの大司祭が、ニコルド・イブートンを推薦しています。そのためにあの男が表舞台に上がることになった」

声音には、隠し切れない焦燥が滲《にじ》んでいる。

「おまけに、ヴァークル開拓公社が動いている気配があるでしょう。気づかないと思った？　やつらがイブートンを支援したのね。我々の味方ではなかったの？」

「いえ。もともと彼らは利益の味方です」

コルマディノは温厚に、かつ鷹揚《おうよう》に笑いかけた。そう見えるはずの表情だった。

「こうなることは予想できていましたよ。『決戦派』の連中も黙っているはずがない」

決戦派――共生派は、それ以外の者たちをそう呼んでいる。

コルマディノからすれば、唾棄すべき連中だ。絶対に不可能な目標を目指し、ありもしない希望に縋《すが》る楽観主義者。いま目の前にある現実は、最終的な生き残りという椅子に座る権利を争っているだけにすぎないというのに。

「依然として、我々の有利は揺るぎません。大司祭の過半数である十五名は確実に押さえています……みんな、あなたが首席大司祭に就任することを願っていますよ」

コルマディノに言わせれば、議会制度や投票制度などというものは、『脆《もろ》い』社会の象徴だった。

大多数の民が自身の王を選べるほど賢くなければ成り立たないが、そんなものは達成不可能な理想にすぎない。だから利用される。

「信仰心において、イブートンは強敵です」

ミローズの指が、忙しなく椅子の肘掛けを叩く。

「ただでさえ私たちは罪深いことをしているわ。天の恩寵《おんちょう》に見放されたのではなくて？」

「問題はありません。イブートン以外の候補者二名は辞退するよう、話はついています」

カルネ大司祭と、ダフェリー大司祭。ともに聖選に立候補しているあの二人とは、すでに話はついている。実質的に、聖選はもう終わっていた――ミローズの当選は決定的だ。両派閥の主張に基づく改革案と、人事に関する提案を均等に取り入れることになっている。

イブートンという予想外の人物の立候補で、多少の票は彼に流れるだろうが、その程度では何の問題もない。

「ですが、あなたはここで降りますか？　ラウィン・ミローズ大司祭？」

コルマディノが笑いかけると、ミローズは黙った。彼女が望むことを、コルマディノはよく知っている。組むと決めた相手だ。調査は徹底していた。

「あなたが降りるはずはない。あなたにとってもっとも目障りな、第三聖騎士団長、メーヴィカ・リージャー。彼女を跪《ひざまず》かせることができるのは、この機会以外にないからです」

ミローズ大司祭は、かつて武装神官であった時期がある。そのときに出世を競っていた相手が、現在の第三聖騎士団長。予言の《女神》に仕えるメーヴィカ・リージャーだった。結局、ミローズはその争いに敗北し、武官としての出世を諦め、こうして大司祭となった。詳しい経緯はコルマディノも知らないが、相当に激しいやりとりがあったのかもしれない。

そして、その争いは、ミローズの中ではまだ終わっていないようだった。メーヴィカ・リージャーへの羨望。あるいは嫉妬。それは心の中で燻《くすぶ》り続《つづ》けている――いまも。

「……誤解があるようね。私は、リージャー聖騎士団長を跪かせたいわけではありません」

案の定、この話になると、ミローズは不快感を隠そうとしない。

「あの女は危険すぎる。いえ、聖騎士団という存在が、そもそもの間違いの元です」

「それは私も同感です。聖騎士団は戦いを望んでいます。民に犠牲を強いて、魔王現象の撃滅に我々を駆り立てる。――その筆頭が、メーヴィカ・リージャーだ」

聖騎士団は、それ自体が好戦的なものだ。魔王現象を相容れない存在と見做している。《女神》と契約している以上、その体質はどうしようもない。そして、ミローズ大司祭はそれを改革しようとしていた。

「強力な力を手にした者は、それを行使したくなるものだから」

それを語るとき、ミローズの目は正面の相手を見ていない。別の何かを見据えている。

「聖騎士団の長たちは、皆、その病に侵されている。聖騎士と《女神》は、その関係を見直すべきときです」

彼女が目指すところは、聖騎士団長と《女神》という仕組み、それ自体の解体にある。《女神》を兵器として扱うのが過ちであり、それゆえに聖騎士団長は、過剰な権力と軍事力を手にしている。

《女神》を純粋に象徴として敬うべき——というのが彼女の主張だ。だからグエン＝モーサの教団とも共闘することができた。

コルマディノが見たところでは、それは屈折したメーヴィカ・リージャーへの嫉妬心が育てた思想だろう、と思う。本人は認めないだろうし、そのことを指摘して怒りを買う必要もない。

ただ、その考えに利用できる部分はある。コルマディノは慎重に言葉を選んだ。

「ミローズ大司祭の仰る通りです。《女神》の権威を笠《かさ》に着て、不毛な戦いを望む。聖騎士団をこれ以上、野放しにはしておけない。そうでしょう？」

「……ええ」

かすかな逡巡の後、ミローズはうなずいた。

「この世界に英雄は必要ありません。戦場の英雄など、民を苦しめるだけよ。魔王現象との和解こそが人類の生存する道だというのに」

「同感です」

コルマディノは嘘をついた。

後半の意見には賛成だが、前半は違う。指導者が不在では人類を束ねることはできない。やはり英雄は必要なのだ。それも戦場で華々しい武勇を誇る、虚像の英雄もどきなどではない。地に足をつけた、堅実で思慮深い導き手。すなわち本物の英雄が。

（そんな英雄がいるとしたら）

——その役目を担えるのは、いまのところ自分だけのはずだ。

軍部も聖騎士団も、魔王現象との戦いに熱狂している。冷静なのは自分と、一握りの共生派だけだろう。だから、負けるわけにはいかなかった。

長い沈黙の後で、ミローズは傍らのテーブルから杯を手に取り、ワインを呷った。

「計画を。続行しましょう、総督。それで宜《よろ》しい？」

「さすが、ミローズ大司祭。ご賢明ですな。それでは引き続き手筈通りに」

「けれど、無視できない問題もあるでしょう。不愉快な連中が動いているそうね？　つまり、彼ら……懲罰勇者が」

「彼らの戦力は把握していますよ」

あのトヴィッツ・ヒューカーも、懲罰勇者とやらを警戒していた。くだらない——コルマディノは内心で毒づいた。相手は所詮、社会的立場もない、ならず者の妄想家の集団にすぎない。

「グエン＝モーサの信徒どもを囮《おとり》に、ザイロ・フォルバーツの動きを封じます。すでに手は打ちました。時間をかけて足止めしてもいいし、そのまま殺すことも十分に可能でしょう」

グエン＝モーサの信徒が捕らえられ、情報を吐かされることまでは織り込んである。彼らごと始末するべき時期が来ていた。トヴィッツが指示を与えた『ユトブ方面７１１０部隊』。彼らがグエン＝モーサもろとも、懲罰勇者を排除することになっている——たとえ懲罰勇者どもが蘇生できるとしても、修理場から戻ってくる頃には間に合わない。

もはや誰にも聖選の結果を変えることはできない。

「聖騎士団とガルトゥイルに対する陽動は終わっています。残る不安要素は懲罰勇者どもという話でしたが、結局、彼らの戦力の中核はザイロ・フォルバーツです。《女神》は人間相手ではたいした脅威でもありませんしね。対処はすべて、完了しています」

ただ、少々強引な手を使うことになったが、仕方のないことではある。

「もう明日はルフ・アロスです。早朝、イブートン大司祭を排除します」

「……護衛を、どうします？　彼らが大規模に雇ったと聞いているけれど」

「問題にはなりません。対処はすべて完了している、と申し上げた通りですよ。西方の、《緑指》と呼ばれる暗殺者を雇っています。彼らの内部に潜り込ませることに成功しました」

ただ一人だけ気になるのは、懲罰勇者の指揮官だった。

ベネティム・レオプールという男は、コルマディノにとっても謎だった。ヴァークル社を動かし、ニコルド・イブートンを表舞台に引きずり出したという結果は警戒すべきだ。何か妙な奇策や戦力を温存している可能性もある。

（だが、所詮は詐欺師だ。ただの奇術にすぎない……）

だから、コルマディノは余裕をもって笑顔を作ることができる。共謀者に隙は見せない。

「ご安心を。首席大司祭としての就任演説を考えておいてください」

「あなたは十五人分の大司祭の票を確保したと言っていましたね。それだけの票があれば盤石でしょうけれど、彼らが裏切らない保証はあるの？」

「私が施療院を経営していることはご存じでしょう？　大司祭の皆さんの子息や、年老いたご両親が入院している施設です」

その施療院でしかできない、特別な治療がある。コルマディノが飼っている、人間に擬態する魔王現象の主にだけできる治療。病を与え、また癒す権能を持つ者。

だからこそ、彼らの支持は盤石だと言い切ることができる。

「施療院に、特別な魔王現象を匿っています。彼がいる限り、入院患者を人質にとっているも同然です。家族を守るためなら、大司祭の皆さんも我々に協力してくれますよ」

「……残りは、日和見派の票ね。過半数を押さえている以上は、彼らの票が勝敗に影響するとは思えないけれど……」

「対処しています。私が知る限り、日和見派は五名。彼らは一般信徒からの支持に左右されます」

理由は、この五名は成り上がり者たちだからだ。領地を持たず、後ろ盾となる家の基盤がない。ただ神殿内部の権力闘争において、優秀だからこそ、勝ち抜いて大司祭となった。彼らが拠《よ》り所《どころ》とするのは、一般信徒からの支持――つまり寄付や献金、奉仕活動である。

聖選でも不利な方にはつかないし、一般信徒の反応を見ながら投票する。

「当日は、一般信徒から大きな支持を受ける方策を用意しました。『聖女』を使います。彼らも喜んで投票するでしょう。これで二十票分――敗北する要素はありません」

「……そう願うわ」

目を閉じたミローズは、いささか心配性なところがある。悪くはない。楽観的な者たちよりもよほど真面目に現実を直視している。だから、勝たせるための駒に選んだのだ。

（私は勝つ。現実的な方法で、人類を存続させる）

そのためなら、手段は選ばない。生贄《いけにえ》が必要なら、何千、何万でも与えよう。

（私のような者こそが、本当の意味で連合王国を救うことができる）

それが、コルマディノの確信だった。

「我々の信念に、《女神》の加護があらんことを」

刑罰：ルフ・アロス聖選介入工作　4

――ルフ・アロス開門祭まで、あと一日。

誰かが扉を叩いている。

それも、半端じゃないほど強く。ハンマーか何かで叩いているとしか思えない。扉を支える俺の背中にまで、衝撃が響いてくるほどだ。この扉が鉄製でなければ、いまごろ破壊されていただろう。

「えーと……兄貴。オレ、ちょっと考えたんスけど」

隣で同じく扉を支えるツァーヴが、軽薄な笑顔のまま言った。

「もうそろそろ、いくらなんでも限界があるんじゃないスかね？　咄嗟にここに飛び込んで、扉閉めちゃいましたけど」

「そうだな」

ツァーヴの言葉を、うるさく感じない日がくるとは思わなかった。背中越しに扉を殴りつける音の方がずっとうるさい。

地下要塞。下層。その奥まった区画にある、小さな部屋だった。もともとは物資の貯蔵か何かに使われていたのだろう。鉄製の扉が開いていたことは幸いだったが、おかげでここに閉じ込められるような形になってしまった。

「なんつーか、この状況……兄貴。オレらって結構ピンチじゃないスか？」

「かもな」

俺は扉を左拳で軽く叩く。扉の外に、大きな人型が一つ。さらに遠くから、この扉の乱打音に気づいたやつらが、ごく遅い速度だが接近しつつある。

片づけるなら早めがいいだろう。

「助けが来るとかないスかね？　もう丸一日くらい過ぎてますよね？」

「地上と連絡がとれない。何か妨害されてんだろ、期待するな」

「そうっスねえ。地下要塞に迷い込んで、徘徊する異形《フェアリー》どもに囲まれて、装備も心もとなし。久しぶりに絶体絶命っぽいなあ」

「……おい。ツァーヴ、お前いま、『迷い込んで』って言ったな？　やっぱ迷ってんのか？　お前が自信満々に『こっちっス！』って言うからついてきたんだぞ！　こんな部屋に追い詰められたからおかしいと思ったんだよ！」

「へへへへ！」

ツァーヴの笑い声が空虚に響く。それからごまかすように部屋の奥を見た。

「――ネクルスの旦那。あんた、どう思います？　オレら迷っちゃってますかね？」

「んん……」

部屋の奥で、くぐもった声が聞こえる。

「んんんんんん！　んん！」

錆《さ》びて朽ち果てたような、建築用資材の鉄箱の隙間に、一人の男が転がされている。筋肉質で、顔になかなか派手な傷痕のある男だが、口元に猿轡《さるぐつわ》を嚙まされている。左足は嚙みちぎられたように負傷しており、当然のように両手は縄で縛ってあった。

この男を、ツァーヴは『ネクルス』と呼んだ。かつてはツァーヴの上司であり、師匠のようなものでもあったという。つまりこのネクルスが、ツァーヴを使って暗殺を——いや——なんと言うべきか。暗殺みたいな無差別連続殺人を引き起こさせていた張本人か。

「んんん————！」

ネクルスは全身を可能な限りもがかせ、顔を真っ赤にして何か叫ぼうとしていた。

「え？　ぜんぜん聞こえないっス。もっとはっきり言ってくれます？」

「んんん！　んんっ」

「あ、もう一回！　あとちょっとで聞こえそうっス！　がんばって、自分を信じて！　猿轡なんかに負けないで！」

「遊んでる場合か、アホ！」

なんだか不毛なものを見せられている気がするので、俺はツァーヴの足を蹴った。

「いいな。やるぞ。追っ手が続々来る前に、この扉の前のやつを仕留める」

「しゃあないっスね。じゃあ、三つ数えたら」

三つ数えるまでもなく、扉が軋み始めている。俺はナイフを引き抜いたし、ツァーヴは雷杖を構えた。いつもの『ヒナギク』。狙撃杖だが、至近距離でも使えないわけじゃない。

「いち、にの」

俺はツァーヴが邪悪に笑うのを見逃さなかった。に、の部分で飛び退く。ツァーヴもほぼ同時だった。やっぱりこいつ、ろくでもない悪戯《いたずら》を考えていやがった。

扉が弾かれるように開き、一匹の異形《フェアリー》が飛び込んでくる。

新種の異形《フェアリー》だが、俺はすでにこいつを知っていた。鋼の『人形』。コブランという種族だ。金属が異形《フェアリー》化したもの。ただし、以前に見たものとは大きさが多少違う。こいつは熊よりも一回り大きな巨体で突っ込んできた。

「んんんんん――――!」

ネクルスがこの世の終わりのような絶叫をあげる。

コブランには眼球などついていないが、ネクルスを正面に捉えたのがわかった。なぜなら、やつの足元に聖印式のカンテラを置いていたからだ。よって、俺とツァーヴが挟み撃ちする構図ができあがった。

「へっへっ」

ツァーヴがだらしのない笑い声をあげて、狙撃杖を起動させる。

頭部と思《おぼ》しきあたりに一撃。ぱんっ、と乾いた音が響く。閃光。亀裂が生じて、コブランがよろめく。超至近距離で狙撃杖を食らって、たったこれだけとは。

（予想はしてたけど、しぶといな）

　わかっているから、俺も準備はしてある。完全に体勢を崩したコブランの腰部分にナイフを突き込んだ。そこに関節があるとわかっていた。そうでなければ二足で立てないし、走れない。

「吹っ飛べ」

　俺は突き込んだナイフを、さらに蹴とばした。ツァーヴが身軽に避ける——爆音。破砕。コブランの下半身が千切れ飛ぶのがわかった。

「うお。すっげ！」

　ツァーヴは手を叩いたが、これでも手加減をした爆発だ。爆破印ザッテ・フィンデはこういった閉所での戦闘にあまり向かない。結果、的確な弱点を狙う必要があった。

　下半身を壊してしまえば、こんな異形《フェアリー》、上半身をばたばたともがかせるだけになる。まるごと吹き飛ばす必要はなかった。あまりにも上下のバランスが歪《いびつ》で、かろうじて動いているだけという外形をしているため、この手がよく効く。構造物体として不自然すぎるのだ。

「よし。じゃあ、さっさと動きましょうぜ」

　ツァーヴは狙撃杖をくるりと一回転させ、もがくコブランの頭部を撃った。亀裂の入った箇所を正確に撃ち抜き、今度は完全に粉砕する。

「動きながら地上への道を探すしかないんで。ネクルスの旦那、いまのうちに知ってることがあったら洗いざらいぶちまけてくださいよ！　なにをモガモガ言ってるんスか」

「猿轡をまず外せよ。あ、いや、待て。舌噛んで死なないよな？」

「ネクルスの旦那にそこまでの根性はないっスよ。ねえ？」

ツァーヴはネクルスの首根っこを摑んで強引に立たせ、猿轡を外した。

「どうっスか？　協力する気になりました？　やっぱりあいつら、あんたらごと切り捨てるつもりだったでしょ。嵌められたんスよ」

「……だ、だ、だ、黙れ……裏切り者！」

口が自由になったネクルスは、ありったけの力をこめてツァーヴに怒鳴った。なんとなく気持ちはわかる気がする。

「どのツラを下げて戻ってきた！　ツァーヴ！　貴様のせいで、我が教団は」

「あ、やっぱうるせっスね。嚙ませとこ」

「んんんっ」

「へへへ！　やっぱりめちゃくちゃウケる。ね、兄貴」

再びネクルスに猿轡を嚙ませてみせると、ツァーヴは器用に片目を閉じた。

「面白いでしょ、この旦那！　いやあ、無事でよかったなあ」

そんな風にしみじみと呟く。俺にはツァーヴの頭がどうなっているか、まるでわからなかった。

そもそも、こんな場所に追い詰められたのは、この『ネクルスの旦那』の間抜けさのせいではなかったか。俺はこの男の率いる暗殺部隊が待ち伏せていた通路のことを思い出す。

思えば、この地下探索が順調だったのは、あのときまでだ。

◆

その暗闇に敵集団が潜んでいることは、近づく前からわかっていた。

俺の左手にある探査印ローアッドは、このくらいの閉鎖環境であれば、かなり正確に敵の位置を探り出す。実質的に待ち伏せは不可能ということだ。

というより、むしろ俺たちの方がそれを待っていた。

ここで捕虜をとって引き上げ、偵察の仕事は終わり。そのはずだった。

「シッ」

と、鋭い呼気とともに飛び跳ね、襲いかかってきた暗殺者の連中についても、驚いてやることはできない。人間ではあり得ないくらいの跳躍力だが、たぶん飛翔印サカラだ。靴底に刻み、跳躍力を増しているのだろう。

「ツァーヴ。正面から三人」

ナイフを持っているのが二人で、残る一人は雷杖を構えている。

「あと二人ずつ、左右からも来る」

「了解っス。こいつら……グエン＝モーサの執行人だな？」

ツァーヴは狙撃杖をくるりと一回転させた。跳ね上がった杖先が、まず一人目の顎を砕くと同時に聖印が起動する。雷が放たれ、それはもちろん杖先の男の頭部を打ち抜いて、二人目のナイフ使いも餌食になる――これだけならまだいい。ぎりぎり常識の範疇《はんちゅう》だ。このときは、ついでのようにもう一人。雷杖を構えた男にまで、稲妻は到達していた。閃光が胸を抉る。三人まとめて、一射で殺したことになる。傍《はた》から見るとワケのわからない技の冴《さ》えだ。

「怯《ひる》むな！」

誰かが闇の奥で叫んでいる。暗殺者どもを叱咤《しった》激励しているつもりだろう。

「やれ。ここだ。いまこの瞬間こそが、我らの聖戦なのだ！」

「お。あいつ、もしかして」

このときツァーヴは気づいていたのだろう。顔見知りの相手だということに――だが、やつの動作にまったく影響はなかった。跳びかかってきた暗殺者に対して行動を終えている。

「シ――イィッ」

頭上から、叩きつけるような拳。その手に握られたナイフ。

「え。遅すぎじゃないスか、それ？」

半身になっただけで回避し、裏拳で一撃。止まった相手の手首を掴んで引き倒し、頭を踏み砕く。

さらには左右から同時に斬りかかられ、どう考えても回避の余地がないように見えたが、ツァーヴは上半身を後ろのめりに、背骨の可動域を超えそうなくらいに反らすという異様な芸当をやってみせた。首を狙って突き出された刃をかわす。それどころか反撃さえ成し遂げる。

下から、胸元を吹き飛ばすような雷杖の一射。同時に、いつの間に拾っていたのか、ナイフを反対側の相手に一閃。首筋。その両方が、左右からの刺客を無力化している。

「へっへっ。レベル低いなあ！　オレ、舐《な》められてます？」

俺も余ったもう一人を蹴り飛ばして片づけたが、やはりツァーヴは対人戦闘の手際が違う。効率で言えば俺の倍以上だ。

「ここまでにしとけ。全滅するまでやりたいのか？」

俺は闇の向こうに投降を呼びかけた。

「こっちには、お前らが育てた最悪の殺人鬼がいるんだぞ。人間を殺すなんてなんとも思ってないやつだ。命乞いなんて無駄だからな」

「えっ、ひでえなあ。オレだって愛と悲しみを背負って殺してますよ！　へへへ！」

ツァーヴは狙撃杖をまた回転させて、正面に向けた。

「命乞いとかしてくれたら優しくしちゃうかも？　いや、もう遅いかな？」

「くそ――まだだ！　汚らわしい懲罰勇者にして、背教者ども！」

「貴様らはここで死ぬ！　二度と生き返らぬよう、灰にして滅ぼす！」

誰かが、まだ闇の向こうで叫んでいる。ツァーヴが耐えきれずに吹き出すのがわかった。

「ぷ、ははは！　兄貴！　もう駄目だ」

腹を抱えて、指を差す。こいつにとってはそれほど面白いことらしい。

「あれ、昔の俺の上司っスよ。《黒霖《こくりん》》のネクルスっていう陰険そうな二つ名の、グエン＝モーサの執行人教育係。ねえ……もう勝ち目ないんだから、大人しくしてくださいよ」

「ふざけるな」

　その男――どうやら《黒霖》のネクルスとかいう人物を、ツァーヴの言葉は的確に怒らせたようだった。

「貴様だけは許さんぞ。裏切り者め！　誰が貴様を育ててやったと思っている。この、恩知らずの、人でなしの、背教者の……！」

「ああ言ってるぞ」

　俺はネクルスを指差した。ツァーヴはよほど恨まれているらしい。

「あいつ、お前の昔の恩人じゃないのか？　育ての親とか」

「ネクルスの旦那はどっちかっつーと師匠かな？　教育係っスから。人の殺し方を教わりました。育ての親ならぶっ殺しましたんでもういないっスね、そういう儀式あるんで」

「噂以上にひでえ連中だな。そして、お前の倫理観はどうなってるんだ」

「え？　どうって……倫理観は特にないっス！」

　いっそ清々しい開き直りの返事だ。こいつの頭の中は本当にどうなっているのか。

「ま、そんなわけで……」

　足元で密かに動き出そうとしていた暗殺者がいた。頭を蹴とばしただけで、まだ多少は息があったやつだ――そいつを踏んづけて、腕の骨を潰しながら、ツァーヴは心の底から感心したような声をあげる。

「ネクルスの旦那、よく生きてましたねえ。個人の殺人技術だけは一人前でも、その精神面の弱さと政治力のなさですぐに粛清されると思ってましたけど……いや、そういう旦那だから生かしてもらってたのかな？　出世しなくて、ずっと執行人の教師やってましたもんね」

「舐めるなよ、ツァーヴ」

闇の奥から、ネクルスが一歩踏み出してくる。顔面に派手な傷痕のある、筋肉質の男。なるほど、その立ち姿には隙が見えない。両手には剣。艶のない黒い刀身の、独特の短剣だった。

「貴様の暗殺技術は、誰から教わったと思っている？」

「《黒霖》のネクルス。旦那から。でも」

ツァーヴは足元で呻いていたまた別の暗殺者を、勢いよく蹴とばした。

「十日くらいで超えちゃったからな。あんまり生徒だった自覚ないっス！」

「貴様」

ネクルスの顔が憤怒で歪んだ。

「《黒霖》の技を、見せてやる」

踏み込んでくる。滑るような独特の動きで、極端に体の上下が少ない。なるほど、言動と違ってこれは手練《てだ》れかもしれない。両手の剣がそれぞれ別の生き物のように動き、ツァーヴの狙撃を見事にかわし、白兵戦の距離に入る——かと思ったときだった。

ばち、と、その足元で何かが弾けた。虎ばさみの罠にも似ていた。

「あ？」

ネクルスが間抜けな声をあげる。

踏み出した左の足首から出血。何かが噛みついていた。猫ほどの大きさの、小型の生き物の牙。

それが、ツァーヴの蹴とばした暗殺者の死体の、背中から飛び出していた。小さな羽を生やして、勢いよく。

「カ、ギュ、ぎぃぃッ」

それは鳴き声だったのだろう。ネクルスの足を引きちぎり、飛翔する。

「おわ。異形《フェアリー》？」

ツァーヴがほとんど反射的に撃ち落とす。狙撃杖の一閃。

見たことのある種類の異形《フェアリー》。ウィスプだ。手の平よりも大きな昆虫型の異形《フェアリー》であり、種としては決して強くない。

が、面倒な特技がある。見ての通り、他の生物に卵を産み付けて寄生し、潜むことが可能であるということだ。どうやら、この暗殺者の体内に潜んでいたらしい。ということは、だ。俺はナイフを引き抜いた。

すでに仕留めたはずの暗殺者たちの身体も、蠢き始めていたからだ。

「ぐぅうッ、ううっ！　なんだこれは！　貴様の、貴様の仕業か、ツァーヴ！」

ネクルスが転がって叫んだが、あまり構っていられない。ウィスプどもを撃ち落とす方が先だ。次々に暗殺者たちの身体から飛び出してくる。

「ツァーヴ。まずいぞ、こいつらだけの話じゃない！　どう考えても囲まれてるよな？」

「ですねえ」

ザッテ・フィンデを浸透させた俺のナイフがウィスプを爆砕し、ツァーヴの狙撃杖が閃く。

「これ、たぶん罠っスよね？　オレらを狙って……グエン＝モーサの連中を一緒に皆殺しにしちまえばいいって感じの……そうなると……」

「いいから走れ。逃げるぞ。こんなところにいたら、いい的だ」

俺は壁を叩いていた。近づいてくる反応がある。

大きな人型で、金属質な足音を響かせるもの。ウィスプのように羽ばたくもの。それから四つ足で走る俊敏なもの。たぶんどれも異形《フェアリー》だ。それも、何者かに指揮されているのだろう。

ローアッドの射程の外から、遠巻きにこちらの様子を監視していたのか。だとしたら、もう俺たちを包囲する手筈は整っていると考えていい。問題は、誰がこれを仕組んだのか、ということだ。

「行きますよ、ネクルスの旦那」

ツァーヴが元上司の男の首根っこを掴んだ。俺は呆れた。

「おい。連れていくのかよ」

「別にいいでしょ。ちゃんと世話しますから！　この旦那、結構面白いんスよ。兄貴も絶対後で爆笑間違いなしっスよ！」

「馬鹿か。野良犬とか野良猫じゃねえんだぞ」

「似たようなもんでしょ。もしかして人間をワンちゃんとか猫ちゃんより優遇してます？　ひでえ差別だなあ」

「そりゃ俺は人間だからな」

「いっそ清々しい開き直りっスね！　へへ……」

ツァーヴは強引に立ち上がらせたネクルスの背中を押した。

「それじゃあ、旦那。こんなところで死にたくないっスよね？」

ネクルスは何も答えなかった。代わりにツァーヴに唾を吐きかけ、肘で喉を打ちつけようとする。

が、ツァーヴは笑ってそれらを回避し、顔面を殴りつけた。それも素早く二度。

「喉を狙うのは基本。基本すぎて読みやすいんスよね」

「貴様……！」

「やると思った！　お人好《ひとよ》しで心優しいツァーヴくんは、こういう恩知らずなクソカス人間も見捨てないんスよねえ。いきましょう、兄貴！　さっさと行かないと囲まれちまう」

「……お前が責任もって世話しろよ」

「さすが兄貴は話がわかる！」

何を言っていやがる。俺はこのツァーヴという男がまったくわからない。

◆

――と、いうやりとりがあったのが、もうかなり昔のことのように思える。

異形《フェアリー》たちから逃げ回りながらずいぶんと時間を無駄にしてしまった。ローアッドがあればそう簡単に敵に囲まれたりはしない。包囲を突破し、遭遇を可能な限り避ける。奥の方へと誘い込まれている気がしたが、他に選べる道はなかった。

今度は、もう少し頑丈な扉のついた部屋に逃げ込んだ。かなりゴツい鍵がかかっていたものの、ツァーヴが鼻歌混じりに開錠してみせた。器用なやつだと思ったが、ツァーヴいわく『ドッタさんならオレの鼻歌がサビに入る前に終わる』だそうだ。

（しかし……ここに潜って丸一日以上か？）

地上では真夜中。日付が変わる時間だったとしたら、今日の午後にはルフ・アロスの聖選が始まるだろう。時間がない。この一連の事件の黒幕の名前を聞き出し、アディフのやつに対処させるのが最善だったが――

（アディフを動かしても遅い、最後の手段を使うしかない。なりふり構ってられねえ。それに）

俺は首元の襟止めに触れてみる。青白い輝きは、もうだいぶ薄れてしまっていた。蓄光塗料を塗ってあるこの襟止めは、ある程度は体内の蓄光残量の目安になる。節約してきたとはいえ、これでは心もとない。

たぶん全力戦闘はあと一回か、二回。爆破印は迂闊《うかつ》に使えないし、ローアッドの使用も節約する必要があるだろう。状況は厳しい。

ただし、勝機もある。

（俺たちを閉じ込めて足止めするか、あわよくば殺すつもりなら、もう少し確実な手段をとる。異形《フェアリー》どもだけに任せておくはずがない）

俺たちが脱出しそうになれば、この罠を仕掛けた張本人が出てくるだろうということだ。そこに活路を見出すしかない。

どうせ侵入に使った梯子は破壊されているだろうし、そこに続く経路は厳重に見張られているだろう。俺ならそうする。だが、どうにか他の脱出口は見つけている。地道な移動とローアッドによる探索——地上に続く梯子の在《あ》り処《か》は発見した。あとは強行突破だ。

その直前の、わずかな小休止だった。

「……お。ツイてますよ、兄貴！　この部屋、使えそうな武器がありますよ」

真面目に思考する俺をよそに、ツァーヴは能天気な声をあげていた。

「兄貴！　これとか、たぶん旧王国時代の遺産っスよ！　この剣とか！　もしかしてものすごい名剣じゃないっスか？」

ツァーヴは嬉々《きき》として部屋を漁《あさ》り、幅広の刀身を持った剣を差し出してみせた。何の冗談か知らないが、頭にデカい角つき兜《かぶと》まで被っている。

「ほら、この聖印が刻まれた刀身！」

ひゅん、とツァーヴは剣を旋回させる。その先端から、火の粉が散った。

「ちょっとだけ火が出ました！　知られざる古代の力が秘められてるんじゃないスか？」

「こんなところに名剣の類が転がってるわけないだろ……」

ここは地下要塞だ。戦いに備えて武器は格納しているだろうが、そのほとんどは兵士たちが使うものだ。将軍のものではない。特に武器庫のような場所に収められているのは、そうした量産品ばかりということになる。

たしかに準古代の遺跡ならば、現代には存在しないような高性能な聖印もあるが、それは千に一つどころか万に一つ以下の割合だろう。遺跡が作られたのは準古代でも、それを利用したやつが現代までにたくさんいたからだ。残っているのは準近代以降の品物ばかりということが多い。

「その剣の聖印も、よくあるやつだ」

本当にマジでよくある。金属に聖印を刻んで、便利に使おうとするやつ。ただ、その結果はお粗末なものが多く、こういう武器庫にひっそりとしまい込まれている。

「燃費が悪すぎるのが弱点で、意外と不便なんだ。刃物のついた松明《たいまつ》が存在しねえことを考えてみろよ……刃がすぐ駄目になるし、こっちも炎で火傷しかねない」

パトーシェが似たような聖印兵器を使っている。が、あれは印群と呼ばれる複合の聖印で作用する兵器だ。熱への耐性を持たせるという、かなり高度な技術が応用され、組み合わされている。

「うっそ、マジすか？　じゃ、この兜とかも？」

「人間が戦争やってた頃の兜だな。防御用の聖印が刻んである、雷杖を防ぐためのな」

「そんな！　こっちのデカい筒は……？　これ絶対すごいやつっスよね！」

「発煙筒だ。狼煙《のろし》に使うけど、造りが雑だから絶対に使うなよ。爆発するぜ」

「ええええ……」

ツァーヴは見るからに落胆し、兜を放り投げた。がらん、と、ガラクタの山の上に転がる。

「ってか妙によく知ってますね、兄貴」

「同僚に異常な歴史好きがいたんだよ。準古代と古代の遺産の違いとか、死ぬほど聞かされたな。第一次魔王討伐完了までが古代で、そこから第二次が起きるまでが準古代」

「兄貴って変な知り合い多いっスね」

ツァーヴに言われたら誰も納得できないだろう。たとえば――いま、俺たちの足元には、ぎらつく目つきで俺たちを睨んでいる男がいる。

「なあ、ネクルス」

俺はできるだけ温厚に尋ねることにした。

「協力しろよ。ここから脱出するには、お互いの努力が必要になる」

地上では聖選の開始時間が近づいている。速やかに脱出しなければ、間違いなくグエン＝モーサ教団を切り捨てた共生派どもの黒幕が何か手を打つだろうし、俺たちは罠に嵌められただけの間抜け野郎ということになってしまう。

（そうなったら、パトーシェのやつには合わせる顔もねえな）

俺は自信満々でここに潜ることを選択した。たいした仕事じゃない、すぐに戻る、というような大口を叩いた俺がアホのようではないか。

（なんとかして、脱出する。せめて通信のできる場所まで）

この周辺は、どういう仕組みか、地上との通信ができなかった。阻害されているのかもしれない。

「ネクルス。返事くらいしろよ。お前らも切り捨てられたんだから、いつまでも意地張っても仕方ねえだろ？　誰に唆されたんだ？」

ただ、ネクルスの目つきは、敵意と殺意に満ちている。足の負傷と、両手を縛る縄がなければ襲いかかってきていたかもしれない。

「お前らの背後にいるんだろ。かなり立場が上の、共生派の幹部みたいなやつが」

喋りながら、俺は片手で瓶を掴む。探索用に持ってきた、水の入った瓶だ。それを傾けて目の前で飲んでやる。

「――見ての通り、こっちは探索用に、食料も水も揃えてきてるんだ。分けてやってもいい」

それでも、ネクルスの顔色は変わらなかった。無言を通す。こういう説得は無意味かもしれない。

そう思ったところで、ツァーヴが横から口を挟んできた。

「無駄っスよ、兄貴。ネクルスの旦那はオレらのこと超嫌いっスから」

「みたいだな。お前が昔よほど嫌なことをしたんだろ。顔面の傷とか、まさかお前か？」

「違いますよ！　あ、いや、顔面の傷はたしかにオレですけど……それ以上に、主に兄貴の方がヤバいっスよ、たぶん。マジで」

「俺が？」

予想外だ。顔に消えない傷をつける以上にヤバいことを、俺が？

「兄貴は《女神》を殺した上に、テオリッタちゃんとも契約したでしょ。あれがまずかったですね。グエン＝モーサの教義だと、《女神》はたった十二柱！　増えたり減ったりしないんスから」

「……そうだ。偽りの《女神》を崇《あが》める、この……この、裏切り者め！」

ネクルスはようやく言葉を発し、俺を睨んだ。ここまで憎悪を向けられると居心地が悪い。

セネルヴァを殺したことが、教義に反するのはわかる。それで糾弾されるのは仕方がないと受け入れられる。その元凶になったやつは決して許さないが、事情を知らなければ――いや。知っていたとしても、俺はとんでもない悪党だろう。

わからないのは、テオリッタのことだ。

「どうなってんだ？　お前らの教義によると、なんでテオリッタが偽物ってことになるんだ。神殿が認めた《女神》だろ。《女神》が増えて、なんか悪いことでもあるのか？」

「悪い。それは貴様らが無知なのだ」

ネクルスは露骨に不愉快な顔をしたが、やっと対話をする気になったようだ。やはりこの手しかないだろう。信仰に関する話題なら食いついてくる。

「《女神》は天が遣わした至高の存在であり、完璧であり、欠けたところがあるはずもない。新たな《女神》など存在し得ない！」

その主張は、俺にはよくわからない話だ。理論を辿ればそれなりの根拠が聖典や伝承から出てこなくもなさそうだが、俺は難解すぎるので理解を放棄している。

「偽りの《女神》を崇める貴様らこそが、魔王現象を呼び寄せているとなぜわからん。誤った信仰に対する罰なのだ。挙げ句の果てに《女神》の神聖なる遺体を使って聖女計画だと？　冒瀆《ぼうとく》もいい加減にしろ！」

「……聖女を使った計画については、返す言葉もないけどな」

俺はため息をつきたくなる。部分的とはいえ、イカれた教団の教義に賛成せざるを得ないとは、ひどい世の中だ。

「ユリサ・キダフレニー。あんなやつを戦わせるなんて、ひでえ冒瀆だ」

「そうっスか？　ユリサちゃん可愛いし、一生懸命じゃないスか？　そりゃまあ、あんまり面白くはなかったですけど……兄貴、人間の価値って面白さじゃないんスよ」

「お前に人間の価値を説かれるほど落ちぶれてるつもりはねえよ」

「もしかして、兄貴の前の《女神》の死体を使ってるから怒ってるんスか？　それなら納得――」

「ツァーヴ」

　俺はナイフをいつでも引き抜けるように、柄を押さえた。

「ちょっと黙ってろ」

「ひえ……こわ……。兄貴もそうっスけど、みんな生きてるやつと死んだやつをやたらと差別しますよね。生きてるやつはおちょくってよくて、死んだやつは駄目なんスか？　そういう差別って、オレ、良くないと思うなあ……」

「黙れっつってんだろ」

「はい！」

　ツァーヴは降参するように両手を上げた。それを見たネクルスが、口を歪める。

　笑ったのかと思ったが、どうやら違う。その顔に浮かんでいる渋面を見ると、不快感の表明のようだった。それがこいつの感情表現なのか。

「ずいぶんと従順ではないか。ツァーヴ」

　軽く鼻を鳴らす。

「……なぜ、その忠誠心を我々の元で発揮しなかった？」

「忠誠心、めちゃくちゃ発揮してたじゃないスか！　気を使ってあげてたでしょうが。アンタら、超弱くてヘボくて未来なかったもん。マジでオレってお人好しだなあ」

「なんだと？　貴様っ」

両手を縛られていながら、ネクルスは信じられない動きを見せた。ツァーヴが放り出した準古代の刀剣を、足の指で摑むのが見えたのも一瞬。それを跳ね上げるようにしてツァーヴを狙っている。

ただ、ツァーヴは笑ってそれを回避した。

「だから遅いって。オレを殺したいなら、意味不明な新兵器とか超能力とかじゃないと」

跳ね上がった剣を、軽々とかわす。それどころか、ネクルスの顔面に掌底を叩き込んだ。

「無理でしょ。ね？」

「……さすが、と言っておこう。ツァーヴ……」

ネクルスは忌々しげに唸った。

「あまりにも惜しい。私が育てた中でも最強だ。傑作といっていい。後は健全な心が伴っていれば」

「へへ！　やっぱりウケる。あんたらに心の健全さの話とかされたくないなあ」

「貴様……」

ネクルスはもうそれ以上は何も言わなかった。屈辱が頂点に達しようとしている。この分だと、俺が何を尋ねても無駄かもしれない。それでも、聞かずにはいられなかった。

「なあ。お前ら、本当は黒幕のこと知らねえのか？　誰なんだ？　相手はお前らごと始末しようとしてるんだぞ。ここから生きて出たくないのか？」

「……黙れ」

ネクルスは絞り出すように言った。

「黙れ、背教者。ザイロ・フォルバーツ。私を哀れむな。それこそ、私には許せん」

「どういう意味だ」

「信仰の問題だ。私はお前を決して許さない」

勝手にしろ、と思った。ならば、こいつに通じる言葉は一つだけだ。

「許さなくてもいい。ただ、ここで死ぬのはあんたらの教義において正しいことなのか？」

信念を問《と》い質《ただ》す。これだけが、唯一の正解のような気がした。事実、ネクルスは低く呟いた。

「……貴様に我々の何がわかる。我々の教義の何がわかる？」

「わからない。でも、ここで死んだらおしまいだってことはわかる。俺たちと違って、あんたたちは蘇生できない」

ネクルスは何も言わなかった。俺は重ねて尋ねる。

「誰が、俺とお前たちを嵌めた？」

無駄かもしれないが、俺は追及しようとして立ち上がり——それに失敗した。

足に力が入らなかった。よろめいて、膝をつく。頭が熱を持っている。いや違う。頭の奥が一気に冷たくなり、脈打つようにまた熱くなる。単なる体調不良、のはずがない。

俺は自分の身体に起きたことを理解しようとする。体内蓄光が切れたときと似たような感じだ。

だが、まだそんな状況ではなかったはずだ。ゆっくり、意識的に呼吸をしようとする。余計に気分が悪くなってきた。

（しっかりしろ。倒れてる場合じゃねえんだぞ）

瞬きをすると、視界が歪んだ。胃のあたりを押さえる。

「なんだよ、おい」

かろうじてそれだけ言葉にできた。

ネクルスが何かをやったのか。違う。あいつも嘔吐《おうと》しながら倒れ込んでいる。無事なのはツァーヴだけだ。腹が立つほど軽薄な笑顔で立ち上がり、部屋の入り口の扉を見ていた。

「なんだろ……毒っスかね？」

ツァーヴは狙撃杖を片手に、もう一方の手には剣を握っていた。ネクルスとの交戦の際に、やつから奪っておいたものだ。艶のない黒い刀身の、短い剣。

「オレ、すげえいろんな毒への耐性あるから、よくわかんなかったな……。でも、兄貴とネクルスの旦那に効くくらいだから、たいしたもんスよ」

毒。目に見えない毒か。第九聖騎士団が得意とするような毒の気体。この閉鎖空間では、有効に作用するだろう。だが、どうやって？　予《あらかじ》め仕掛けていたのだろうか？　もしかすると、俺がこのルートに脱出先を見つけるのも想定済みだったのかもしれない。

（だったら、その先の辿り着く場所で待ち伏せすることもできる……）

探査印ローアッドでも捕捉できなかった相手。呼吸も、心臓の鼓動も――人間とは思えないほど静かに抑えることができるのか？　あり得る。一部の蛇型の異形《フェアリー》、獣型の異形《フェアリー》でもそういうやつはいる。冬眠するようにまったく動かない対象が相手なら、出力を増して時間をかけた探査が必要になる。

(体内蓄光が切れるのを恐れて、出力を絞ったのは失敗だった——いや)

やはりそれも誘導されていたのだろう。追い詰められて、脱出のために行動が制限された状況で、やり方がまともすぎた。最善の方法を試みたつもりだったが、そういう『まともなやり方』というのは、その分だけ読みやすい。

(……上等だ)

と、俺は思った。

ここからは、まともじゃないやり方でやってやる。この場を切り抜けて、地上にさえ出ることができれば、この一連の罠の背後にいるやつに地獄を見せてやる。そう決意する。

「出てきなよ」

と、ツァーヴは言った。その目が頭上を見上げている。

(そこか?)

俺はツァーヴの視線の先を追う。通風孔がある。このような地下施設では当然のように、外部と空気を入れ替える設備はある。そこにいるのか。ローアッドを起動させ、位置を特定しようとして、やめた。

落ち着け。混乱している。いまさら位置を突き止めてどうする。ツァーヴがそこにいると言ったらいるのだろう。攻撃と防御のために、体力は残しておくべきだ。まだ動ける。さすがに遠隔からの気体散布だけで相手を殺傷できるような、凄まじい猛毒ではなかったようだ。

「早くしなって。効かないのはわかったでしょ？」

ツァーヴの呼びかけに、果たして通風孔の奥で蠢いた者がいた。

赤黒い蜥蜴――だろうか。音もなく這い出てくる。異形《フェアリー》。あるいは魔王現象。どちらにしても、俺の見たことのない相手だった。二足歩行する蜥蜴で、手足は昆虫のような甲殻に覆われている。体中に生える蔦と、そこに開いた毒々しい色の花が目立っていた。

蜥蜴の異形《フェアリー》ならばニーグルと呼ぶ。多足の節足型はボガート、植物型はアルラウネ。そういう区別はあるが、この相手は、そのすべての特徴を混ぜ合わせたようだった。

それだけでも俺は驚いたが、本当に驚いたのはその次の瞬間だった。

「毒が効かない、か」

それは明確な言葉だった。赤黒い蜥蜴男は、通風孔から頭をだけを出した体勢で声を発していた。

「耐性があるわけか。たまにいるよな。こういう人間も……」

尻尾が見えた。大きく左右に揺れる。

「まあいい。死ぬのが遅いか早いか。それだけだ」

「強がるなって。それは無理でしょ。喋って時間稼ぎなんてしてるのは、ビビってる証拠だ」

ツァーヴの言う通り。ローアッドで確かめるまでもない。蜥蜴野郎がわざわざ喋っているのは時間稼ぎだろう。この状況なら、麻痺《まひ》毒《どく》が効いているはずの俺たちを狙って、異形《フェアリー》どもが殺到してきているに違いない。

「貴様……」

ネクルスが地面に這いつくばりながら、荒い呼吸の合間に呻くように言った。

「六ツ目か！　ユトブ方面、７１１０部隊……！」

その言葉に、束の間、俺は猛烈な不快感を忘れた。聞き間違いではない。あの部隊の名前だった。

（そうか。ネクルス。こいつもユトブ方面７１１０部隊を知っている）

ということは――何もかもを知っている、ということだ。誰が背後にいるのか。部隊というからには指揮官がいる。さらに、それを動かしているやつがいる。

（ネクルスに聞けば、わかる……！　蜥蜴野郎の方でもいい。最高の手がかりだ！）

問題は、いま、とても体が動きそうにないということだ。畜生。こんなときに。せめて意識だけは手放してはいけない。目を凝らし、耳を澄ます。怒鳴り続けるネクルスの声を聞く。

「ふざけるな、六ツ目！」

と、あの男はまだ大声で喚くだけの元気があるようだった。

「なぜ……貴様が、私まで攻撃する……！　裏切ったな！」

「悪いな。新しいボスの方針でね。もう必要ないんだよ」

蜥蜴野郎はネクルスの方を一瞥もしない。正面のツァーヴから視線を切らない。

「使えないやつは切り捨てとけ、ってね」

「あ。じゃあ、あんたもここで切り捨てられるわけだ」

ツァーヴはこういうとき、他人を小馬鹿にするのがうまい。こいつのせせら笑う表情は、妙に癇に障るところがある。

「オレ、手加減とか苦手なんスよね」

「それは……挑発のつもりか？　それとも、おれを警戒させて動きを止めようとしているのか？」

「惜しい！　長生きのためのアドバイスですよ。いまから泣いて謝るなら、許してやってもいいかなあ。ほら、オレって世界一のお人好しじゃないスか？」

「ふ。馬鹿が」

ツァーヴが狙撃杖を構えると、蜥蜴野郎がするりと通風孔から抜け出す。落ちてくる。それが、交戦開始の合図になった。

「いますぐ死にたいなら、望み通りにしてやる」

「へへ！　雑魚の台詞だ！」

笑いながら放ったツァーヴの射撃は、驚くべきことに弾かれた。その前腕。甲殻に覆われた腕が、雷杖の稲妻を防いでいた。弾けた稲妻はあらぬ方向に飛び、天井を砕く。こいつ、この甲殻は——下手をすると、クヴンジ森林で交戦したオード・ゴギー並みの硬さがあるのではないか。

「おっ。硬いっスね。けど——」

ツァーヴも軽く口笛を吹いた。

「こういうときは、負け犬みたいに尻尾を巻いて帰るのが一番っスよ」

こいつの挑発的な言動は、間違いなくわざとだろう。蜥蜴野郎は赤黒い体をくねらせ、続く雷杖の射撃をかわして、しかし逃げようとはしない。ツァーヴに向かって跳躍する。

「超簡単。間抜けが釣れましたよ、兄貴！」

◆

それはツァーヴにとって、もっとも面倒な展開ではあった。

一つ。相手を煽《あお》って攻撃させる。二つ。相手を警戒させて逃走させる。三つ。こちらと距離をとりすぎず、ただ待機の様子見に徹するなら、意表をついた奥の手で殺す。

その三つのうち、『煽って攻撃させる』のに反応されたのは残念だった。残る二つの選択肢の方がはるかに楽だったが仕方がない。

（接近戦か。ヨーフのときはひでえハズレを掴まされたな）

後から聞いたら、シジ・バウという軍人崩れの女だったという。特殊な聖印兵器による奇襲で負傷してしまった。あれは自分が間抜けであっただけ、というわけではない。あんな攻撃に準備もなく対処できる人間がいるか——いや、あのとき実際にザイロはどうにかしてしまった。

（この人がおかしいんだよな）

だから、納得がいっていなかった。

（このままじゃ、オレが無能みたいじゃないスか？　どう思います？）

ザイロに聞きたかった。彼らのことを好ましく思ったことはない。だが、この連中から、無能だと思われることには耐えられない。

ドッタにもノルガユにも――認めたくはないがベネティムにさえ、余人が及ばない領域がある。

これでは自分が器用なだけで、彼らに一枚劣るようではないか。

（やってやろうか）

だから、軽薄にそう思った。時間制限は、他の異形《フェアリー》どもに囲まれるまで。

赤黒いトカゲの異形《フェアリー》が迫る。なかなか俊敏だ。その両腕は昆虫に似て、先端に鉤爪。最小限の回避でかわす。饐《す》えたような甘い匂いがした。

（毒の正体はこれかな）

その効果と種類にも、ツァーヴにはおおむね見当がついた。結論。多少手こずるが、勝てる。

「遅いね」

ツァーヴは挑発を欠かさず、反撃の剣を振るう。ネクルスから奪った短剣。刃渡りは肘から手首ほどまでで、接近戦ではこのくらいの長さが一番手に馴染《なじ》む。

それは蜥蜴の異形《フェアリー》の、無防備な首筋を捉えた――そして、ぎりっ、と硬質な音が響く。

「――それが、どうした？」

蜥蜴が笑った。尻尾が振り回される。衝撃。自ら跳んで勢いを殺したが、壁に叩きつけられた。

（いってぇ）

とは思うが、表情にも出さない。こちらの反撃の成果を冷静に確認する。前腕の甲殻部分だけかと思ったが、あの赤黒い表皮は非常に硬い。たしかに切りつけたはずの刃は、わずかに傷をつけただけだ。指一本分程度。

頑健な体、雷杖を防ぐ前腕、体の自由を奪う毒、野獣の俊敏さ。

(なるほど、こいつは増長するわけだな。だから、煽りにも弱い)

自分に似ている。これだけ強いのだから、無能なところは見せたくない。たぶん、誰かを意識しているのだろう。そのために挑発に乗ってかかってきた。

「ずいぶんと自信があったようだな、人間。態度も偉そうだ」

蜥蜴の異形《フェアリー》が跳ねる。

「そういうやつを食うのが、俺は好きでね」

正面から突っ込んでくる。と、見せかけて、軌道を変えた。床を蹴って、左の壁、ツァーヴの目はそれを捉えていた。捉えながら、あえて雷杖は撃たなかった。飛び込ませる。

左右の鉤爪を、剣で弾きながらすれ違う。回避の際には、よろめくような形になった。先ほどの尻尾の一撃が、腹部に響いている。

そういう演技だ。

「な?」

蜥蜴の異形《フェアリー》が牙を剝き出して笑った。

「格が違うだろ。お前みたいな、ただの人間とはな!」

ここだ、と思った。ツァーヴは大きく跳躍して、距離をとることを選択した。そういう風に見えたはずだ。当然、蜥蜴は追ってくる。

——その足元が、唐突に破裂した。

炎と閃光、そして爆発的に膨れる煙。小規模なものではあったが、それは蜥蜴の異形《フェアリー》の足首から下を破壊していた。

破裂したのは、床に転がっていた準古代の遺産だった。狼煙用の発煙筒。それが、ザイロの放ったナイフによる爆破印を受けた。結果――蜥蜴の異形《フェアリー》の足を奪い、そして視界も奪った。濛々《もうもう》たる煙が立ち込める。

「さ……さっさと始末、しろよ。楽勝だろ？」

ザイロが低く呟いた。

(抜群のタイミングだ。さすが兄貴は、とんでもねえな)

ザイロの戦闘に対する嗅覚、というか、感覚は群を抜いている。自分の考えを読まれたようだ。きっとそれは、《女神》と作戦行動をする際に培われたものだろう。

なんとなく、ツァーヴにはわかったことがある。ザイロ本人も気づいていないのかもしれないが、他人の行動から意思を汲《く》み取《と》る能力が異常に発達している。それも、戦闘行動に関連する方向に対して特化したものだ。

(だからこの人は、他人の意思を何でもかんでも戦闘に結びつけるんだなあ)

声を出して笑いたくなる。

「格が違うってのは正解でしたね、クソザコ蜥蜴野郎」

ツァーヴは煙の中を移動しながら呟く。もっと煽る。おそらく、これはかえって相手を冷静にさせる効果があるだろう。まんまと挑発に乗せられたことに気づくはずだ。

「次の一撃で殺すんで。あんたに防げるかな？」

ここまで言えば、相手が選択する行動は一つだ。安全圏まで退避する。

もともと自分たちの始末など、押し寄せる異形《フェアリー》どもに任せればよいことだった。毒の効いていないツァーヴを殺そうとしたのも、ただの戯れであり、自己顕示欲の衝動にすぎない。

「……馬鹿が。どっちにしろ、結末は一緒だ。無駄な努力なんだよ……」

煙の向こうで声が聞こえる。ガラクタの山を登り、通風孔へ。逃げるつもりか。

「そのまま異形《フェアリー》どもに食われてしまえ」

「そいつはどーも。喋ってくれて助かりますよ」

煽るだけ煽ったのは、相手にも喋らせたかったからだ。視界が利かなくても、向かう先はわかる。

(気持ちはよくわかるよ、蜥蜴野郎。こんだけ煽られちゃ黙ってられないもんな？　絶対の自信ってやつが、きっとあったんだろ？)

ツァーヴは左手の雷杖を、ほとんど無造作にも見える仕草で起動させた。狙うのはガラクタの山の上だ。閃光。蜥蜴の異形《フェアリー》は防御体勢をとっただろうか。それとも回避か。それでも構わなかった。狙った角度がまるで違う。

強烈な金属音。ばきんっ、と、異様な音が響いた――そして、それは通風孔に上りかけていた蜥蜴の異形《フェアリー》を的確に射貫いている。

変則的な狙撃。稲妻の軌道が変わっていた。防御も回避も的外れな方向に対して試みたものだ。だから、当たる。蜥蜴の異形《フェアリー》が胸元を大きく抉られて落ちてくるのが見えた。骨と肉を半分以上は吹き飛ばしていた。

煙が薄れる。元から、一瞬の煙幕にすぎなかった。

（雷杖の稲妻は、壁に当たっても弾かれない。ただ……）

ツァーヴはガラクタの山の端に転がる、大きな角の生えた兜を見た。準古代の防具。それは人間同士の戦いに備えたものだ。たとえば、雷杖の射撃に対する防御性能。この兜ならば、雷杖の稲妻を反射することができた。それは聖印を見ればわかることだ。

結果、奇襲のような形で蜥蜴の異形《フェアリー》を狙い撃っていた。

「あんた、結構がんばった方だよ」

ツァーヴの賞賛に、蜥蜴は激高した。少なくともそう思える鳴き声をあげた。鉄板を力任せに引きちぎるような、不快な音。

だが、それが最後だった。ツァーヴがもう一発の稲妻を撃ち込む。体が大きく痙攣《けいれん》し、粘つく血を吐くと、永遠に動きを止めた。

「兄貴。これで終わりっスよ。どうっスか、今回もオレのおかげで――」

振り返ろうとしたとき、違和感があった。いまだ立ち込める煙幕の向こうで何かが揺れたように感じた。こういう直感を、ツァーヴはほとんど確信している。

足元。刃が煌《きら》めくのが見えた。

「やっぱり動けたんスね」

ぎっ、と、剣で防いだ。ネクルス。左手で、剣を手にしていた。どうやって縄から脱したのか、という疑問は出てこない。これだけ時間があれば簡単なことだろう。毒もネクルスには十分な耐性があったに違いない。ツァーヴの見立てでは、アルコールに近い性質を持つ毒だ。殺すためのものではなかった。

「ネクルスの旦那、やめといた方がいいっスよ。オレに勝てないってわかってるでしょ」

「だま、れっ」

上ずった呼吸。恐怖と興奮が入り混じっている。

この動揺しやすい精神力に、暗殺者としての技術が共存していることは、ツァーヴにとっては驚きだった。とても向いていないように思える。かつてはその不均衡さが興味の対象だった。

「ツァーヴ、私は、貴様を」

「無理ですって」

跳躍し、回転するような斬撃。かなり重たいが、自分ならば簡単に防げる。防げるし、反撃で足を払い、地面に叩きつけた相手の胸を踏みつけ、首元に刃を突きつけることさえできた。

見下ろす形になる。

「ほら。簡単でしょ」

「……それで？」

ネクルスは笑った。強引で、自嘲気味の笑みだった。

「貴様は、私を殺せるのか？　その剣で？　私は知っているぞ——たしかに私では貴様を殺せない。

だが、貴様にも私は殺せない」

　声は自信に満ちていた。よくもまあ、こんなことを自慢げに言えるものだとツァーヴは思った。自分にはできない。本当に面白い人間だ。

「私は知っている。育ての親さえ平然と殺せた貴様だが、飼っていたネズミを逃がしたことを知っている。標的とした相手を知るほど殺せなくなったことも知っている。結局、貴様は……信じがたいことに、貴様自身が言う通り……」

　吐き捨てるように、ネクルスは言う。

「暗殺者として優しすぎる。底抜けのお人好しだ。貴様が認める通りに……！　納得はいかないが、それは事実なのだろう！」

　さすがに、よくわかっている。ツァーヴは感心した。ネクルスは自分の過去を知っている。だからここまで自信があるのだろう。

「しかし……だから……貴様は、私を殺せない。貴様は私を知りすぎている」

　そうして、ネクルスは笑ってみせた。どこか卑屈な笑みだった。

「ツァーヴ。本当のことを言ってみろ。貴様にはいまも仲間などいないし、正しいことにも、悪いことにも興味がない……そうだろう。たいしたバケモノだ。しかし、そうであるのなら」

　視線が、ツァーヴの背後に向けられていた。ザイロを見ているのだと、ツァーヴにはわかった。

「ザイロ・フォルバーツを殺すというのはどうだ」

「兄貴を？」

「何の問題がある？　その男のことを気に入っているのか？　私は貴様にとって、面白い玩具のようなものだろう。それはわかっている。ならば、私とその男と、どちらが貴様にとって有用だ？」

ネクルスは、自分の喉に剣の先を当てていた。なるほど。斬新だ。こんな命乞いもあるのか――と、ツァーヴは思った。信じられない発想だった。自分を人質にしている。

面白い。ツァーヴは思わず吹き出してしまう。

「さすがネクルスの旦那。超ウケる。じゃあ……聞いてくれます？　実はいま、ちょっとハマってるものがあって」

「……なんだ？」

「コレクション。蛇の抜け殻を集めてるんスよ。オレにとってそれがいま一番大事で……さっさと帰ってそれを整理整頓したいし、兄貴に見せてやる約束もしてるんスよね」

「何を言っている……蛇の抜け殻だと？」

「それと、もう一つ。なんていうのかな……拾った犬とか猫とか育てるみたいに……面倒見てやってる、手間のかかる連中がいまして」

ザイロ・フォルバーツ。その仲間たち。彼らは自分が面倒を見てやらなければ、あっという間に自我をすり減らして死んでしまっているだろう。哀れみを覚える。

「待て。ツァーヴ、やめろ。その目で私を見るな！」

「へへ」

ツァーヴはだらしなく笑った。

そして次の瞬間、雷杖で左腕の肘から先を吹き飛ばした。絶叫。ネクルスは身をよじって痛みに耐えようとしたが、ツァーヴが踏みつけているのでそうはできない。

「でも仰る通り、オレはあんたを殺したくない。オレは優しいんで。それ以外のことをします」

「貴様っ、ツァーヴ！　こんなことを……こ、これのどこが……」

ネクルスは絶叫し続けていた。

「これのどこが！　どこがお人好しだと、貴様はよくも！」

「大丈夫。旦那なら、きっと乗り越えられますよ」

そういえばかつて、暗殺対象になっていた標的を逃がしてやるときに、こういうことがあった。珍しい色の瞳をしていたので、その瞳をミンチの一部に含めてやらなければ、ネクルスを欺けそうになかった——なので、眼球をくりぬき、無関係な者の死体と混ぜて現場に残してやった。

そういうとき、ツァーヴは目玉を抉った標的を励ましたものだった。

『自分を信じて！　目玉の代わりに強い心をもって、未来に歩いていきましょう！』

なぜか標的からは憎悪を伴った罵倒を受けることが多かったが——些細《ささい》な問題だ。

「オレってマジでお人好しで、人の力を信じてる前向きな男なんで……旦那も、自分を信じて！」

親指を立てて言う。それは本心からの言葉だった。ツァーヴの知るネクルスは、やや精神的に脆いところはあったが、必ず立ち直れるだろう。

そのまま、今度は右足を。蓄光弾倉を交換し、撃ち込もうとしたところで、それを止める腕があった。ザイロ・フォルバーツ。ツァーヴは少し驚いた。もう毒が抜けたということ以上に、その行為自体が驚きだった。

「やめとけ」

　とまで、ザイロは言った。

「そいつの戦闘力は奪った。十分だ。縛って地上に運び出して、捕虜にする」

「ええ？　もうちょい運びやすくした方が絶対に便利だと思うんスけど」

　一瞬の間。ため息が聞こえた気がする。

「必要ねえよ……十分だ」

「兄貴が運ぶなら、別にいいっスけど。でも、なんで止めるんスか？　殺すわけじゃないのに」

「それでもだ。生きてりゃいいってわけじゃない」

「命さえあれば、なんでもできますよ。ああいや、少し違うな……心が無事なら、だ」

　ツァーヴにとって、命と心は似ているが違うものだった。懲罰勇者はその心をゆっくりと、時間をかけて破壊する刑罰だ。タツヤを見ているとよくわかる――死んだらすべてが終わりだとツァーヴは信じているが、懲罰勇者にはその終わりさえ来ない。壊れていく自我から逃れられない。

　自分が自分でなくなることこそ、もっとも嫌悪感を抱くことだった。

「とにかく、やめろ。無駄に痛めつける必要はない。止血するんだ」

「だから無駄じゃなくって、そっちの方が運ぶのに便利で……はい！　わかりました、了解！」

　ザイロが睨むのだから、仕方がない。もう毒の影響もほぼ抜けたようだ。この距離での攻防だとしても自分では敵わないだろう。

「……俺はこいつに、聞きたいことがある……」

ザイロは、ネクルスを見下ろした。

「お前らは切り捨てられたんだ。もう、共生派の協力者に義理立てする必要もない。教えてくれ。ユトブ方面７１１０部隊を使っているのは誰だ？　誰と組んで、何をしようとしてた？」

その声には、切迫した響きがあった。必死だ。ツァーヴはなんとなく思った——このザイロの聞き方は、渇いた旅人が水場の位置を聞くかのようだ。

「言え。ネクルス。誰だ？　誰がお前らを利用した？」

「兄貴、やっぱり質問するなら拷問とかした方がいいですって。嘘つくかもしれませんぜ」

「いや……もういい。よくわかった……」

その目がザイロを見ているのがわかった。唇が曲がっている。笑っているのかもしれない。

「ザイロ・フォルバーツ。私は貴様を許せん。《女神》は完全でなくてはならんのだ。こんな世界で絶対的に信じられる聖域であるべきだった——貴様はそれを侵害した」

「……ああ。そうかもな。俺がやったことだ」

ツァーヴにはまったく理解のできないことに、ザイロはただそれを認めた。なんの理由も告げようとしなかった。このネクルスから聞き出したいことがあるのではなかったか。これでは、余計に態度を頑《かたく》なにしてしまうだけではないか。

ザイロにはツァーヴの理解を超えた、自分の行いへの冷淡さがある。自己評価が低すぎると言ってもいい。そして案の定、ネクルスはとっておきの意地悪をするような、歪んだ笑みを浮かべた。

「ザイロ・フォルバーツ。貴様は敵だ。我々の、我々が信じる世界にとっての敵だ。そしていまも《女神》を兵器として使おうとしている」

「そうだ。間違いない。俺は、お前らの世界の敵だ」

「その貴様が……私を助けようとしている。こんな屈辱があるか？　く。く、ははははは！」

もう、はっきりとわかるほど笑っていた。破裂するような笑い方だった。

「捕虜となって地上に出る。そして拷問されれば……私は私の精神力を信じていない。おそらく何もかも喋ることになる。そんな屈辱には堪えられん」

「……ツァーヴ！」

ザイロが腕を離した。ツァーヴは対策しようとした――が、さすがにネクルスの動きは速かった。

「ザマァ見ろ……だ。貴様らの思う通りになどなってやるものか！」

剣が自らの喉を刺し貫き、それは確実に致命傷だとわかっていた。

――ごぼっ、と傷口から血が溢れ出し、それが最後だった。ネクルスは泣き出す寸前のような笑顔で絶命していた。

◆

ツァーヴは世界が終わった日を覚えている。

正確には、ネクルスの――グエン＝モーサの教団にとっての世界が終わった日を知っている。

それはザイロ・フォルバーツが《女神》を殺した日だった。完全であるべき《女神》が死んだ。教団にとって、認めることができない事態だった。

彼らにとって教義の破綻は、彼らが認識する世界の破綻だった。

「許されないことだ。……決して、許されるものか！」

ネクルスは激怒し、呪いの言葉を吐いていた。

「ザイロ・フォルバーツ。我らが《女神》を殺した罪を、償わせてやる！」

その復讐は、死によって果たされるはずだった。教団の暗殺者の精鋭が集められ、ツァーヴにもその指示が下された。裁判の結果がどうあれ、行政室が死刑を執行する前に、獄中で殺す。その手筈は整っていた。それを可能にするために、『粛清』する相手は短期間で急激に増えた。

「あの男をこの世から消し、過ちを我々の手で清算する」

それができれば、世界は救える。少なくともネクルスはそう信じていた。《女神》を殺すという罪を雪《すす》ぐのは、《女神》に真に忠実な自分たちであるべきだった。

——だが、勇者刑という懲罰が、その機会を永遠に失わせた。

こうしてネクルスは、彼にとってすでに滅びた世界を彷徨うことになった。

◆

数秒の静寂があった。足元には、ネクルスの喉から溢れた血がゆっくりと広がっていく。

「くそ」

ザイロが毒づいた。目にはひどい怒りがあった。

「結局、聞き出せなかったじゃねえかよ……！　何をやってるんだ、俺は！」

それは彼自身が、正直に答えすぎたせいだろう。ツァーヴはそう思ったが、何も言わずにおいた。

代わりに雷杖を肩に担ぎ直した。ため息が漏れる。

「いやあ、悲しいなあ。あの……兄貴、オレって、そんなにムカつくやつなんスかね？」

「……どうだろうな。そうでもない、と思う」

わずかな沈黙の後、ザイロは不機嫌そうに答えた。

「たぶんな」

「たぶんっスか！　……まあ、悲しいエピソードでしたね。後でみんなに教えてあげようかな」

「おい、お前、なんなんだ？　その——切り替えが速すぎるだろ」

「そこがオレの取り柄で魅力っスから！　あと、こんなところで話し込んでる場合じゃないっスよ。兄貴、歩けます？」

「歩ける……おい、いらねえ。肩なんて貸すな」

「ふらついてるじゃないスか。さっさと行きましょうよ、敵を避けないと」

「俺を便利な探知機代わりに使うな」

文句を言いながらも、ザイロが壁を拳で叩いている。異形《フェアリー》はどこまで接近しているだろうか？

強行突破を図らねばならない。もう一仕事が必要だ——頼りないザイロの面倒を、今日は自分が見てやる必要があるだろう。ツァーヴがそう思ったときだった。

「ああ……待て。今度はなんだ？」

ザイロが顔をしかめていた。

「異形《フェアリー》どもが減ってる。それに、こいつは――まさか」

ザイロの言葉を待っていたように、扉が開く。

そこに現れたのは、二人。にやけたような顔の男と、背の高い女だった。女の方は白い貫頭衣が特徴的だ。首からぶら下げているのは大聖印、ということは神殿関係者か。どこかで見たような気がする。特に、嗜虐的な笑みを浮かべた男の方は。

（誰だ？）

記憶力には自信があったが、ツァーヴには思い出せなかった。

「やあ」

と、にやけた笑顔の男は片手を上げた。一瞬だけ、自分たちを見て目を細めた気がする。

「……二人とも無事で何よりだ。異形《フェアリー》どもを排除して、助けに来てあげたよ。今度は、間に合った」

今度は、という意味はわからなかったが、とにかく、その男は細身の雷杖を操作した。しゅっ、とかすかな空気の音とともに蓄光弾倉が排出される。静穏性に優れた、最新型の雷杖のようだ。

「カフゼン」

と、ザイロは男の名らしきものを呼んだ。

「誰スか？」

「……性格の悪い諜報部門だよ。見ての通りクソ野郎だ」

「ひどい言い草じゃないか。もっとちゃんと紹介してくれてもよくないかい？」

「知るか。なんでお前がこんなところにいるんだよ」

「この地下要塞はぼくらの管轄でね。隠密での移動に使う特別な通路なんだ。きみたちが主力の注意を引いたおかげで、掃除が簡単だったよ」

どうやら、こちらは陽動に使われてしまったらしい。軽口を叩こうと思ったが、やめておいた。ツァーヴも我ながら珍しいことだと思う。なんだか妙に疲れている。

「助けに来たつもりなら、遅すぎるんだよ」

ザイロの方は、不快感を隠すつもりはないようだった。

「捕虜にしようと思ってた、グエン＝モーサの幹部の一人が死んだ。自殺だった。これで連中の計画だとか、黒幕の手がかりだとかは闇の中――」

「ああ、それなら大丈夫。死体が残っていてよかったよ。エンフィーエ、頼む」

カフゼンは背後の女に声をかけた。

エンフィーエというのだろう。彼女は無言のまま屈み込むと、血だまりの中のネクルスに手を触れた。その指先が、火花を発する。ツァーヴもこの火花を知っていた。テオリッタが剣を召喚するときによく似ている。

「ってことは、つまり」

ツァーヴは彼女の手の中に、一冊の本が出現するのを見た。

「この子が《女神》様！　あんた、聖騎士団長っスか？」

「そういうこと。よくやった、エンフィーエ」

言葉こそ発しないが、エンフィーエは得意げに本を掲げ、わずかに身を屈めた。カフゼンはその頭に手を乗せて、撫でてやる――そういうやりとりを何度となくしてきたのだろう。慣れた手つきだった。

「彼が持っていた情報は、ここにある」

カフゼンは背表紙を指で辿った。

「《女神》エンフィーエに対して、隠しごとはできないよ」

ツァーヴは床を見た。広がっていくネクルスの血が、自分の爪先に触れていた。

（ひでえなあ）

結局、ネクルスのやろうとしたことは何もかもうまくいかなかった。だが本人はきっと、正しいことをやり抜いたと思ったのだろう。自分にはない感覚だ。ツァーヴにはネクルスが理解できない。

正しいと思えることを、堂々とできるというのは、どういう気分なのだろう。

初めて、そんなことを考えた気がする。

「その、本を……！」

ザイロが目を見開いた。よろめきながら、ネクルスに近づく。

「見せてくれ。そいつが誰と組んでいたのか、これでわかる……！」

「焦るなよ。ぼくも非常に気になっているんだ」

カフゼンの手が分厚い本を素早くめくっていく。

次々に現れるページは、どうやら書類のように見えた。第一王都における、市民身分の証明書。通行証。聖印兵器の取引内容証明——そうした書類の数々だった。エンフィーエの『召喚』がどういう仕組みなのかわからないが、これはネクルスが生前に見た実際の書面だろうか。それとも記憶をある種の『文書』の形式にしてしまう能力なのか。

だが、気になることは一点。カフゼンが見せたそのすべての書類に、弓矢と花の紋章が捺印《なついん》されていることだ。

「ザイロ・フォルバーツ。この紋章を見たことはあるかな」

カフゼンは皮肉っぽく口を歪めた。ザイロはやけに静かだったが、それを注視し、最後には重苦しく呟いた。

「……見覚えがある。コルマディノ家だ。当主はシムリード・コルマディノ。……総督だ。まさか」

「共生派だ。ぼくらには調べがついていた。手は出せなかったけどね。彼ほどの立場の人間が相手だと、始末するにも話をつけなきゃいけない相手が多すぎるんだ。役所勤めの難しさだね」

軽く肩をすくめた。カフゼンという男は、いちいち動作が大げさだった。

「どうやら彼が教団の後援者で、今回の一連の事件の首謀者だったようだ」

「ユトブ方面７１１０部隊を使ってるのも、あいつだな」

「そう考えて間違いない。エンフィーエの本は嘘をつかない。きみの知り合いかな？」

「ずっと前からのな。……たしか、あのときから総督だったな。シムリード・コルマディノか……

そうか。あいつか」

噛み締めるように、ザイロがその名を呟いた。

（すげえな、これ）

ツァーヴは鳥肌が立つような感覚に襲われた。

（兄貴が本気で怒ってる）

押し殺そうとしている分だけ、その圧縮された怒りの密度を感じる。シムリード・コルマディノが誰だか知らないが、この怒りを向けられる相手には同情してしまう。

「コルマディノ総督が何を企てているのか、ここにははっきりと記されている。読むかい？」

「ああ。……つっても、予想はつくけどな」

「そうだね。一手遅かったというところかな」

カフゼンの手が、やや緩やかにページをめくる。

「向こうはすでにグエン＝モーサ教団を切り捨て、自分たちだけで事を起こせる状態にある。彼らの狙いの第一は、ニコルド・イブートン大司祭の暗殺。それが失敗したとしても、聖選をひっくり返す方法を用意している……らしい」

「ひっくり返すって、どうやってだよ」

「そこまでは彼も知らなかった。ただ、かなり暴力的な手段だと思う。シムリード・コルマディノ本人の身柄を押さえた方が良さそうだ。でも……こっちも、まずいな」

カフゼンの顔色が、わずかに変わった。嗜虐的な笑みがわずかに歪んだ気がする。

「おい。どうした？　イブートンの暗殺はわかるが、他に何かあるのか？」

「ちょっとね」

カフゼンは続きを手で隠した。一瞬だったが、ツァーヴの目には見えた。何か、人名が書かれていた気がする。それに《灰灯廟《かいとうびょう》》。何を意味しているかは、わからない。

「ウチのボスを標的にしてきた。守らなければならない。イブートン大司祭のことは、きみたちに任せるしかないね。きみたちが失敗したら、ぼくらも最後の手段を使わざるを得なくなる」

「……最後の手段ってなんだよ」

「第一王都を焼く。我々が封印保有している魔王現象九号を、中心街で解き放つ」

カフゼンは平然と言った。

「民間にも壊滅的な被害が出るだろうね。それを利用して人類の結束を固める。人類を追い込んで、もう決戦しかないという状況にもっていくんだ。当然、資源的な損失は大きいけどね」

「ははあ、なるほど！」

ツァーヴはそこで思わず拍手をした。

「そのどさくさで共生派もぶち殺せるし……一石二鳥っスね！」

「ふざけんな。クソ野郎」

ザイロは吐き捨てるように言った。この名案を、彼はお気に召さなかったらしい。

「そんなことさせるかよ。聖選に勝てばいいんだろ」

「その方法はあるのかな？　きっとコルマディノは、確実にミローズ大司祭を勝たせる方法を用意しているんだろう」

「正攻法だな。だから、そういう手口でベネティムと戦えば勝てるわけがない」

「……ベネティム？　彼に、なにか策があるとでも？」

「策、ってレベルじゃないんだよな。もっと呆れるような話だ」

その点については、ツァーヴも同感だった。ベネティムに何かを積み上げるような策やら、知略やらを期待するのは間違っている。いつもなぜか唐突に、ただ結果だけを持ってくる男だ。

（あの人、なんかおかしいんだよな。ある意味ドッタさん以上にワケがわかんねえ）

だが、それにザイロが同意しているというのなら、十分以上に勝算があるのだろう。

「とにかく、聖選は勝つ。で――シムリード・コルマディノの身柄も確保する。逃がさねえ」

口調は軽いが、かつてないほどザイロが怒っている。ツァーヴはそれを感じている。

「あいつには報いってやつを受けさせてやらなきゃな」

◆

明け方の薄暗がり。ドメイリー川の片隅で、赤黒い影が蠢いた。

地に伏せていた体勢から、顔を上げる。その見た目は、直立歩行する人型の蜥蜴――特徴的なのは頭部に枝角が生えていることだろう。

「三ツ目より、一ツ目に連絡」

囁《ささや》くような声。それは、手元の通信盤を介して相手に届いているはずだ。

「六ツ目が撃破された。生存可能性なし。ザイロ・フォルバーツ、およびツァーヴは生存」

『あ、そう？』

死を悼む様子のない、明るい女の声が返ってくる。

『仕方ないね。離脱していいよ。ここでの仕事は終わり――私たちも撤退するからさ』

「問題ありませんか？　シムリード・コルマディノは大きな危険に晒されることになりますが」

『契約はここまで。これ以上は付き合う義理もない』

「……了解しました」

『結局、新しいボスの言う通りになったね。ちょっと驚いたなあ。あの人間、気持ち悪いけどすごくない？』

ドメイリー川の水面には、昇りかけた太陽の光が届きはじめている。それを横目に、『三ツ目』は移動を開始する。契約が完了したのなら、街から引き上げなくてはならない。

人間たちに存在を知られないからこそ、自分たちは――ユトブ方面７１１０部隊は強い。

『それじゃ、後は予定通りに。合流地点で待ってるよ』

「了解。シムリード・コルマディノについては、始末の必要はありませんか？」

『それも契約外。放っておいていいよ。新しいボスの見立てだと――』

一ツ目の声は、明らかに楽しんでいるようだった。

『懲罰勇者部隊との戦いは、きっと面白くなるから。最後まで見たいんだってさ』

刑罰：ルフ・アロス聖選擾乱阻止 1

その日は朝から、街全体が鮮やかに輝いているように見えた。

特に、この大広場は目が眩むほどだ。ぐるりと周囲を見回すたびに、テオリッタは新たに何かを発見していた。ミューリッド要塞の大酒保や、ヨーフ市の賑《にぎ》わいとも比べ物にならない。

立ち並ぶ建物——総合商店や真新しいレストラン、赤煉瓦の迎賓館に、湯気を上げる公衆浴場。ただでさえ賑やかな大広場だが、今日はそれらがいっそう輝いて見えた。

（これがルフ・アロス……！）

青と白のランタンが輝き、飾りつけを施された鍵があらゆる家の軒先に掲げられている。大通りはもちろん、小さな路地にも屋台が並び、賑やかだ。王都に駐留している《女神》と聖騎士団による巡回も予定されており、その経路にはすでに人だかりが形成されていた。

巡回予定の《女神》は、毒の《女神》ペルメリィ。影の《女神》ケルフローラ。予言の《女神》シーディア。血の《女神》アンダウィラ——その中に、テオリッタの名前はなかった。

（別に、そのことは構いませんが）

テオリッタは自分に言い聞かせた。

よくわかっている。自分の立場の危うさも、曖昧さも。いまだ彼女は非公式な存在だった。他の《女神》たちと巡回に出たかった気持ちは当然あるが、それは不可能だとわかっていた。自分の立場が難しいことは理解している。

問題なのは、ただ一つ。

「我が騎士が、ぜんっぜん帰ってきません！」

テオリッタはその不満を、パトーシェにぶつけた。

「はい。ご認識の通り……ツァーヴとともに出立したあの男は、どこでどんな寄り道をしているのかわかりませんが……非常に遅れているようです」

パトーシェはいつも以上に困っていた。困らせたくはない、とは思うものの、止められない。

「本当なら、我が騎士と一緒にお祭りを見て回る予定だったのですよ！　どんな場所でどんな催しがあるのか、細かく計画を練っていたのです！」

ばっ、と、数日前から書き始めていたノートを突き出す。

「聖奏隊の演奏に、第一次魔王討伐の九星を主題にした人形劇に、ミウリーズ・クリームの屋台！　完璧な計画を立てていたのが台無しになるかもしれません！　由々しき事態です！」

ザイロに何かあった、とは言わない。彼ならばどんな手を使ってでも戻ってくる。ツァーヴもついている――善悪の区別がつかないような男だが、とても強い。戻ってこないはずがない。

不安を口に出してしまえば、それが現実になるようで怖かった。またザイロの記憶が失われたら、と思うと、胸が重たくなる。だからテオリッタはことさら強気に喋り続ける。

「やはり、ザイロとツァーヴというだらしない二人組で向かわせたのが問題でしたか。私のようなしっかり者が、道草を食べないように見張っておくべきでした……！」

「お言葉、まさしくその通りです。しかしどうかご自重ください。地下要塞に潜むグエン＝モーサの教団は、テオリッタ様にとって大きな危険なのですから」

「ふんっ。冷静ですね、パトーシェ。……しかし、あなたもザイロとお祭りを一緒に楽しむ計画を立てていたのではありませんか？」

「えっ」

「とぼけても無駄です。私は知っていますよ！」

パトーシェが身に着けているのは、ほとんど完全装備に近い騎兵甲冑である。テオリッタの護衛なのだから当然だ。しかしその内側は軍服ではない。外出用の服装であることを、テオリッタは知っていた。前の日に吟味していたからだ。

「『気晴らし』と称して夜の屋台に連れ出す作戦に、美しい夜景の見える高台に誘導する作戦！地図を使って机上演習をしていたこともお見通しです！」

「そ、そ、ごっ、ご……それは誤解です！　そのような事実はまったくありません！」

「嘘は罪ですよ。正直に言いなさい」

「それは――、あ、テオリッタ様！　みんなが注目しています！　市民に手を振って差し上げていただけませんかっ？」

「むっ」

パトーシェは明らかに話を逸らした。わかりやすすぎる――だが、注目が集まっていることは事実ではある。仕方なく、テオリッタは手を振った。微笑みも忘れない。

王城前の大広場の、祭事用に飾り付けられた一角だった。新たな太陽を迎える白と青のランタンが掲げられており、幔幕《まんまく》が広げられ、祭壇のように整えられている。

今日はこの場で、聖選が行われる。

首席大司祭を決定するための聖選だ。テオリッタは、その壇上の片隅に立っていた。ここまでやってきた理由は、パトーシェがこの聖選の警備をザイロから任されていたからだ。そうである限りはテオリッタも同行し、その任務を助けなければならない。そう思った。

兵舎で待機していることもできた。だが、懲罰勇者部隊はほとんど全員がなんらかの理由で外出しなければならなかった。

ジェイスは帰郷による不在で、ザイロとツァーヴは地下要塞への探索からまだ戻らない。ベネティムとタツヤ、それにノルガユは、警備隊を率いてイブートン大司祭を迎えに行っている。ドッタはいまだ骨折の治療で入院中。ライノーは――そういえば、朝から姿が見えなかったか。

そんな状況では、安穏と兵舎に籠もっているわけにはいかない。パトーシェを説き伏せ、この広場までついてきた。この聖なる選挙での不当な暴力を防ぐためだ。ザイロの見立てでは、共生派がイブートン大司祭を暗殺する、あるいは選挙を無効にするような破壊行為に及ぶ可能性は、ほぼ確実とのことだった。

（ザイロは必ず戻ってきます。それまで、私ががんばらなくては！）

聖選を守る。それこそまさに《女神》の振る舞いではないか。だからこうして広場に駆けつけている。そうなれば、神殿の聖選管理委員会も、テオリッタを無視するわけにはいかない。なにしろ自分たちの信仰の対象である。壇上に上げて、特別席を急遽《きゅうきょ》誂《あつら》えたというわけだった。

今日の主役の大司祭たちは、いまだ幔幕の内側にいる。特に、中心人物となるべき立候補者——ミローズ大司祭と、イブートン大司祭は、まだ到着していなかった。

「結局、他の立候補者の方は辞退してしまいましたね」

テオリッタは小声で囁く。ダフェリー大司祭に、カルネ大司祭という二人も立候補していたはずだったが、昨日の夜にそれを取り消したという。

「なんだか、嫌な予感がします」

「ええ。このタイミングでの立候補取り消しは、なにか意図があると考えるしかないでしょう」

パトーシェもテオリッタの意見に同意した。

「もしかしたら、二人の派閥はすでにミローズ大司祭に取り込まれているのかもしれません」

「そんな！　もし、そうだとしたら……イブートン大司祭に勝ち目はないのではありませんか？」

「わかりません。早朝からベネティムが慌ただしく出ていったところを見るに、なにか策はあると思いますが」

パトーシェが言いかけたとき、広場がざわめいた。大通りに面した門の方が騒がしくなっている——その群衆が、不意に割れた。そうあるべく練習でもしていたように道ができる。

そのできあがった道を悠然と、やけにまっすぐ背を伸ばして歩いてくる人影がある。背後には長身の女。そちらはどうも護衛らしく、腰に雷杖を吊り、剣まで帯びていた。
パトーシェはその二人を見て目を見開いたし、テオリッタも同様だった。

「あれは、聖女……ユリサ！」

テオリッタは思わず大きな声をあげていた。
少女といってもいいくらいの、赤毛の女だ。右手は包帯に包まれ、右目だけが青く輝いている。ユリサ・キダフレニーだ。間違いない。彼女の方もまた、テオリッタを見て驚いたようだった。

「あ」

と、中途半端に口を開きかけたが、傍らの護衛が肩に触れたことで落ち着いた。大きく深呼吸を一度。二人の間で、そういう決まりごとでもあるのかもしれない。

「……《女神》テオリッタ様。第二王都以来……ですね」

「はい。あの決戦では……どうも。魔王アバドン討伐の、ご協力に感謝します」

声がやや尖ったようになるのを、テオリッタは自覚した。ユリサを見ると、やけに胸がざわめく。特に、その右目が。戦うとき、《女神》の力を振るうとき、瞳が燃えるように輝くのを見ると落ち着かない気分になる。
そしてどうやらユリサの方も、テオリッタにはあまり好意的な感情を抱いていないようだった。そちらの理由はわからない。ただ、ユリサの表情には、どこか羨望だとか対抗心だとか——そのようなものを感じることがある。

「お元気そうで、何よりです。テオリッタ様」

というユリサの言葉も、どこかぎこちない。が、徐々に流暢《りゅうちょう》な言葉を取り戻していく。何度も練習したようだった。

「春の――春の……遠征では、私たちはともに戦うことになります。ラギ・エンセグレフ攻勢計画。テオリッタ様が率いる懲罰勇者の皆さまのお力を、頼りにさせていただきます」

「そうですね。あなたの部隊で、戦うことになるのですから。全力を尽くします」

意地の悪い物言いになってしまったが、もう仕方がない。テオリッタは堂々と宣言する。

「我が騎士ザイロと、我が勇者たちは無敵ですから！　存分に頼ってください！」

「……はい。そうさせていただきます。私も、負けないように尽力いたします」

どこか挑むような目つきでそう言った、ユリサの髪の先に火花が散った気がする。気のせいではないかもしれない、とテオリッタは思う。なぜなら自分も、かすかに火花が散るのを感じたからだ。

ただ、ユリサはその挑むような目つきをすぐに消した。大きくまた深呼吸をして、口を開く。

「しかし――テオリッタ様がこちらにいらっしゃるとは思いませんでした。聖選のご観覧ですか？」

「え、ええ！」

テオリッタは胸を張った。

「《女神》として、聖選を見守るために参りました！　あなたもですか、ユリサ？」

「いえ。私は――」

ユリサは人々の間を歩き、壇上に上がる。

「知人の勧めで、立候補者の応援演説に参りました。ミローズ大司祭の勝利を祈って」

「ええっ」

「な――なんだと？」

テオリッタも驚いたが、もっと強く反応したのはパトーシェだった。

「せ、聖女が？　応援演説だと？　そんなことが許されるのか？」

明らかに動揺している。彼女に対しては、一瞬だけユリサは不安そうな顔をした。

「何かまずいのですか――あ、いえ。違う。何か問題でもある、のか？」

「問題に決まっているでしょう！　聖女ともあろう者が、応援演説など、それは……規約上……」

「選挙規約では、特に問題ありません」

と、落ち着いた声で応じたのは、ユリサの傍らの護衛だった。パトーシェを凝視しているその目には、警戒が半分。あとの少しは、嫌悪感に近い何かだろうか？

護衛の女は、落ち着いた声音で、先を続けている。

「特定の立候補者への支援行為が禁じられているのは、聖騎士団と、そこに所属する《女神》だけですね。聖女は規定に含まれていません」

護衛の女は滑らかに言い終えると、ユリサを励ますようにうなずく。

「聖女ユリサは、故郷の司祭様のゆかりの者であるミローズ大司祭を応援なさろうとしています。いまは亡きボルタラス権司祭様が、強く支持していた方ですから。その行為に何か問題が？」

「そ、そんな……強引な理屈は……」

パトーシェは苦悩しているようだった。明らかにこの手の舌戦には弱い。

そう思ったテオリッタは、大きな声で宣言していた。

「で……では！」

ほとんど反射的なものだったと思う。何かの役に立ちたい、という切実な願いがあった。この第一王都に来てからというもの、まるで活躍できていない。

その屈辱を晴らすべきだと、テオリッタは奮起した。あるいは本能的な欲求でもあったのかもしれない。《女神》として、自分と似たような存在を前にしたとき、どちらがより人々から求められている存在か明らかにしたい——というような。

歪んだ欲求かもしれなかったが、言わせたい者には言わせておく。自分の願いを正しいだの歪んでいるだの、誰かに決められたくはない。だからテオリッタは高らかに宣言した。

「私も……私も応援演説をします！」

その言葉を聞いた瞬間、ユリサ・キダフレニーは顔をこわばらせたし、護衛の女も眉をひそめた。パトーシェまでひどく慌てた。

「無理です！　その——テオリッタ様。《女神》による特定の候補者への支援行為は禁止です」

「規則はさっき、護衛の方から伺いました。聖騎士団に所属する《女神》による、特定の立候補者への支援が禁止されているのです。そして、私は聖騎士団所属の《女神》ではありません！」

「えっ。それは、あの。はい。そうですが……」

彼女は何か止めるための言葉を用意しようとしたらしい。だが、その直後に口ごもった。

「この場合は、たしかに……テオリッタ様は例外……？　なのか？　んん？　少々お待ちください。

規則を確認しますので！　ええと、規定……規約では」

　眉間のあたりを押さえ、記憶を辿り始めたようだ。パトーシェもまた規則を暗記しているのかもしれない。ユリサと護衛の女が顔を見合わせる。両者の顔には多大な困惑があった。テオリッタは痛快な気分になった。

「ふふん。これで条件は対等！　私も応援演説をします。あなたとはいずれ決着をつけようと思っていたのです。いいですね、パトーシェ」

　胸を張る。ようやく、自分の活躍の場がやってきた。規則の範囲内で、思いきり、《女神》にしかできない役目を果たせる。

　そう思ったときだった。

「……お待ちください、テオリッタ様！」

「なんですか、パトーシェ。止めても無駄ですよ！　応援演説、私は絶対やりますからね！　規則では問題ないのでしょう？」

「そうではありません！　これは」

　パトーシェは、自らの首筋に触れていた。懲罰勇者としての、枷《かせ》の聖印がそこにある。まさか。と、テオリッタは思った——その推測は当たっていた。

「……ザイロから」

　彼女は声を低めて囁いた。

「連絡です。緊急事態……というか窮地、なので……助けに来てほしいと」

テオリッタは、信じられないようなことを聞いた気がした。

「ザイロが？　……助けを？」

「そうです」

聞き間違いではないらしい。パトーシェは再び喉元の聖印に指を添えた。

「この男が言うには、いますぐ指定する場所に――どこだ？　ああ、おのれ、通信が悪い！　どこにいるのだ、貴様は！　聞こえづらいぞ、もっとはっきり言え！」

パトーシェが怒鳴っている。よほど通信の状態が悪いらしい。やはり地下要塞だろうか？

（ザイロが、私に、助けを求めている）

そう思うと同時、テオリッタは彼女の腕を摑んでいた。

「パトーシェ。急ぎましょう」

応援演説。それはぜひやりたかったところだが、こんなことは滅多にない。ザイロが自分の危機を訴え、助けてほしいと伝えてくる。騎士と《女神》らしくなってきたではないか。こんな日が来るのを待っていた。

（いいでしょう。ザイロ。あなたが望むのなら、救って差し上げます）

思わず顔が微笑みかけるのを、テオリッタはどうにか抑制した。

窮地に陥ったときに頼るのが自分だとは――彼もそろそろ正確に理解してきたようだ。本当に頼れる《女神》が誰かということを。

「我が騎士が助けを求めているというのなら」

テオリッタはパトーシェの腕を引きながら、躊躇なく駆け出している。

「私が救って差し上げなくてはいけません。いいですね、パトーシェ？」

「は、はい。それは……望むところなのですが」

一瞬、パトーシェはユリサを振り返った。テオリッタもそちらを見た。

「すみません、ユリサ。手のかかる我が騎士が、助けを求めています」

それはどちらかというと、勝利宣言のようなものだったのかもしれない。自分には助けを求めている騎士がいる、という主張による勝利宣言。

「決着はまた後日にして差し上げます！　では、失礼！」


壇上から飛び降りると、人波をかき分けて走り去る。そのテオリッタとパトーシェの背中を見て、聖女ユリサは拳を固めた。

「……テヴィー。何が起きたと、思う？」

なぜか、肩透かしを食わされた──『置いていかれた』、という気がした。

「わかりません」

彼女の護衛。つまりテヴィーも、大いに困惑しているようだった。

「懲罰勇者の仲間に、何か起きたと思われますが。具体的には不明ですね」

「ザイロ、という名前が聞こえた。テオリッタ様の聖騎士だ」

「はい、私にも」

「何か、緊急事態が起きている？　暴動か何か？　ルフ・アロスの祭りに紛れて……？」

「その可能性は低いでしょう。そうだとしても、彼らがその鎮圧に駆り出されているだけです」

テヴィーは冷静だった。ユリサの肩に手を触れる。

「落ち着いて。あなたがいま為《な》すべきことを考えてください。ミローズ大司祭への応援演説が必要でしょう？　ほら――いま、到着されました」

「あ」

ユリサは広場の端に目をやった。ミローズ大司祭。白髪を一つに束ねて、大司祭としての正装に身を包んでいる。その表情は悠然として見えた。

ユリサは彼女に会ったことがある。故郷の村で、ユリサが司祭の世話になっていた頃のことだ。ミローズ大司祭は、『巡察』という名目でやってきた。地方のあちこちを回り、信徒たちから忌憚《きたん》のない意見に耳を傾けるためだった。

気取ったところのない、落ち着きのある女性。そして博識でもあった。ユリサが持つ聖痕についても知識を持っていた――ひどく驚くのと同時に、大変に貴重で価値のあるものだと教えてくれた。

当時の自分は、その言葉に救われたと思う。

そのときミローズ大司祭が、こちらに気づいた。微笑んで、手を振っている。ユリサは手を振り返しそうになるのを抑えて、うなずくだけにとどめた。自分は聖女だ。常に毅然《きぜん》としていなければ。

（これでいい）

ユリサは自分に言い聞かせる。

（これでいい、はずだ）

◆

――《緑指》の暗殺者、《蚤《のみ》》のチェイカンは焦っていた。

（まだか？）

すでに太陽は高く昇りつつある。約束の時間はもう間もなくだった。

約束。つまり、ニコルド・イブートン大司祭を襲撃し、殺害する仕事の刻限だ。《緑指》は西方地域において、最古かつ最精鋭を名乗る暗殺者の組織だ。その自負もある。

特にいまは、聖印兵器を駆使する新興の一派に押されている状況でもある――何が何でも仕事は成功させなければならない。

（すでに仕掛けは終えた。標的さえ捕捉できれば、確実に仕留められる）

眼前には、曲がりくねった路地がある。そして周囲には五十名の護衛部隊。しかし、そのうち二十名は彼が集めた暗殺者たちだった。懲罰勇者部隊が、ニコルド・イブートン大司祭を護衛するために兵を集めていたのは好都合だった。

あとは、その中に紛れて潜り込めばよかった。

（俺たちならば、二十で残り三十を制圧するのは容易いことだ。奇襲の形で襲う……所詮は義勇兵どもだ。たいした技量もない。問題になるとしたら、この男だろうな）

ベネティム、という、彼らを引き連れている男。どうやら懲罰勇者部隊の指揮官らしい。

このベネティムという男は、総勢で百名の護衛部隊を半分に分けた。そのうち半数——五十名を自ら率いて、移動経路の危険の有無を確認しながら合流地点まで向かう。もう半分の五十名はノルガユやタツヤという懲罰勇者とともに、ニコルド・イブートンに早朝から張り付いていた。こちらからの連絡を受け取り、すでに移動は始めているだろう。

だからチェイカンは、合流する部隊の方に《緑指》の人員が振り分けられるように動いた。イブートンの傍らに張り付いて離れない、タツヤという異様な男との直接対決を避けた形だった。

ほんの数秒でいい、奇襲であの男をイブートンから引きはがし、市中に潜ませた別の班からの狙撃で仕留める。それが確実と判断した。あの男以外は烏合《うごう》の衆《しゅう》にすぎない。冒険者崩れに鉱夫たち。気が緩む合流地点で待ち伏せれば、速やかに片をつけることができるだろう。

——しかし、どうも様子が妙だった。直感のようなものだが、それは何度となくチェイカンの命を救ってきた。その直感が、違和感を告げている。

「ふむ」

ベネティムは、地図を広げて確認しているようだった。もう何度目になるかわからない。

「皆さん、もう少しです。間もなく合流地点になるので、警戒を強めてください」

もう少し。そう言い始めてから、一刻以上は過ぎている。それに、何度か同じ経路を通っている気がする。そのこと自体は、安全確認のためによくあることだ。

(ただ、少し……執拗《しつよう》すぎないか？)

《蚤》のチェイカンは周囲に視線を走らせる。他の《緑指》たちも明らかに焦《じ》れ始《はじ》めていた。彼らも違和感を覚えているのだろうか。

この移動経路は、もしかすると、なんらかの偽装なのかもしれない。すでにこちらの襲撃は露見していて、あえてこんなわかりにくい道を選んでいる可能性もある。その疑念が、彼の集めた二十名の誰の顔にも浮かんでいた。

こうなっては仕方がない。《蚤》のチェイカンは、真偽を明らかにしておくことにする。

「……あの、ベネティムさん」

声をかける。わずかに不安そうな響きを滲ませた。

「まだ合流地点に着かないんですか？　っていうか、この路地……さっきも通ったような気がするんですが」

「念のため、ですよ」

ベネティムは己に平静であるよう言い聞かせながら、そう答えた。

「こうした入り組んだ場所で、襲撃をしかけてくる可能性が高い。だから念入りに、罠や潜伏者の有無を確認しているのです」

「そりゃそうかもしれませんが……」

チェイカンはもう少し踏み込むことにする。

「潜伏できそうな場所は徹底的に潰してますし、もう大丈夫ですよ。それとも、ベネティムさん、なんか気になることでもあるんですか？」

「そうですね」

ベネティムはうなずいた。空を見る。時刻を確認したのだろうか。

「たしかに、もう十分でしょう。この路地を抜けた大通りで待機します」

もう十分、ということは、合流地点はもともと状況を見て決めるつもりだったのだろうか。懲罰勇者の間でのみ使える、性能の高い通信用の聖印器具があるのかもしれない。

「そこで待機、ってことは……ベネティムさん」

そう尋ねたのはチェイカンではなく、傍らにいた男だった。顎に傷のある体格のいい男で、彼は《緑指》ではない。立ち居振る舞いから、彼もまた冒険者崩れの一人だろう、とチェイカンは見当をつけていた。

「この先の大通りで合流ってことでいいんですよね？　もう疲れちまいましたよ」

「はい」

ベネティムはうなずいた。

「イブートン大司祭がいらっしゃるまで、ここで待機。皆さんよろしいですね？」

「了解です。それじゃあ」

顎に傷のある冒険者がうなずく。視線が動く。チェイカンを視界に捉える。

「……ここまで、だな」

その声の低さに、チェイカンは感覚に引っかかるものを覚えた。何かが変だ。この護衛部隊は、まるで互いに互いを警戒し合っているような――だが、それを分析するよりも早く、チェイカンは体を動かしていた。反射的なものだった。この手の勘を言葉で説明するのは難しい。

ただ、危険を感じた。その瞬間にチェイカンは路地の壁を蹴って跳んでいた。

「ちっ」

顎に傷のある男の舌打ち。この男が、腰の剣を抜いてチェイカンの腹を切り裂こうとした。

そしてチェイカンの着地を狙い、もう一人、別の男が剣を突き込んできている。それをかわしながら、ふっ、と口をすぼめて息を吐く。口内に隠した小さな針が、その男の目を正確に射貫いた。《蚤》の二つ名はこれが由来だ。含み針、という、蚤の一噛みのような隠し武器。

相手が痛みに目を閉じた瞬間、首筋に短剣を突き刺す。仕留めた。だが、この相手は何者だ？

「おいっ、手強《てごわ》いのがいるぞ！　《辰砂《しんしゃ》の淵《ふち》》隊、まとまって仕留め——」

最後まで言い終える前に、顎に傷のある男は口から血を吐いた。左胸を刺されている。

「な、に？」

顎に傷のある男は驚愕したが、チェイカンもひどく混乱していた。左胸を刺したのも、《緑指》の者ではない。片目に眼帯の男だ。そいつも顔をしかめて間の抜けた声をあげている。

「なんだあ？　おい、《辰砂の淵》隊だって？　こいつら、殺し専門の冒険者じゃねえか！」

わけがわからない——何が起きている？　チェイカンは視線を左右に走らせる。

盛大な同士討ちが発生していた。五十名の護衛部隊の中で、もはや残っているのはわずか二十名に満たない。半数以下になっていた。《緑指》の人員も、すでに九名にまで減っている。そして残った者たちは半ば困惑し、半ば疑惑に満ちた目で互いを睨み合う。

「……何が起きている？　なんだ、お前たちは？　護衛部隊ではないのか？」

チェイカンはついに声に出して呟いた。

「えー……それなのですが。皆さん、大変申し訳ありません……」

声が聞こえた。ベネティムだった。生き残った者の視線が集まる。

「皆さんは、ニコルド・イブートン大司祭を殺害するために集められた、暗殺と襲撃の専門家の方々ですよね？」

チェイカンも、誰も答えなかった。はいそうです、と認める阿呆《あほう》はいないが、その沈黙が何よりの証拠だった。誰も一言も発さないということは、ベネティムの言うことが正解なのだ。

しかし、それはつまり、どういうことなのか。

「隠さなくても結構です。皆さんを仲介したのは私なので、よく知っています」

ベネティムはさらに続けた。チェイカンは思わず口が半開きになった。

なんだそれは。

「実はですね、五十人の兵士を集めるという無理難題を押し付けられたので、一番簡単な方法で集めようと思いまして……つまり、イブートン大司祭を守ることにお金を出す人はいないかもしれませんが、殺すことにお金を出す人は確実にいるということです」

チェイカンはさらに混乱した。

つまりこの男は、イブートン大司祭の殺害を目論《もくろ》む者を後ろ盾として五十人もの殺し屋を集め、護衛部隊に編入したのか。その方法ならば、とにかく頭数だけは集まるだろう。

「幸いにも、私は共生派の方の名前をある程度知っていましたから。かつて偶然、あてずっぽうで、正解を当ててしまったことがありまして……彼らの名前を勝手にお借りしました」

意味が、よくわからない。共生派を知っていた。あてずっぽうで当てた。どちらも、すぐには飲み込むことのできない話だった。

「結構大変だったんですけどね……。一日に何件も面接したり、私の顔を出すわけにもいかないのでさらに仲介業者を雇ったりして。おかげで多数の部隊や組織からご応募いただき、その結果……ちょっと……同士討ちのような事態になってしまいましたね」

自分たちがひどい間抜けだった、とも言い切れない。

たとえば、先ほどの同士討ちの瞬間。殺気をもって攻撃されれば、自分のような種類の人間はほとんど反射的に反撃を行う。互いに互いを護衛だと考える殺し屋の小集団が、複数混在していれば、決起の瞬間に殺し合いが発生することは必然だった。

決して互いを信用しない。攻撃を受ければ反撃して殺す。その習性が、悪い方向に働いた。

「と、いうことで——皆さん。無駄な努力はやめましょう」

ベネティムは両手を広げた。

その余裕のある態度が、癪に障る。チェイカンは細身の短剣を握り直した。

「怪我をしてもつまらないと思いませんか？　殺しても生き返る私のような男を相手に、命がけの戦いを挑むのは割に合わないでしょう」

「黙れ」

と、チェイカンは言った。

周囲に殺気が満ちている。まだ二十人ほどは残っている。彼らの考えは同じだろう。ベネティムを殺して、そのままイブートンの殺害に向かう。頭数は減ったが、目的は同じだ——連携すればまだ成功の可能性は十分ある。

「よくも嵌めてくれたな。失せろ、詐欺師め」

チェイカンは踏み込み、ベネティムの心臓を狙って短剣を突き込む。

いや、突き込もうとした。その右腕を、なにかが掴んだ。横合いの路地の陰から伸びてきた——丸太のように大きな黒い腕のような何か。チェイカンは目を見開く。

これは人だろうか。ただ漆黒の、影の巨人のように見えた。

「えー……この場所ですが、当然、イブートン大司祭との合流地点などではありません」

ベネティムは語り続けている。他の襲撃者たちも、漆黒の人影に拘束されているのがわかった。

「第八聖騎士団の巡回経路です。本来ならケルフローラ様が姿をお見せになる場所で……ええと、皆さんに教えておいた事前情報は完全に嘘です。……なんというか、その、申し訳ありません」

漆黒の人影がチェイカンを引き倒して地面に押し付ける。凄まじい力だった。

(そうか。第八聖騎士団というのならば……)

これは、あの《女神》ケルフローラが召喚する、影の兵士というやつか。

「先行部隊から、物騒な集団がいるという通報がありましたが——あなたでしたか。ベネティム」

背後から声。どうにか首を捻ってみる。緑の外套を纏った男と、銀髪の少女が一人。

「助かりました、アディフ聖騎士団長」

応じるベネティムの声には、明らかな安堵があった。

「あなたが私を見捨てることを選択しても、《女神》様には助けていただけると信じていました」

「ご明察です。しかし、こういう方法は二度と使わないでもらいたいですね。我々も利用されたようで気分が良くありませんから。というわけで――」

アディフは薄く笑った。

「あなたへの貸しは、まだ継続とさせてください。予想以上に、いえ、予想外に使えることがわかりましたから」

「はは」

ベネティムは穏やかに笑った。少なくとも、チェイカンにはそのように見えた。

「お手柔らかにお願いします」

「それは状況次第ですね。それで、ここからは？　襲撃者たちは一網打尽にしました。聖選に勝利するため、何かの策があるのでしょうか？」

「ええ、まあ……。あなたやザイロくんがイブートン大司祭を絶対に聖選に勝たせろというので、必要なことをしておきました」

「興味深いですね。いったいどんな手を打ったと？」

「ドッタ・ルズラスです」

ベネティムは何かを放り投げるように両手を広げた。

「あとは、皆さんにも一つお願いがあるのですが」

◆

信じられないような報告を、シムリード・コルマディノは自室で受け取った。

問題点は二つ——第一に、ザイロ・フォルバーツが地下要塞から生きて脱出したこと。第二に、イブートン大司祭の警護部隊に紛れ込ませた戦力との連絡が途絶えたことだ。

「その報告は、事実なのかな？」

「はい」

若い従者は生真面目に答えた。

「イブートン襲撃部隊には二十名からなる《緑指》が潜入していましたが、その外部連絡役から報告がありました。経緯は不明ですが、全滅、だそうです」

大広場に向かっているということだ。コルマディノは必死で思考を回転させる。

イブートン大司祭の暗殺は諦めるべきだ。ならば、最後の手段をもう実行に移すか？　地下要塞を脱出したザイロはどうする？　放っておいてもよいだろうか。どうせ聖選の結果を覆すことなどできないはずだ——

（いや。決めつけるな）

ベネティムという指揮官がいる。詐欺師だ。どんなペテンを使ってくるかわからない。

ならば、使えるものはすべて使い、油断はしない。常に最大戦力を投入するべきだ。手勢はまだ市内に多数を潜ませている。護衛に囲まれたイブートン大司祭は無理だが、ザイロ・フォルバーツなら殺せる。

（単なる足止めでもいい……聖選が完了するまで、何もさせないこと）

そう。肝心なのは聖選だ。向こうが使ってくる可能性のある手を考える。ここからは読み合いだ。読み合いで負けるはずがない。自分の方が、状況の全体像を把握している。単なる一部隊にすぎない懲罰勇者とは違う。

（そうだ。やれることは、すべてやる）

そこまで考え、決意したのは、数秒にも満たない時間だった。コルマディノは立ち上がる。もはやこの屋敷で、安全な場所から指示を出している場合ではない。万全を期すなら動くべきだ。

「奥の手を使おう。これからきみにも動いてもらう。少し忙しい一日になるだろうが――」

コルマディノは若い従者に声をかける。

「フーシュ。成功した暁には、きみの将来は約束する。きみには期待しているよ」

「ありがとうございます、総督」

若い従者は敬礼した。宰相の下で働く文官だというが、なかなか優秀な人物だった。いまでは単なる宰相との連絡役という立場以上の働きを示している。これならば本格的に自分の従者として欲しいかもしれない。

このような若者を生き残らせるためにも、自分は勝たなくてはならない。夢想家どもの思うままに国を滅ぼさせるわけにはいかなかった。

刑罰：ルフ・アロス聖選擾乱阻止 2

地上に出る頃には、ようやく毒が抜けてきた気がする。

俺は一度だけ強く目を閉じ、そして開く。ただでさえ朦朧《もうろう》として闇に慣れた瞳に、日の光はちょっと眩《まぶ》しすぎた。この太陽の高さなら、もうすぐ聖選が始まるはずだ。あと二刻、あるかないか。そんなところだと思う。

聖選には、ベネティムの考えた方法でおそらく勝てる。しかし、それまでにシムリード・コルマディノを制圧しておかなければならない。何か奥の手を用意しているはずだ。

（しかし、ここは――）

目が慣れると、周囲の地形がわかってくる。やはり下水からの出口だった。ドメイリー川の東端。夜は船のために煌々《こうこう》と灯がつく『礼灯』橋の下か。郊外と呼ばれるような地区の近くで、大広場まではかなり距離がある。テオリッタやパトーシェとの合流を急がなければ――

「兄貴。来ましたよ。やっぱりオレらがここに出てくることはお見通しだったみたいっスね！」

ツァーヴがどこか嬉しそうな声をあげた。たしかにそうだ。橋の上には人影があり、しかも武装している。雷杖に短剣、あとは制服という装備だけとってみれば都市警備隊に見えないこともない――が、決定的な違いがある。

第一王都警備隊の証である、青いハシバミの枝を記した腕章がない。あれは蓄光塗料と、身分証明用の聖印を組み合わせているため偽造が難しいためだろう。

「もうこの区画、封鎖されてるっぽいっスね」

「だろうな」

ルフ・アロスの祭りが始まっている。今日ばかりは第一王都のあちこちで、細かい交通制限がかかっているはずだ。そのどさくさに紛れて、この郊外付近を封鎖したのかもしれない。

「何人いますか、兄貴？」

「橋の上に六」

俺は地面を何度も叩く。太陽が眩しい。ここからは全力で聖印を使っていける。

「あとは川沿いに四、と四。近づいてきてる。それから……橋の上には馬車がある。その中に例の『人形』もいるぜ。異形《フェアリー》。コブランだ」

「え。なんかちょっと、多くないスか？　オレら大人気？」

「お前の悪行が伝わってるんだろ」

「兄貴だって相当なもんでしょ！」

その通りだが、軽口を叩き合っている暇はない。

「ツァーヴ、蓄光弾倉はどうだ？　雷杖は何発撃てる？」

「あと四発！　兄貴はどうっスか？」

「ナイフ三本。ちょっときついが、切り抜けるぞ」

早速、橋の上のやつらが駆け下りてくるのが見えている。俺たちはそれを迎え撃つ。川沿いを接近してくる新手が来る前に、数を減らすべきだ。

「始めるぞ」

とだけ、ツァーヴには言った。

相手は六人。かなり統制のとれた動きだ。グエン＝モーサの暗殺者どもよりも動きはいい。連携した戦いに慣れている。軍人か、その手の訓練を積んだやつだと俺は判断した。

だから、意表をつく技術が通じる。俺は即座にナイフを投げた。貴重な一本。

「うおっ」

俺が無造作に放り投げたナイフに、六人はひどく慌てた。避けようとするが、それはただのナイフだ。爆破印を浸透させていない。こっちの情報を知っているやつらにこそ、この手が使える。

（本命はこっちだ）

俺は拾った小石を、指先で飛ばす。ザッテ・フィンデによる閃光と爆破は、その小石の方から発生していた。もちろんナイフよりも爆発の威力はずっと落ちるが、光と衝撃で身をすくませる程度の効果はあった。

俺はすぐさま、飛翔印を使って跳んでいた。

「どけ」

端的に要求を告げ、怯んだ一人を蹴り飛ばす。川の方へ。叩き落とすのは簡単なことだ。立て続けにもう一人。ほとんど一瞬のことだ。

「ちくしょうっ、こいつが……！　ザイロ・フォルバーツ！　《雷鳴の鷹》か！」

誰かが叫ぶと同時、放たれてくる雷杖の連射をかわす。だいたいこういうやつらは頭か胸を狙ってくるので、足元に飛び込むように突っ込めばまず当たらない。そのまま体当たりの形になる。

「この野郎っ、やめ――」

取っ組み合いにはならない。なぜなら、俺の場合、左手の平で相手の腹、続いて頭を打つだけでいいからだ。平手打ちに近いものだが、ローアッドを起動させた状態での俺のそれは意味が違う。相手の内臓や脳を大いに揺らし、瞬間的な隙をほぼ確実に発生させることができる。

あとは蹴りつけさえすれば、俺の場合はそれで終わる。脚力が違う。

そのままそいつの腰から、戦利品のようにして雷杖を奪った。蓄光弾倉、残弾は一発か。下手に連射しやがって。ついでに短剣もいただいておくことにする。

太陽の下で、『なんでもあり』の状況で俺と戦った場合、互角にやれる人間は少ない。使える武器の数が違うからだ。

「よっし、楽勝！　兄貴、行きましょ――おわっ！　ひぇっ？」

ツァーヴはツァーヴで、襲撃者のもう半分をすでに片づけている。さらには橋の上にまで駆け上がっていたが、景気のいいセリフの後半は悲鳴になった。

鋼の『人形』、コブランが動き出している。ぎちぎちと金属質な鳴き声とともに、腕を振り回す。地面が砕けて、ツァーヴは転がってかわす。際どいところだ。振り回された腕の先端が地面を抉り、橋の欄干を砕く。

「マジでやだなあ、こいつ！　硬いし内臓がねえんだもん！」

「壊して止めろ！　腰、肩、膝だ！」

「了解ですけど、どうします、兄貴！」

器用にもコブランに雷杖で反撃しながら、ツァーヴは叫んだ。

「もうテオリッタちゃんたちはこっち向かってるんスよね！　こういう妨害とか、山ほど来るんじゃないスか！」

「だろうな。作戦変更、さっき話した第二計画でいくぞ。わかってるよな？」

「ええ？　マジっスか？　アレをやるんスか？」

「いいからやれ。お前の方が安全だよ、たぶん」

「それはそうでしょうけど、オレ、個人的には絶対やめた方がいい気がするなあ」

ツァーヴは何度目かのコブランの打撃を掻い潜り、雷杖を放った。的確に、その一撃は腰部を吹き飛ばす。コブランは腕を振り回した勢いで地面に転倒する。

「これが最善だ。それはお前も認めてただろ？　それに、いまこれをできるのは、お前しかいねえ」

「まあ、そりゃね……いつも思うんスけど、兄貴たちってオレがいないと大変スよね。何回くらい死んでるかわかったもんじゃない。心から感謝とかしてくれてもよくないスかね？」

「わかってる。いつも助けられてる。だからそんなに落ち込むな」

「はあ？」

ツァーヴは一瞬、その言葉を理解できなかったようだった。

「……オレが落ち込んでる？　なんで？　あ、いや……そうなのかな。そうかも」

「そうだよ。どっちにしても、その調子で落ち込んでられると困る」

「へへ。ま、悲しい別れがありましたからね。かつての師匠との決別！　こいつは売れる脚本になりそうっスよね」

ツァーヴが言う、『泣ける話』やら『感動の過去』。それらはもしかすると、すべて本人にとっては本当のことだったのかもしれない。ただ、それを表に出す方法を知らないし、もしかするとそれ以前に感情として認識することができないという可能性はあった。

おそろしく自分の精神状態の制御に長けているから、そんな風に見えるだけなのだろうか。以前にこいつが言っていた気がする。不愉快な気分で生きるのはバカバカしいのに、なぜみんな怖がったり、怒ったり悲しんだりするのだろう——と。

その理屈で言えば、こいつの態度は呆れるほど最適化されている。

「死ぬほど認めたくないけど、お前はウチの部隊に必要みたいだ」

だからたぶん、俺は余計なことを言っている。それはわかるが、言っておこうと思った。

「昔の師匠のことは、なんだ……くそ……うまい言い方が出てこないが、とにかく……」

俺はツァーヴにかけておきたい言葉を探す。が、当然、たいしたものがあるはずもない。そのまま言うことにする。

「いまは助けてくれってことを言ってる。頼む。後でビールでも奢る」

「……へ！」

ツァーヴは唇の端を歪め、頭を掻きむしった。帽子を被り直す。そうしてツァーヴの顔に、いつもの腹立たしくなるほど軽薄な表情が戻る。

「へへへへへ、兄貴はアホだなあ。ヘタクソにも程があるでしょ」

「ンだと、てめえ」

「ビールじゃなくてワインにしてくださいよ。クリヴィオス家の赤ワイン！　それと——」

「別にいいけど、まだなんかあるのかよ」

「この作戦を考えたのは兄貴だって、絶対に後で証言してほしいんスけど！」

「わかった」

意味はわからないが、嘘ではない。勝手にすればいいだろう。

「なんでもいいから、行け！」

「了解！　言質とったんで、死んでも忘れないでくださいね！」

◆

どうも、街が騒がしい。

その昼下がり、ドッタはようやく起き上がると、窓の外に目をやった。施療院の病室から眺める冬の日差しはまぶたに鋭く感じる。残っていた眠気が追い払われていくようだ。欠伸をする。

（たぶん、ルフ・アロスの騒ぎかな？）

新年を祝う、聖なる祭り。本当なら自分もそれを楽しみたかった。

（美味《おい》しいものを食べたりさ、演劇見て、温泉に入ったり……）

この祭礼では、懲罰勇者のそうした行いも黙認されるはずだったのだ。妙な催し物に関与させられて、腕の骨をへし折られたりしなければ。それもこれもすべて彼らのせいだ。ベネティムとザイロとパトーシェとトリシール……とにかく、自分に剣術を強制した全員。

もう、こうなったら年明けまでひたすらごろごろするしかない。施療院は退屈だが、意味不明で危険な任務に参加させられるよりマシだ。食事もまともなものが出てくる。

ただ、文句をつけたいことが一つ——

「よし。起きたか」

自分を見下ろしている、赤毛の女がいる。トリシールだ。

「少し眠りすぎだな。もう昼過ぎだ。お前、昨夜も消灯時間を守らなかったな？」

「そ、そんなこと……ないよ」

「嘘をついてもわかる」

トリシールはその鋭い目でドッタを睨んだ。そうだ。彼女は聖痕とやらの力で、相手がどこで何をしているのか、垣間見《かいまみ》ることができるらしい。

「街に出かけただろう」

「ええと、暇だったので……近くを散歩に……」

曖昧に言ってみたが、たぶんトリシールはドッタがどこで何をしていたのか知っているだろう。あまりにも暇なので、近所の『散歩』に出かけていた。貴族たちの屋敷はここから遠くない。この施療院自体もどうやらかなり有名であるらしく、身なりのいい連中も頻繁に出入りしている。

ただ、トリシールにはそれを咎《とが》めるつもりはないらしい。軽く鼻を鳴らしただけだ。

「腕の治りが遅くなる。その夜更かしをやめなければ、寝台にお前を縫い付けることになるぞ」

「はい……」

ドッタにとってはひどく迷惑なことに、彼女は頻繁に病室を訪れる。そしてドッタに『鍛錬』を課そうとする。

「では、首吊り狐。今日は雷杖の取り扱いを学べ」

どさっ、と音を立てて、冊子のようなものを投げてくる。かなり分厚い。『雷杖整備操作手順書』という、字面だけでうんざりしてくるようなものだった。

そもそも、ただでさえドッタはあまり本に興味がない。雷杖の取り扱いなどなおさらだ。

「お前が盗んだ、新型の雷杖はかなり繊細な代物だ。一度の起動で蓄光弾倉を使い果たす。交換は迅速に行う必要がある。それに保守点検も自力でこなせるようになれ」

「……ぼく、文字読むの苦手なんだけど」

「では、文字の読解からだ。その後は走行訓練。下半身を鍛えろ」

「く、訓練？　走ったりするの？　もう大会は終わったでしょ。必要なくない？　っていうかまだ骨折とか治ってないんだけど！」

「骨折は治っていなくても、歩行や走行ならば、もうさほど影響はない。そうだな、先生？」

トリシールが振り返る。そこには、頼りないくらいに細身の人影が一つ。青みを帯びた長髪に、中性的な顔立ち。実際、ドッタはこの人物が彼なのか彼女なのか区別がつかない。それが『ディト先生』だった。この施療院の医師の一人で、この病室の担当らしい。

ディト先生は、隣の病床の患者の診察を終えたところらしく、顔を上げてうなずいた。

「ええ。構いませんよ」

涼しげな、というよりも、温度を感じない声だった。なんとなく誰かの声に似ている気がする。誰の声だったか。

「ずっと横になっているのもよくありません。軽い運動は行って構いませんよ」

「ほら！　トリシール、『軽い運動』だって！」

「ああ。心配するな」

トリシールは獰猛《どうもう》に口の端を歪める。

「軽い運動だから、問題はないさ」

「あっ。これ、主観の違いってやつだな？　絶対にきついやつでしょ！」

「そんなことはない。先生、外出許可は必要か？」

「ふふ」

尋ねられ、ディト先生は笑った。手袋を外し、薬瓶の詰まった鞄《かばん》を抱えて近づいてくる。

「一応、診察しておきましょうか。ドッタさんの骨の様子を見ておきましょう。元気そうですし、場合によっては退院を早めても良いのかも」

「う」

ドッタは診察が苦手だった。修理場の記憶が蘇《よみがえ》るせいかもしれない。あるいはこの『先生』の独特の雰囲気か。たまに、ぞっとするほど手が冷たく感じるときがある。

「待ってください、あの、ぼく、今日はだいぶ具合が悪くて」

「おい！　さっきから聞いてりゃ、ぐちゃぐちゃとうるせえぞ！　小僧！」

隣の病床にいた男が、不意に声をあげた。足を吊ったままで、数日前よりいくらかやつれて見えるが、声の威勢はいい。

「そんな美人に見舞いに来てもらっといて、何が不満だ？　ああ？　黙って言うこと聞いとけ！」

「そんな……」

「落ち着いて、ドッタさん。それでは、改めて診察を――」

言いかけて、ディト先生は足を止めた。そして唐突に振り返る――その顔から表情が消えていた。

同時にドッタもそちらに目をやり、硬直した。

えらく大柄な人影が立っていた。

「はは」

という笑い声は、今度はディト先生のものではない。大柄な人影が発したものだ。残念ながら、ドッタはその男のことを知っている。ライノー。彼の部隊の砲兵だ。なぜか、片手に果物の入った籠を抱えている。

「お見舞いに来たよ、同志ドッタ。元気そうで何よりだ」

と、言いながらも、ライノーの目はドッタを見ていなかった。傍らのディト先生に注がれている。

なんだか病室の気温が低くなった気がする。

「なんだ、砲兵」

トリシールはライノーのことをそう呼ぶ。どことなく不満そうだった。

「こいつの教育係は私だ。何をふらふらと遊んでいる？　あの大司祭の護衛を担当するはずじゃなかったのか？」

「その役目は引き継いだよ。同志ドッタに用事があるんだ。同志ベネティムからの頼みでね」

「用事だと？　その手に持っているのは果物か？　ずいぶん多いぞ」

「これから一仕事してもらうから、その栄養補給にね」

「あまりにも多すぎる。お前、常識というものを知らないのか……というより、その大量の果物、そもそもどこで収穫してきた？」

「ホード・クリヴィオス聖騎士団長が、たくさん置いていったんだよ。年末の祝いだってさ」

ライノーは無造作に籠を置く。それは構わないが、つい先ほど、なんだか気になることを言われた気がする。

「あのさ。ライノー、いまなんか変なこと言わなかった？　お見舞いはいいんだけど……一仕事？　ぼくに？　何かさせるって？」

「詳しいことはこれから話すよ。同志ベネティムからの指示だ。彼は大いに期待していたよ。きみこそが本当の切り札だってね。僕が連絡役に指名されたんだ」

「ふん。気楽な身分だな、砲兵。ただの連絡役か。お前は手伝わないのか？」

「もちろん、手伝うよ。たとえば……」

やはりライノーは、ドッタのこともトリシールのことも見ていなかった。視線は傍らの医師を凝視していた——ディト先生。顔から表情を消したまま、医師はゆっくりと動き出している。足音もなく、ライノーから離れるように。

ライノーはその肩を摑んだ。逃さない、というように。

「そこにいる魔王現象から、きみを守るとか」

「え？」

「なんだと？」

ドッタは口を半開きにしたし、トリシールは眉間に皺を寄せた。病室にいた他の患者も、驚いてこちらを窺った者もいる。

ただ、ディトだけが無表情にライノーを見つめ返していた。

「言いがかりはやめていただきたい。なぜ私が？」

「僕は特別に、こういう感覚が優れている。訓練したからね……好きになることが上達の近道だよ。だから、きみの本当の名前を聞いておこうかな？　きみは誰だい？」

ディトが目を閉じ、息を吐き、そしてまた開く。その瞳の色は真紅だった。

「……お前の方こそ、何者だ？　まさか、例の——」

「おっと」

　その瞬間に、激しい攻防が発生していた。

　ライノーは摑んだ肩を支点に、足を引っかけ、ディトを引き倒そうとした。が、それよりもディトがその本性を表す方が早い。右手だ。それが獣の鉤爪のように変化して、ライノーの首を狙っていた。回避したライノーは後退せざるを得ない。いいね、というかすかな感嘆の声。

「ちっ。なんだ？　この医師、本当に魔王現象か？　悪い冗談だ……！」

　トリシールが動いた。右手で剣を抜いた横薙《よこな》ぎの斬撃を、ディトは跳んでかわす。人間とは思えない跳躍。そして反撃。

　すでにディトの両腕は猛禽の鉤爪のそれのようで、真紅の瞳が輝いていた。そのまま目まぐるしく鉤爪を振り回し、トリシールと斬り結ぶ。爪はどうやら鋼と同じ程度に強度があるらしい。さらに獣じみた素早さがある。あのトリシールが守勢に回っていた。

「な、なんだよ！　なにやってんだ先生っ？」

　隣の病床の男が叫んだ。他にも、動ける者は動き出している。転がるように病室から抜け出そうとする。寝台のちょうど足元で斬り合いをされているドッタと、足を吊った男だけが逃げられない。

（ヤバすぎる）

　あんな医師に診察されていたのか。ドッタは頭を抱えたくなる。

「いいね。非常に活きがいいな……楽しみな獲物だ」

　ライノーが気味の悪い笑みを浮かべ、その右腕をディトに向けた。何をしていたかと思えば——

その腕には、銀色の籠手が嵌められていた。ドッタは見覚えがある。腕の骨を折る羽目になった闇討ちのときの――

（籠手型の砲甲冑！　あれじゃないか！）

ライノーが挨拶でもするように左手を上げた。

「トリシール嬢。失礼するよ、気をつけて」

「貴様っ、砲兵……！」

抗議しかけて、トリシールは即座に跳んだ。ディトから離れる。

次の瞬間に、それは眩《まばゆ》い光を吹いた。砲弾が放たれたのだろう。それはディトの身体の右半分を吹き飛ばし、さらに病室の窓と壁を砕いている。トリシールも、事前の警告と神がかった俊敏さがなければ巻き込まれていたかもしれない。

ただ、トリシールの赤い髪の先はちょっと焦げていた。不快そうな舌打ち。

「次からもっと早く警告しろ。だが……ここまでだな、魔王現象」

「ま……待て……！」

ディトは体を半分失いながら、それでもライノーに向かって叫んだ。この生命力。もはや疑う余地はない。

「人質だ……！　私には人質がある。この第一王都だけでも、三十と五名だ！　私の権能を知っているだろう？　病を与えてそれを癒すことができる！　だから、私がその気になれば――」

「はは」

ライノーは最後まで聞かなかった。

蒸気を吹き出す籠手を外さず、そのまま殴りつける。命中。ディトは無様に転がった。

「交渉……できると思うかな？　僕はそういうタイプに見える？　それは」

次は蹴り。腹部に爪先をめり込ませる。

「光栄だ。人質のことを考えると胸が痛む。でも、きみを殺したい欲望に負けたよ」

笑顔のまま、まるで容赦がない。トリシールも顔を見ればわかる。『なんだこいつ』という表情。

だが、ディトは諦めていなかった。床を転がりながら辿り着いている——ドッタの向かいの、足を吊った男の病床に。

「こ、この人間を」

男の首を掴む。

「殺すぞ！」

「へえ。徹底しているね」

ライノーは少し感心したようだった。トリシールも再び顔をしかめた。

「人質をとるのが、きみの基本的な生存戦略なのか。きみの直接の戦闘能力を考えると、それしかないというのは哀れだけど……なるほど。いまはたしかに『それ』は肉の盾になる」

「ふん」

と、トリシールは鼻を鳴らした。沈み込むような低い姿勢で剣を構えている。

「人質ごと吹き飛ばすか。砲兵。もう一発、あれは撃てないのか？」

「残念ながら。きみの剣で、人質の男性ごとあの魔王現象を切断できるかな？　男性の方は即死でさえなければ、どうにか一命は取り留めさせてみせるけど」

「……自信はない、な。腕は持つが剣が持たん」

「黙れ。そこをどけ……！」

ディトはすでに無表情ではない。追い詰められた獣の顔で、引きずるようにして隣の病床の男を立たせようとしている。

「なんだよっ。おい、なんだ？　くそ！　ちくしょう！」

男が叫んだ。足が満足に動かない。腕もやせ細り、頬もこけている。数日前、ドッタが入院してきた頃とは大違いだ。足の負傷だけでなく、病が彼を蝕《むしば》んでいるのか。それはあのディト――魔王現象のせいなのか。

「おれが何したってんだ！」

泣くように叫ぶ。ドッタはその姿に既視感を抱いた。共感に近い。

（まるで、いつものぼくみたいじゃないか）

そう思ったときには、動いていた。

病床を蹴って跳ね、ディトに飛びつく。一瞬だった。もともと瞬発力に限れば、ドッタはそれなり以上の自信があった。この動きはディトにとっても予想外だったに違いない。

（何やってるんだろうな）

自分でもため息をつきたくなる気分だった。あまりにも危険なことをしている。

（ただ――ぼくより弱いやつっていうのは――やっぱり。誰かが）

自分の行動原理をそれ以上に明確にできたわけではない。ただ、体が動いた。

ディトが舌打ちをしながら、鉤爪を振るった。それはドッタの右腕を引き裂く。鮮血。死ぬほど痛い、と思った。痛すぎて右腕はまともに動かない。だが、左手がある。

――とっくに治っていた左腕が。トリシールが押しつけてくる『訓練』を怠けるために隠していたものだ。修理場から余分にくすねた、血の《女神》のスプライトがその傷を癒していた。多少は痛むが問題はない。

そして包帯の内側には、添え木の代わりに隠していた短剣もある。あの闇討ちの夜、盗んでおいた短剣だった。その柄を逆手にしっかりと摑む。

「燃えろっ」

聖印を起動する。炎が放たれ、それはディトの首筋を焼いた。何かを叫ぼうとしたが、声にならない。盾代わりにしていた男を放し、背中を見せて逃げ出そうとする。それは完全な隙だった。

「首吊り狐。貴様というやつは」

トリシールの刃が、深々とディトの背中を切り裂いた。転倒させる。

「すでに左腕が治っていたのか」

「まったく……すごいよ。同志ドッタ。きみを心から尊敬する……同志ジェイスがあれだけ高い評価を与えるだけのことはある」

そして、ライノーもその隙を逃すことはない。喉に食い込みかけたドッタの剣を摑み、さらに深く押し込んだ。いっそう強い炎が、ディトの首を焼き尽くす。それがとどめになった。絶叫。

「本当に素晴らしい。自らの身の危険を顧みず、無関係な人間のために……。なるほど。それができるから……きみは懲罰勇者なんだろうね。いや、本当に……」

ライノーは倒れたディトの頭を踏みつけて、ドッタの手を握った。

「素晴らしいよ。今日のことを、僕は永遠に忘れないだろう！」

「え、いや、いまのは……ぼくは……別に、そうじゃなくて……」

いまのは、自分自身を助けたに等しい。ドッタの中ではそうだった。そのことを賞賛されるのはなんだか違う気がするし、いたたまれない気分になる。特に、ライノーに賞賛されるのは、なんだかとても違和感がある。

だが、ドッタが否定する前に、トリシールが彼の左腕を摑んだ。

「どうでもいい。重要なのは、首吊り狐。お前は危険を排除したし、十分に働けるということだ」

「え。ちょっと待った、あの、ぼく」

ドッタは右腕を摑んだ。いまさらながら、とても痛い。

「右腕がこうなんだけど」

「止血をしてやる。急ぐぞ。お前には一仕事が残っている――そうだろう、砲兵」

「ああ」

ライノーは爽やかにうなずいた。冬の日差しのような明るい笑みで。

「いますぐ同志ドッタの力が必要だ。同志ベネティムがそう言っていたよ。彼がきみにこれほど期待する理由も、いまさらながらよくわかる」

わからなくていいし、そもそも期待しなくてもいい。

ドッタは泣き出したい気分になった。

刑罰：ルフ・アロス聖選擾乱阻止3

広場から、馬に乗って駆け通した。

大通りには人が満ちていたが、東部まで来るとその数も疎《まば》らになっていく。ルフ・アロスの祭りで、誰もが外出しているのだ。ドメイリー川沿いの職人街も、今日ばかりはその例外ではない。人が極端に少なくなってくる。

「まだですか、パトーシェ！」

背中に捕まるテオリッタが叫んだ。激しい振動のせいで、その言葉は途切れがちだった。

「ザイロは、移動、している、のですよね？」

「はい！　ですが、先ほどから……どうも通信がうまくできず……これは」

聖印兵器による妨害。そう考えざるを得なかった。では、いったい誰が？

その人物こそが、この一連の事件の黒幕だろう。パトーシェはそう考えていた。誰かがザイロとツァーヴを追跡し、孤立させ、始末しようとしている。それを証明するものもある。

目の前だ。ドメイリー川沿いへ続く路地、そこを塞ぐように武装した男たちがいる——数は五人。

都市警備隊の具足を身に纏っているが、おそらく偽物だろう。腕を見ればわかる。ハシバミの印の腕章がない。

「ここは通行止めだ。他へ回れ！」

偽の警備兵が剣を突き出し、道を塞ごうとしている。

「テオリッタ様。しっかりとお摑まりください」

パトーシェは馬を加速させた。

「押し通りますので」

「ええ！　速くザイロを助けてあげなくては！」

テオリッタが強くしがみついてくるのがわかる。パトーシェは馬を加速させ、槍を構えた。偽の警備兵たちが怒鳴りながら、剣を、あるいは雷杖を向けてくる。たった五人の歩兵。その程度なら騎乗したパトーシェにとっては、物の数ではなかった。

「ニスケフ！」

起動を告げて、槍を振るう。青く輝く遮甲印が展開され、雷杖による射撃を弾く。

「どけ。邪魔をするな！」

この状態になった騎兵の突撃を、並の方法で阻むことはできない。青い障壁は剣を折り、たやすく偽の警備兵たちを吹き飛ばす。ニスカフォル掩撃《えんげき》印群。多少の苦労はしたが、騎兵甲冑を身に着けていてよかった。

警備兵たちは相手にならない。路地に駆け込む。そうなると、予期していたものがやってくる。

「来ます、テオリッタ様。予想通り……」

頭上を跳ぶ影。短く吠《ほ》える獣。額に角のある、犬型の怪物。

「異形《フェアリー》です。ボギー、数はおそらく七！」

「と、いうことは！」

見なくてもわかる。背中のテオリッタは目を輝かせたはずだ。

「ついに！　私の出番！　ですねっ――参ります！」

剣の召喚は完璧だった。空中に閃いた火花は剣を呼び、ボギーたちを瞬時に突き刺す。いずれも致命傷だった。

「絶好調です！　まだまだ！」

道を塞ぐように次が来る。鋼でできた、人形のような異形《フェアリー》。ザイロやドッタが目撃したという新種だろう。コブランと名付けられていたか。それに下水から這い出してくるフーアたち。

「まだ！」

輝き。火花。降り注ぐ剣が、まずはフーアを蹴散らす。

「もっといけます！　余裕！　無敵！　私こそテオリッタ！　剣の《女神》は偉大で強い！」

テオリッタはちょっとした興奮状態にあるらしい。

よくわからない自画自賛とともに、次の剣が召喚された。無骨な大剣。それはまっすぐ地面から生えて、コブランの胴体を貫く。完全に動きを止める。あとはパトーシェの槍が吹き飛ばすだけでよかった。

誰も進撃を止められない。そうである以上は、気になることは一つだけだ。

「ザイロはどこですか？　パトーシェ、我が騎士との通信は！」

「相変わらず妨害されています。ですが、この調子ならば」

　移動している、あの男の動きを摑むことができる。より敵の多い方向だ。そこにいる。しかも、思った通り派手にやっているらしい——隣の通りで、激しい爆音が響き渡った。ザッテ・フィンデだろう。職人街の、工房が立ち並ぶ区画だった。

　逃げるときは騒々しく。こちらから発見しやすくなるように、ドメイリー川沿いを選ぶ。これも事前の取り決めの通りだ。

（あの男。やはり戦闘に関しては、異常なほど勘がいい）

　事前にやっておくべき想定の精度が、おそろしく高い。この状況になることも考えていたのか。万が一のために手を打っておくのは、軍人なら当然のことだ。しかしここまで不利になることを考えておいて、そのための余裕を残しておけるというのは驚異的だと思う。

「あそこです。テオリッタ様、押し通ります！」

「ええ！　急いでくださいっ」

　パトーシェは馬を疾駆させる。道を塞ぐ人間は吹き飛ばし、異形《フェアリー》はテオリッタが一掃する。

　そこから、隣の通りまで辿り着くのはほんの数十秒。

　よろめくように走る、黒衣の男が一人。その足取りからは疲労が隠せていない。周囲を取り囲む人間の兵士が十。いずれも雷杖や短槍で武装している。随伴する異形《フェアリー》がボギーとコブランの混成で二十といったところか。

それらを相手に、ザイロは善戦していると言えた。これも相当に超人的だ。雷杖から放たれる稲妻を掻い潜り、ナイフを放つ。まるで曲芸だ。正面の兵士を迎撃したが、蓄光量が枯渇しかけているのか、爆発はしない。それでも十分に引き付けていれば殺傷力はある。

ただ、そんなことをしている間に、すでに異形《フェアリー》に囲まれかけている。コブランという鋼の人形の陰に隠れて、突撃を仕掛けてくるボギーはいかにも厄介だ。

（それに、数が多い。たった一人にこれだけか。評価は高いな、ザイロ・フォルバーツ）

よほどあの男を殺したい者が背後にいるらしい。執拗な殺意をパトーシェは感じ取っている。

それでも、間に合った。

「ザイロ！」

パトーシェは怒鳴った。槍で兵士を突き倒す。手加減をしていられる余裕はない。相手が構えた盾ごと貫く。

「仕方がないから助けてやる。私とテオリッタ様に、大いに感謝するがいい！　跳べ！」

「まったくです！」

テオリッタが再び火花を散らす。呼び出された剣が渦を巻いた。地を這うような刃の竜巻だった。そういう召喚の仕方を、テオリッタは覚えたらしい。嵐のような刃がコブランを貫き、ボギーを切り裂く。

それに対して、ザイロは迅速に応じた。

火花が散ったと見るや、地を蹴り、ひときわ頑丈そうな工房の壁を駆け上がる。かすかな違和感。

その跳躍力――いささか、乏しくはないだろうか。飛翔印サカラならば、もっと高くまで跳べるはずだ。それでも、刃の竜巻に巻き込まれるのは回避している。

「ザイロ。貴様――いや」

パトーシェが疑問を発するよりも早く、それは訪れた。

「新手だ！　頭上、かわせ！」

警告は間に合っただろうか。工房の上から、飛び降りてくる影がある。具足を纏い、長剣を構えた兵士。やけに鋭い目つきの、長髪の男。

その顔を、パトーシェは見たことがあった――訓練場と、奉剣祭の両方で。

北部第四方面軍、アデラト・フゼル。奉剣祭では優勝候補であった剣の名手だった。こんな人間まで共生派に与していたのか。軍も神殿も、よほど侵蝕《しんしょく》されているらしい。第一王都は陰謀の巣のようなものではないか。

（それに、こちら側の動向を読まれているな）

テオリッタを相手に、人間の手練れをぶつける。最善の手口だ。テオリッタは人間を相手に戦えない。それを利用している。誰に、誰を当てるのか。どうやら読み切られているようだ。

「ふゥッ」

と、アデラトは束ねた髪をなびかせて刃を振り下ろし、また斬り上げる。速い。それをザイロはまともには受けない。転がってかわす。アデラトはそれを追う。

「悪いが、死んでもらう。死ぬのは慣れているだろう、懲罰勇者」

声には、本当に気の毒そうな響きがあった。それは意志の強さの裏返しでもある。追撃。長剣を旋風のように振るえば、ザイロはさらに避けるしかない。距離が詰まりすぎている。爆破印は有効ではなく、飛翔印で逃げるには、一度体勢を立て直す必要があるだろう。

「ザイロ」

テオリッタが呻いた。その右手を差し伸べ、震えていた。当然だろう。《女神》は人間相手に力を使えない。そんなことは許されない。

パトーシェは馬を走らせる。ザイロとあの男の間に割り込むことができれば。

「おやめください、テオリッタ様。私がやります」

「ですが……！」

テオリッタは蒼白《そうはく》な顔で、必死で能力を使おうとしていた。指先に小さな火花が散る。

ザイロは転がりながら斬り立てられている。さすがにアデラト・フゼルは剣の名手だ。その刃は目まぐるしく旋回する。両手使いの長剣を、ほとんど片手で制御している。

パトーシェはそれを阻止しようとしたが、間に合わない。

（あと少し、だが……！）

いまだ動けるコブランがいた。テオリッタの剣で右半身を切断された個体だったが、無理やりに片足で跳び、パトーシェに襲いかかってくる。馬が棹立ちになる。テオリッタを守るため、遮甲印で防ぐしかない。槍と同時に放つ。

「ニスケフ！」

青い光がコブランを弾き、吹き飛ばす。ザイロは壁際に追い詰められている。またパトーシェとの距離が離れた。アデラト・フゼルの刃が閃く。刃先がザイロの黒衣をかすめる。

「テオリッタ様！　駄目です、なりません！」

「ですが。私が。守らなくては……たとえ……」

火花は徐々に強くなっていく。いまだ新手がいる。工房の上、ボギーたちが降ってくる。パトーシェはそれを切り払うしかない。

「たとえ、誰かを傷つけても」

無理をしているのは明らかだ。このまま負荷をかければ、なにか、取り返しのつかない事態を招くのではないか。そんな気がした。止めなければ。

「違います！　テオリッタ様、あれは――」

「へ」

底の抜けたように軽薄な笑い声。

「へへへははは！　誰かを傷つけるとか、そういうことなら」

壁際に追い込まれたザイロは、その黒衣を自ら剝ぎ取った――いや、違う。その下から出てきたのは、だらしのない笑顔を浮かべた、ややくすんだ金髪の男の顔だ。

ツァーヴ。最初から、逃げ回っていたのはこの男だったのか。

「オレの方が、テオリッタちゃんより上手っスね」

剝ぎ取った黒衣は、アデラト・フゼルの視界を塞いだ。それだけではなく、その裾が長剣の先端に絡む。アデラトにとっても目の前の男が別人だったことに困惑したのだろう。それが隙だった。

（外套を使った――決闘剣術！）

意外な技法に、パトーシェは目を見張った。

マントや外套を一種の盾や、籠手代わりに使う技術がある。金属のような硬さでなくても、十分な分厚さと強靭《きょうじん》さがあれば致命傷を防げることもある。それに布の重量は馬鹿にならない――特に至近距離の戦闘で、遠心力をつけて振り回す必要のある長剣に引っかかった場合には。

それは街中で剣を抜き、決闘に及ぶことがあった時代の技だ。

「くそ。お前は――《食人鬼》ツァーヴか！」

アデラトは素早く剣を振り抜くことで、外套を振り払おうとした。だが、そのせいで動作が遅れることになった。

「ひでえ異名だなあ」

ツァーヴはアデラトの懐に潜り込んでいる。そうなれば、もう勝負は決まったようなものだった。咄嗟に放たれたアデラトの肘を捌いて、顔面に突き上げるような頭突き。同時にナイフを脇腹に突き刺している。拳に握り込んで押し出すようにして使う、独特な形のナイフだった。

「残念っスね。剣術ならあんたの勝ちでしたよ。オレもあんたに賭けたからね。でも……こういう状況での殺し合いってことなら、オレだ。そうでしょ？」

ツァーヴはそのままアデラトを地面に引きずり倒した。屈み込み、首にナイフを突きつける。

「なんでこんなことするんスか？　パトーシェ姐さんまで来てるのがわかってんのに、なんで勝てると思うかなあ？」

「聖選まで」

アデラトは低い声で応じた。

「時間を稼げれば、それでいい……。最善は、ザイロ・フォルバーツを殺すことだったが……」

「言っちゃなんですがね、ザイロの兄貴と戦えって言われた時点であんたらなんて捨て駒みたいなもんでしょ。そこまでする理由あるんスか？」

「息子だよ、《食人鬼》……私の息子は、心臓に病があってね。あの方の、『先生』の施療院でしか、延命治療ができないんだ……だから、私は」

パトーシェは嫌な予感を覚えた。アデラトに余裕がありすぎる。何かをその手に握っている。

「裏切り者の汚名も怖くはない。自分の命も惜しくない」

そう思った瞬間には、馬を疾駆させていた。

「ツァーヴ！　掴まれ！」

「おわ」

片手を掴み、引きずるような形になった。それでも、距離はとれたはずだ——たぶん。致命傷でなくなる程度には。

アデラトが無表情のまま、握った何かを放り投げた。光が弾けた。音は間の抜けた花火のようだった。衝撃を背中で感じる。馬がいななき、振り落とされる。ツァーヴを投げ上げ、背中のテオリッタを庇《かば》う。それしかできない。

聖印兵器。おそらくは爆破印ザッテ・フィンデ。あれは本来、使い切りの投擲兵器だ。効率が悪いためあまり好んで使われるものではないが、それを隠し持っていたのか。

鼓膜が痺《しび》れたようになり、気づけば、テオリッタを抱きとめて地面に転がっていた。

（すまない）

パトーシェは倒れた馬の首筋に触れた。死んではいない。だが、足の骨くらいは折れている可能性はある。医師に診せなければ。馬を替える必要もある。

「……みんなして、スゲエことするなあ。そこまでします？　超ウケる」

ツァーヴが一人、呑気な顔で立っていた。腕を組み、壁に寄りかかっている。土煙が巻き上がっているが、アデラトの身体が原形をとどめない有り様になっているのはわかった。パトーシェはテオリッタの視界を塞いだ。見せたくはない。

ただ、当のテオリッタはひどく混乱していた。それどころではないらしい。

「……わ、わけがわかりません。なんでツァーヴがここにいるのですか？」

「すみませんね。これも兄貴の作戦っス。びっくりしたでしょ？」

「騙されたのですか、私まで！　ザイロ！　許せません……《女神》を騙すなんて！」

憤慨が伝わってくる。それにはまったく同意だ。テオリッタはさらにツァーヴに食ってかかる。

「ザイロはどこなのですか！　私の助けを必要としているのではありませんかっ？」

「あ、いやあ。その。兄貴いわく、テオリッタ様は兵舎に戻ってもらって、安全に待機しといてくれればいいって。『あとはこっちでなんとかする』って言ってまして……」

「ふざけないでください」

「ふざけるな」

思わず、テオリッタと揃って声をあげていた。パトーシェは槍をツァーヴの鼻先に突きつける。

「いますぐあの馬鹿の行き先を教えろ。私とテオリッタ様は怒っている。言っておくが、騙されたことに対してではないぞ」

「そうです。『あとはこっちでなんとかする』ですって？」

「まったくもって、あの愚かさは死んでも直らんな！」

「早く言いなさい、ツァーヴ！　言わないと手動で天罰を下しますよ！　おやつも抜きです！」

怒《ど》濤《とう》のように言い募る形になった。ツァーヴは深く嘆息した。

「だからオレも言ったんスよ。絶対やめた方がいいって」

「そういう愚痴は不要だ。早急に言え！　どこだ！」

「はいはい大広場です！　大広場！」

壁際に追い詰められ、ツァーヴはいつものようにだらしなく笑う。

「シムリード・コルマディノとかいう、敵のボスを叩きのめして懲らしめるって言ってましたよ。こっちは嘘じゃないっス！」

◆

シムリード・コルマディノは、いつも最前線での指揮を好む。

現場にいなければわからないことが多い。本陣で戦況をわかった気になるのが、もっとも危険なことだからだ。

このとき、コルマディノが最前線と位置付けたのは、聖選の会場。つまり大広場——それを見下ろすことのできる建造物だった。

緋光荘、と呼ばれている。赤い煉瓦で築かれた建物で、かつてはゼフ王家が迎賓館として使っていたものだ。コルマディノはこれを買い取り、非常時の拠点の一つとして使っている。多少の改装を施し、商業組合に交易用の倉庫としても貸し出して利益を得ていた。

この建物のいいところは、まさにそこにある。倉庫があり、様々な武器を隠しておける。兵士も密かに駐留させておくことができた。

だからその報告を聞いたのも、窓から大広場の状況を一望できる、緋光荘の一室でのことだった。

「一刻以上前から、『先生』からの連絡が途絶している。……そういうことですか」

伝令は、施療院を見張らせていた警備兵たちだった。彼の私兵である。

トヴィッツから借り受けたユトブ方面７１１０部隊とは別に、コルマディノは密かに私兵を使って情報を集めさせている。当然のことだ。借りものの兵力を信用するのは危険すぎる——よって彼が情報収集に使うのは、コルマディノ家の領民から選抜された、およそ百の精鋭だった。

だから察知できた。ディアン・ケト。あの魔王現象の医師に何が起きたのか。

今日は入院中のドッタ・ルズラスを監視しておくはずが、昼過ぎになっても連絡がない。欲を言えばドッタに病を仕掛けておければよかったが、懲罰勇者の蘇生の仕組みは謎が多く、まったくの無意味に終わる可能性が高い。それどころか、ディアン・ケトの正体の露見に繋がる可能性も捨てきれなかった。

リスクを避けて最善手を選ぶのがコルマディノのやり方で、それを後悔するつもりはない。むしろ当座の危機はもっと別のことだった。

「では、『先生』は死んだか。黙禱《もくとう》を捧げるとしよう」

焦りではなく、声に滲ませるのは哀れみだ。もちろん、内心は違う。

これは痛手だ。あまりにも大きな痛手ではあったが、目の前に並ぶ部下の前でそんな態度を表に出すことはできない。それよりも、いまは状況を把握するべきだ。次に打つ手が変わってくる。

コルマディノは大きく深呼吸をして、テーブルの上に手を伸ばす。

（落ち着け……落ち着け。まだ事態は想定範囲内だ）

自分で煮立て、用意した茶がある。それを杯に注ぐ。芝居がかった仕草に見えるかもしれないが、これも手の震えがないことを象徴的に周囲に示すためだ。この動作は繰り返し体に教え込んでいる。

「いまの状況を一つずつ片づけていこうか、諸君？」

東方の茶葉の、甘い花のような香りが漂う。

「『先生』が監視していた、ドッタ・ルズラスはどうしたのかな？」

声音に気をつける。十分な余裕をもって、伝令の兵に問いかける。

「行方不明。というわけか？」

「はい！　ご明察の通りに……追跡しようとしましたが、標的は非常に俊敏であり……」

伝令の兵士は跪き、顔を伏せる。

(何が、ご明察だ)

コルマディノは不快感を覚えた。つまりこの連中は、何の役にも立たなかったということになる。あまりにも能力が低すぎる。が、そのようなことは表情に出さない。余裕を保つ。

「問題ないよ」

そう言葉をかけるために、多大な意志力が必要だった。いずれ無能な部下には処罰が必要だが、この一件が終わるまでは、この程度の者でも使うしかない。

「そう恐縮されると、今後の仕事に差し支えるだろう？　何より、ここまでは私の予想通りだ」

「はい。それでは」

「私にはドッタ・ルズラスの行き先も、やることも、予想はつく」

あのコソ泥を動かして、聖選の結果を覆すために考えられることはただ一つ。懲罰勇者との読み合いで負けるはずがない。

「ここだ。聖選の会場に向かっている。おそらく——投票札の窃盗とすり替えだろうね」

「そんなことが」

兵士は目を丸くした。

「……できるのですか？」

「さすがに手口まではわからないが、私が知る限り、ドッタ・ルズラスは天才的な泥棒だ。そのくらいのことはやってもおかしくないし、それをやらせたらおしまいだろう」

聖選の票数は、こちらが確実に勝つように整えてある。これを覆すには投票後に投票札をすり替えるような奇術しかないだろう。ドッタを動かしたということは、そういうことだ。

「だが、一手遅かったな」

その程度のことは考慮してある。対策も簡単だった。

「投票札に例の細工をしておこう。投票者本人にしか反応しない、そういう聖印を用意してある。リュフェン・カウロンが考案した、貨物照合の仕組みの流用だよ」

焦る必要はない。状況は完全に掌握している。ニコルド・イブートンを暗殺できなかったのは残念だが、投票で過半数を獲得できることはわかっている。『先生』が死んだことも、この段階に至っては問題ない。隠蔽はできる。少なくとも聖選が終わるまでは露見しない。

(そうである以上、得票は万全だ)

残る懸念は――ザイロ・フォルバーツはテオリッタと合流しただろうか？　殺せていれば最善。合流させたとしても、何ができる？　やるとしたら攪乱しかない。ドッタ・ルズラスが動く隙を作り出すことだろうが、ここにコルマディノが到着した以上は無意味だった。

圧倒的に有利な状況から、聖選で争うところまで持ち込まれるとは驚いたが、ここまでだ。

（すべて読めている。読めている……大丈夫だ）

聖選の部隊である大広場。結局はそこが焦点であり、そこさえ固めていればいい。ただ、それでも保険は必要だ。コルマディノは頭の中で戦力の配置を再確認する。

（遺漏はない。油断もない……）

すでに勝つ仕組みができている。どんな番外戦術を用意したところで無駄だ。いや——まだだ。もっと考えるべきだろう。聖選は終わっていない。些細な可能性にも目を向けておいた方がいい。たとえばベネティム・レオプール。あの男がまだいる。どんな手を隠しているかわからない。

（他の可能性を考えろ。あの男は何をしてくる？　詐欺師。懲罰勇者の指揮官。おそらくは奇術師の類なのだろうが——）

落ち着くために、テーブルの上の杯に手を伸ばした。そのときだった。

「総督！」

部屋の入り口が騒々しく開いた。新たな伝令。警備兵たちが振り返り、コルマディノが眉をひそめるよりも早く、それはすでに始まっていた。

「非常事態です、お逃げください！　あの男が——」

報告は、そこで途絶えた。新たな伝令は部屋に入ることさえできなかった。何かが頭上から降ってきたように思う。そして、一撃。かつっ、という軽い音が彼の頭部を打ち、崩れ落ちる。

コルマディノの指が杯に触れたまま固まった。

「よお」

と、伝令を黙らせた男が、部屋の入り口に手をかけた。

「現場主義の指揮官ってのも善《よ》し悪《あ》しだな。こういうとき、わざわざ出てきちまうんだから」

警備兵たちが一斉に警戒し、そちらに雷杖を向けた。ひどく薄汚れた男がそこにいた。

「久しぶりだな、コルマディノ総督。忙しいところ悪いんだが、今日はちょっと聞きたいことがあってきたんだ」

その男——ザイロ・フォルバーツはナイフの先端をこちらに突きつけた。

「お前か？　あのとき、俺たちの部隊を嵌めやがったやつは」

まったく、信じがたい。

(不安要素は、これでなくなった)

コルマディノは安堵し、自分の勝利を確信した。読み切ったのだ。

密かに机の裏側に手を伸ばす。そこに聖印がある。非常時の警報だ。これで、館の中のすべての警備兵が駆けつけてくる。この男のとの決着は、もうすぐにつく。

◆

少し面倒なことになるかもしれない。そんな予感はあった。

俺がシムリード・コルマディノの部屋に踏み込んだとき、部屋の中には予想よりも多くの警備兵がいた。あわせて六人。いずれも手練れだ。唐突な俺の登場にもかかわらず、やつらは動揺するよりも前に剣を抜いていた。

動揺したのはコルマディノくらいのもので、あいつは優雅に茶を口に含むことまでしてみせた。混乱を抑え込むための典型的な行動。体に教え込んだ『いつもの仕草』で平静を保とうとするやつだ。そうでなければ、本当に喉が渇いて茶を飲もうとしたアホだろう。

「これは驚いたな」

コルマディノは微笑していた。

「ザイロ・フォルバーツ。まさかもっとも愚かな手を打ってくるとは思わなかったよ。私自身をどうにかしようとしたのか？」

「黙ってろ。聞いてるのは俺だ」

俺は一歩、部屋に踏み込む。室内に潜んでいる人間は他にいない。それは探査印ローアッドでわかっている。

しかし、この館の中にはもっと多くの兵士がいるはずだ。だからこそコルマディノは時間稼ぎをした方が得だと思っているだろう。だから俺の質問にも付き合わせることができる。お互いの利害が一致する。

「なあ。教えてくれよ、あのときのことだ。俺がセネルヴァを殺したとき。ユトブ方面７１１０部隊とかいう……そいつらの救援に、俺たちは派遣された。ヴォイコーク森林。覚えてるだろ？」

俺はまた一歩、近づく。このあたりが限界だろう。これ以上近づけば、六人の警備兵の迎撃を誘発しかねない。

「あのとき。なんで異形《フェアリー》どもが待ち伏せていたんだ？　救援するべき部隊がいなかった……ユトブ方面７１１０部隊。なんでその部隊にあんたが命令を出している？」

　俺とコルマディノの間には、まだ数歩分の距離が横たわっている。

「答えろよ、クソ野郎。なんでセネルヴァが死ななきゃならなかった？」

「……まったく、呆れたな。きみが二度も私に敗北しに来るとは思わなかったよ」

　コルマディノは、俺の質問を実質的に肯定した。

「《女神》セネルヴァが死んだ理由は、きみだ。ザイロ・フォルバーツ。きみが愚かだったからだ。きみは何も見えていなかった。魔王現象との戦いに人々を駆り立て、巻き込み、無意味な戦いを続けようとしていた」

「無意味？　俺たちの戦いが無意味か？」

「そうだよ。無意味だ。まさかきみは、魔王現象を根絶できると思っているのか？」

　俺を、挑発している。それはよくわかった。

「自覚はあるかな？　どうだ？　きみたちのような夢想家が、人類を滅ぼそうとしていることに」

　しかしコルマディノ自身も、自分自身の言葉で何かの感情を刺激されているようだった。徐々に声が大きくなっている。

「聖騎士団長どもは、みんなそうだ。偽りの英雄だ。戦場で華々しい武勲をあげ、魔王現象を殺し、人類が勝利できるような夢を見せる。……まるで現実が見えていない！」

「要するに、お前は違うって？　そう言いたいのか」

「当然だ！　平和への道はただ一つ。両者の共存だよ。我々は魔王現象とともに生きるべきだ」

俺は大きく息を吸って吐く。心を落ち着ける。

「やつらは人間を食う……そのことが、どれだけの犠牲を生んでもか？」

「少し考えればわかるだろう。むしろ罪人や無価値な人間を犠牲とする制度ならば、よりよい社会になる――人類と魔王現象、双方の利益だ。これが本物の英雄だよ」

コルマディノは自分の言葉を、自分で肯定するようにうなずいた。

「そう。私は武器ではなく交渉と妥協で、平和を生み出す！」

「お前が、お前のルールで選んだ『犠牲』が血を流し続けることを、平和って呼ぶのか」

俺はその考え方に何も口を挟む気にはなれなかった。そうだとしたら、俺とこいつは平和の定義が違う。何を善とするかの基準が違う。少なくとも俺はこいつの平和なんてクソ食らえだ。

だから俺は親指を下に向けた。それは俺が知る限り、この世でもっとも攻撃的なサインだ。

「いますぐお前の顔面を床に叩きつけて、ぐしゃぐしゃにしてやる！　動くなよ！」

「落ち着きなさい、懲罰勇者ザイロ。きみこそ動かない方がいい」

コルマディノは嬉しそうな顔をしてみせた。

「罪人が、私の屋敷に土足で入り込み、狼藉《ろうぜき》を働こうとしている。その罪を私は告発しよう。蘇生時の人格の凍結を申し立てる――知っていたかな？　十分な証拠と根拠があれば、総督という身分にはそれができるんだよ」

「できるもんなら、やってみな」

俺はナイフを引き抜いた。警備兵たちが動き出す。剣を低く構えて接近してくるのが二人。残る四人がコルマディノの護衛役。まったく、慎重派だ。せめて六人がかりで来てくれれば、もう少し手っ取り早く片づいたものを。

まだまだ、苦労が必要らしい。

「動くな！」

と、二人の警備兵は親切にも警告してきた。刃が閃く。片手剣。なかなかの手練れだろう。だが、向こうは俺のことを中途半端に知ってしまっている。だから勝てる。

俺が引き抜いたナイフを振りかぶると、二人とも明らかな反応を見せた。

ザッテ・フィンデによる爆破――それを警戒し、コルマディノとの射線上に位置取りを変えようとする。それが隙だ。この手のフェイントを織り交ぜると、ほとんど俺の手数は無限になる。相手が人間であるほど有効だ。

「こいつは、くれてやる」

ほんのわずかに爆破印を浸透させ、俺は軽くナイフを放る。二人の中間地点へ。右の警備兵は距離をとって回避しようとしたし、左の警備兵は剣で弾こうとした。対応としてはどちらも外れだ。剣に触れた瞬間にナイフは小規模な爆破を引き起こす。視界を塞ぐ。

「くそ！　爆破印、ザッテ・フィンデ……！」

「そうだよ」

それと同時に俺は距離を詰め、左の警備兵を蹴とばしている――コルマディノの方へ。他の警備兵どもはそれを阻止せざるを得ない。受け止める。これでまた一人分の動きを封じた。距離をとってかわした利口な方が、剣を構えて突っ込んでくる。束の間の一対一。刺突。俺は這うような姿勢でそれを掻い潜り、左手の平で腹のあたりを撫《な》で上《あ》げるように触れる。

探査印ローアッドの明らかに間違った使い方で、人間にだけ有効な方法だ。最大出力で胃袋の中身をめちゃくちゃに振動させ、急激な嘔吐反応を引き起こす。

「う、ぶ」

吐かれる前に、そいつも蹴とばした。肋骨くらいは折ったと思う。これで瞬時に二人は片づけた、残り四人だが、迂闊には突っ込んでこない。コルマディノを背後に、守りを固める。

そして足音が聞こえた——どうやら時間切れか。

俺は跳び、壁を背にした。この屋敷の警備兵たちが部屋に踏み込んでくるのが見えた。その数、ざっと十人程度。いずれも雷杖で武装している。

「もう十分だろう、ザイロ・フォルバーツ」

コルマディノがこちらを見ていた。この状況では、隙もない。

「結局のところ、きみは何もできなかった。あのときも、いまも」

それは勝利宣言のようなものなのだろう。

どうやらよほど俺は嫌われていたらしい。ツァーヴのやつにかけた言葉を思い出す。たしかにここまで嫌われていると——いや、落ち込んじゃいない。むしろ笑えてくる。

「自分の過ちを認めるつもりはあるかな？　きみの敗北は決定した。言ってみなさい。正しかったのはどちらか。最後に、本当に勝利するのは誰か。私か、きみか？　どっちだ？」

　こいつの考えていることはよくわからない。その口調にどこか切迫感があった。

「はっきり答えてみろ——どうなんだ？　きみは英雄の器ではない。魔王現象の根絶だとか、人類の勝利だとか、できもしないことを言っている大馬鹿者だ！　私こそ、本当に真面目に人類の未来を願っている！」

　必死になっている。なんとなく、そう思った。もしかすると、こいつにとっては、それこそが切実な問題なのかもしれない。俺に『負けた』と言わせることが？

　だが——どうにか、こちらも間に合った。今度は勝てる。俺はさっきからじりじりと疼《うず》く首元の聖印に指で触れた。

『終わったよ、ザイロ』

　ドッタの声が聞こえた。ひどく疲弊している。

『予定通り、第八聖騎士団が踏み込んできたから引き上げる……超疲れた。あとはよろしく……』

　十分だ。俺はうなずいて、コルマディノに対して笑いかけた。

「……悪いな、コルマディノ。俺は負ける気はない」

「まだ現実を直視できないのか？　きみは終わりだ。処罰し、蘇生時には人格も廃棄する」

「どうかな。聖選について言わせてもらえば、俺たちの勝ちだと思うね」

「私を人質にとるつもりでいるのか。それができると？　この状況から？」

「違う。あんたに危害を加えようなんて思っちゃいない——俺はただの陽動だよ」

「なに？」

　コルマディノの表情が固まる。俺はできるだけ憎たらしく見えるように、悪役らしく鼻で笑った。

「ベネティム・レオプールのことを知らないのか？　……俺は、あいつに、なんでもいいからニコルド・イブートンを聖選に勝たせろって言ったんだ。どんな方法を言い出しやがったと思う？」

　コルマディノの答えはない。そりゃそうだろう。普通は思いつかないことだ。

「勝つ必要はないんだ。対立候補が全員負ければいい。ミローズ大司祭は失格する」

「……失格？　何を言っている？」

「たったいま、あんたの屋敷で、ミローズ大司祭と共謀してグエン＝モーサ教団を動かしていた証拠が見つかった」

　おそらく、コルマディノも咄嗟にはその意味が理解できなかっただろう。俺自身も、これをベネティムが提案してきたときはよく意味がわからなかった。しかし、たしかにこれが一番手っ取り早い方法だった。

「第八聖騎士団がその証拠書類を押収した。こいつは間違いなく人類に対する裏切りだ。ミローズは大司祭の資格を失う。あんたもただじゃ済まないぜ」

「あり得ない。そんな証拠を、私とミローズ大司祭が残すはずがない」

「だろうな。だから作った」

　コルマディノの言葉はなかった。

「ミローズ大司祭がヴァークル社から武器を買って、グエン＝モーサに売った証拠の書類だ。もちろん軍を通さなきゃ雷杖なんて手に入らないから、あんたの名義で。ミローズ大司祭とあんたの紋章も押されている。それがあんたの金庫の中から見つかった」

「我々の紋章を、どうやって――それに金庫の中だと？　それは」

言いかけて、コルマディノは気づいたようだった。

俺たちの部隊の偵察兵にかかれば、手に入れられないものなどない。そして盗み出すことが可能ならその逆も可能だ。つまり、盗むのではなく、気づかないうちに与えること。

「……その程度の証拠」

コルマディノは、低く唸るように言った。

「どうにでもなる。追い詰めたと思っているのか……私ならば……」

「あんたはどうにかなるかもな。だけどな、そんな疑惑をかけられた候補に誰が投票すると思う？　他の大司祭が、それだけの忠誠心を発揮すると期待してるのか？」

結局、これはベネティムの特殊な能力のようなものだ。あいつの本質的な才能は、何かを疑わせることにあるのではないか。信じさせることではない。このままでいいのか、という疑惑を抱かせること――それが今回の作戦のすべてだった。

ベネティムはコルマディノの行動ですら操ってしまったのではないだろうか。もっとも慎重で、現実的に思える手段を選択させた。自分の屋敷を留守にして、この現場にやってこさせた。

「終わりだ。コルマディノ総督」

俺はあえてそう呼んだ。警備兵たちの間にも動揺が広がっているのがわかる。

「お前の方が諦めろ」

「……それは」

コルマディノの目に、決意のようなものが浮かんだ。嫌な予感がした。懐から、小さな鐘のような何かを引っ張り出すのが見えた。それはなぜか。考えようとした分だけ、俺は遅れた。

「断る」

コルマディノが鐘を鳴らす。

澄んだ音と、耳障りな金属音が連続して響いた。足元。床下だ。ローアッドで確かめる暇もない。何かが床を突き破って伸びてくる――俺は咄嗟にかわすしかなかった。鋼でできた植物の枝か？それとも蔓《つる》か、根か？

あの金属の異形《フェアリー》、コブランをなんとなく連想する。だが、あまりじっくり観察している時間もなかった。さらに何本も、鋼の蔓が伸びあがって俺を襲ってくる。いや、俺だけではない。コルマディノの警備兵たちも、それに巻き込まれた。

『き、ぃいいいいっ――ぎぎぎききき！』

そういう感じの、凄まじく不愉快な音が響き渡った。金属が擦れて軋んで、直接鼓膜の奥を刺激するような音。あるいは鳴き声。

そいつは、床から生えた金属の植物だった。砕けた床の穴から階下が見える。どうやら地面から生えているらしい。

こいつはあれだ。ゼワン・ガン坑道で見た魔王現象に似ている気がする。俺はどうにか避けたが、警備兵たちは間に合わなかった。コルマディノとの距離が近すぎた。やつらは捕らえられ、壁やら天井やらに叩きつけられ、あるいは力ずくで引き裂かれた。

信じられないが、こいつ――これは、魔王現象だ。飼っていやがったのか。この第一王都で。

（大広場がまずいな……！）

俺は窓の外を見た。大広場が阿《あ》鼻《び》叫喚《きょうかん》の光景になっていた。地中から、似たような鋼の触手が突き出して、人々に襲いかかっている。それは壇上の大司祭たちも例外ではない。地面を亀裂が走っている。

つまり、これがコルマディノの切り札か。万が一のときに備えて、聖選を台無しにするために用意していやがった。大広場の地下に張り巡らすように潜ませた、植物型の魔王現象。

聖選をなかったことにするには、大司祭を皆殺しにでもすればいい。こいつも相当な無茶をやりやがる。

「彼はフォモール。そう名付けられた」

コルマディノは、片手の鐘を鳴らして告げた。落ち着き払っているように見えた。

「魔王現象。私が育ての親となったために、忠実に言うことを聞いてくれる。まさに共生派――我々人類と彼らとの懸け橋となる存在だよ」

「それはっ……コルマディノ様！」

金属の触手に囚われた、警備兵の一人が叫んだ。

「やめてください！　わ、我々まで攻撃の対象になっています！」

「残念だ。これが懐いているのは、私だけでね」

コルマディノは俺だけを見ていた。

「いまの総督という地位は惜しいが、損切りのときだ。私は連合王国を去ることにするよ。どうだ、ザイロ。私とベネティムとやらと、どちらの発想のレベルが上だ？　聖選を制する程度で思考が止まっていたお前たちと、私の差がわかるかな？」

「総督！　やめさせてください、総督！　そうと――」

鋼の触手が動き、捕らえた警備兵を壁に叩きつけた。悲鳴が止まる。出鱈目《でたらめ》に蠢き、次の標的を探して、逬るように向かってくる。その先端は完全に槍の穂先だった。俺の隣にいた警備兵が悲鳴をあげてうずくまった。

「何やってんだ、馬鹿が！」

俺はナイフを引き抜いた。これを使えば、残り一本だが仕方がない。

「全員、逃げろ！」

俺の放ったナイフは触手を迎撃する。今度はしっかりと爆破印を浸透させておいた。光と爆音。触手が弾かれる。大きな亀裂がその腕に入った。軌道が逸れて、俺と警備兵を避けて壁を砕く。

（壊せはしない、か！　頑丈だな）

それでも隙はできた。こちらを警戒したように、触手が地面に引き戻される。

「ちゃんと立て！　おい、死にたいのか？」

首根っこを摑み、警備兵を無理やりに立たせる。

「す、すみませっ……」

「喋んな。頭下げて走れっ」

そのまま部屋の外に転がり出た。豪華で汚れ一つない清潔な窓の並ぶ廊下。品のいい絵画や聖印式の燭台の群れ。それらが破壊されていく中を、兵士たちが逃げ惑う。俺もそれに続きたいところだったが、そうはいかない。

「こうなった以上は、トヴィッツ・ヒューカーのように、私は魔王現象の側に付く。そのためには手土産として実績が必要だ。人類に打撃を与えたという実績」

小さな鐘を鳴らす。魔王現象フォモールが蠢く。

「大司祭どもを皆殺しにして神殿を混乱させ、そして、これは私の個人的な希望だが——懲罰勇者ザイロ・フォルバーツ。きみだけは殺しておきたいんだ」

「奇遇だな」

意見が一致した、と俺は思った。

「俺もお前を生かしておけねえと思ってた」

刑罰：ルフ・アロス聖選擾乱阻止　4

大広場が揺れていた。あちこちで悲鳴があがっている。

（なに、これ……！）

聖女ユリサ・キダフレニーはそれを見た。

（異形《フェアリー》？　それとも、まさか、魔王現象？）

それは舗装された地面を砕き、地面から生えてきたようだった。鋼の蔓のようなものが、何本も――金属質な鳴き声をあげ、広場の人々に襲いかかっている。それは無差別な動きだった。狂乱しているといってもいい。ユリサのいる、聖選の舞台も破壊され始めている。

叫びながら逃げ出そうとした大司祭の一人が、鋼の蔓に捕まって引き倒された。まるで触手だ。もう一本伸びてきた蔓で体を引き裂かれる。悲鳴がさらに連鎖する。

「た、助けて、ください！」

王都市民が、壇上のユリサに手を伸ばしていた。

「聖女様！　怪物が……怪物がいます！　俺の弟が捕まっちまった！」

「ユリサ！」

護衛のテヴィーが、腕を引いた。彼女はすでに雷杖を抜いていた。

「避難してください、危険です。あれはおそらく魔王現象……！」

「……い、え」

ユリサは喉が引きつるのがわかった。聖女の自分が逃げることはできない。助けなければ。そう言おうとした。

（でも、どうすればいい？　大きな壁を召喚して防御を……いや。それじゃ駄目）

それではまずい。ただ壇上と、大広場で逃げ惑う人たちを遮る壁を作るだけだ。

（どうする？　何かもっとマシな方法を。こいつは地下から生えてきている。だから、塔や階段？上へ逃げる？　それとも柱？　小さな壁？）

いくつかの案が浮かぶ。間違っていたら、さらに被害を生むかもしれない。

実際のところ、そうして言葉に詰まったのはほんの一呼吸か、二呼吸ほどの時間だっただろう。それでもユリサには、時間が重く引き延ばされて感じた。その間に、動いた者もいた。

「前列の者は、壇上に避難しろ！」

ニコルド・イブートンが、進み出ていた。鋭い声を張り上げる。

「護衛兵！　整列して壁となり、皆を守れ！　雷杖で威嚇しろ。効果はある！」

たしかに、壇上の護衛兵の中には、雷杖で応戦しようとする者もいた。その稲妻は、鋼の触手を破壊できないまでも、弾いて怯ませる効果はあった。

そして、イブートンはユリサを振り返った。

「聖女様、援護をお願い申し上げる」

「え、あ」

「柱、あるいは小さな壁をいくつか。皆が身を隠せるようなものを召喚していただきたい。怪物どもは自由自在に地中を動けるわけではなく、生えた場所を起点に攻撃を行っている。さらにその攻撃も手当たり次第で、遮蔽物の陰にいる者をはっきりと知覚できていない」

「は――」

呼吸が苦しい。右目にかすかな痛み。火花が散る。

「はい！」

やるべきことがわかっていれば、簡単なことだった。右腕を伸ばす。遮蔽物となる柱と、大きな盾のような壁を召喚し、大広場に展開していく。

（こんなときに……）

不意に、無力感が湧き上がってくる。

（こんなときに、私は考えるのが遅すぎる。迷っている場合じゃないのに。本当ならもっと速く、聖女らしく判断できたはずなのに……！）

戦場に出たことで、少しは変わったような気がしていた。しかし――軍人ではなかったはずの、イブートン大司祭の方がずっと冷静だった。彼は自分の護衛兵に声をかけている。

「よし。すまないが、貴様らには命を懸けてもらう」

彼が連れてきたのは、懲罰勇者が集めたという兵士たちだった。装備も整っていないし、訓練を受けたとも言い難い集団だったが、その中には奇妙な男もいた。懲罰勇者なのだろう。たしか名前をタツヤといったはずだ。

彼らに向けて、イブートンは端的な命令を下す。

「怪物の腕に攻撃をしかけ、注意を引きつけろ。大広場から脱出する者たちの助けとなれ」

「ええ？　そりゃ無茶ですよ！」

護衛兵の一人が、困惑したように言った。

「それじゃあ旦那の護衛ができませんぜ」

「その必要はない」

「いやいや、旦那の命を守るのがおれらの仕事でして……」

「では、私が前に出る。貴様らが職務に忠実ならば、しっかりと守れ」

「え、ええっ？」

「――その覚悟、見事なり！　ニコルド・イブートン！」

驚いた護衛兵を差し置いて、大柄な男が進み出た。彼も懲罰勇者であるはずだ――たしか、こちらはノルガユ。自らの首の聖印に、指を添えている。

「我らが役目は民を守ることだ。注意を引きつけながら、防戦せよ！　たったいまザイロ総帥から連絡があった。いま少し時間を稼ぐように。やつがこの事態の元凶を取り押さえ、本体を破壊する、とのことだ！」

ザイロ。その名前を聞いたとき、ユリサは右腕が疼くような感覚に襲われた。間違いなく気のせいだろう。そうに違いない。

「ゆくぞ！　我が精鋭たちよ！　タツヤ将軍、交戦を許可する！」

「ヴぁっ」

「ま、マジですかい？　ひでえことになってきたな……！」

ノルガユが命じると、タツヤが飛び出す。巨大な触手の一撃を、戦斧で返り討ちにする。尋常ではない腕力。触手を力ずくで破砕する。護衛兵たちも雷杖やら、手斧《ちょうな》やらで迎撃を開始している。

（……聖選の結果は、行うまでもなく決まったかもしれない）

と、ユリサは思った。

大司祭の中でただ一人、ニコルド・イブートンだけが最前線で声を張り上げ、市民の避難を指示している。その呼びかけは他の大司祭にも向けられていた。

「神官の働くべきときが来たぞ。いつもの信仰が口だけでないことを示せ！　皆を守れ！」

かろうじて踏みとどまり、イブートンの指示に従う者は少数だ。大半の大司祭は頭を抱えて伏せ、あるいは自らの護衛の背後に隠れ、またあるいは逃げ出す者もいた——その中には、ミローズ大司祭の姿もあった。

「脱出を」

と、ミローズが叫んでいる。

「私を守りなさい。急いで！　広場から離れるの！」

そんな姿を、ユリサは見たくなかった。だが、他の誰もが目撃してしまっていた。自らの護衛に守られながら、大広場から脱出していくミローズの姿を。

それから——ユリサは、自分の右目が勝手に動いたような気がした。

大広場の彼方《かなた》。赤い煉瓦の建物が砕けて、人影が転がり落ちるのが見えた。何かに殴りつけられて吹き飛ばされてきたようだった。飛び散る赤い煉瓦の破片とともに地面を転がる。土煙が巻き上げられていた。

ユリサの目はその男の顔を知っていた。怒りに満ちた凶暴な形相で、頭上に向けて怒鳴っている。

あれは、そう——

「ザイロ・フォルバーツ……！」

「ユリサ！　待ってください！」

その名前を呟いたとき、ユリサは飛び出していく自分を少し遅れて認識した。

テヴィーの声を背中で聞いたときには、もう空中だった。足元に、召喚した尖塔。城砦《じょうさい》の《女神》の能力は、こうした移動にも使うことができることを、いまさらながら知った。

自分は何をしているんだろう、と思う。

（……いや。これでいい）

衝動のまま動いたが、先ほどのように硬直しているよりはずっといい。冷静で理論的な判断をしたわけではなかった。あのザイロ・フォルバーツが怒りの形相を浮かべて怒鳴る相手なら、それはきっと、この事態の元凶なのだろうと思った。

（間違っていたらどうしよう、を考えるのは後だ……！）

そう決めた。ユリサは右目にかすかな痛みを感じていた。

◆

吹き飛ばされて、激痛があった。なんとか受け身をとったつもりだったが、あまりうまくいかなかったかもしれない。霞む視界で周囲を見る。赤い煉瓦が周囲に飛び散っている。

やりやがったのは、フォモール。あの鋼の植物のような魔王現象だ。捕まったら終わる。

(骨は折れてない。たぶん。やれる。やってやる。まだだ……!)

俺は舞い上がる土煙のせいで咳《せ》き込《こ》む。

「はは!」

コルマディノの哄笑《こうしょう》が聞こえる。どこにいやがる。

「窮地だね、ザイロ・フォルバーツ。敗北を受け入れてはどうだ」

「黙ってろ!」

俺は自分が考えたことと、真逆のことを怒鳴り返した。もっと喋って、位置を知らせてくれなくては困る。そのために煽る。

「てめえみたいなチンケな小悪党に負ける俺じゃない……いいか! 俺は!」

非常にやりたくない挑発ではあったが、これが一番効果的だとわかっていた。コルマディノの逆《げき》鱗《りん》を刺激する言葉を、俺は口にする。

「俺は《雷鳴の鷹》だ。ザイロ・フォルバーツ！　第二王都を解放した無敵の英雄だ！　こんな状況は何百回も切り抜けて、逆転してきた。引き立て役は引っ込んでろ！」

「……負け惜しみを言うじゃないか」

押し殺そうとしても、コルマディノの声に不快感が滲んでいる。声は頭上。緋光館の三階、砕けて崩れた壁から、俺を見下ろしている。そこか。恥ずかしい台詞を言った甲斐《かい》があった。

「もう少し聞かせてもらいたいものだ。記憶と人格をすべて失う前に、できるだけな」

土煙の奥で、触手が何本か動く。二本。

『ぎ』

フォモールが軋むような音を響かせた。これを跳んで避ける。ぎりぎりの回避。

『ぎき』

さらに二本。またしても、ぎりぎりで回避——しきれない。最後のナイフを放つ。爆破。これでまた一本の触手に大きな破損。こいつの触手、あと何本あるんだ？

——という、脳裏をよぎった疑問が不毛であることを、地面を這ってきた触手が証明する。この大広場を埋め尽くすほどにあるってことだ。最悪だ。

『ぎきぃきききぎぎぎ！』

一気に触手が跳ね上がる。ナイフは使い果たした。残る手は何があるだろう？　また死ぬことになるだろうか。記憶。そう、記憶——テオリッタと記念の何かを買っておけばよかった。それがあれば、たとえ記憶がなくなっても。

そう思った俺は、ちょっと弱気になりすぎていた。自分が死んだ後のことを考えるのは、すべての手を尽くしてからでもよかった。その証拠に、触手の奔流は俺に届くことはなかったからだ。

苛烈な火花。

ごがっ、ばぎっ、と、何かが立て続けに激しく衝突する音が響いた。

「――な、にを」

俺の視界を、大きな影が覆っていた。壁だ。それも、鉄で形作られた堅固な壁。

「何をしているんでっ……しているの、だ！　ザイロ・フォルバーツ！」

頭上から、飛び降りてきたやつがいる。あるいは落下だったかもしれない。

俺はそいつの顔に――いや、そいつの右目と右腕に、見覚えがある。ユリサ。ユリサ・キダフレニー。セネルヴァの目と腕を持つ『聖女』。

「これは魔王現象、か！　しかも、相手は……！」

ユリサの目が頭上を見上げ、明らかに動揺した。

「シムリード・コルマディノ総督？　な、なん……なぜだ？」

「待て。ユリサ。お前には、俺からも聞きたいことがある」

なんとなく、呆れるような気分だった。

「なにやってんだ？　壇上のお偉いさんたちを守ってやれよ、聖女だろ」

「あ……あっちは、イブートン大司祭と、あなたの仲間が守ってる！　だ、だから、私は、あなたを助けに来てあげた！」

ユリサは火花の散る目で俺を睨んだ。

「あなたが一人で戦ってるから！　悪い？　助けてあげようと、お、思ったの――だ！」

「お前」

俺は呆れた。何か、こういうやりとりを――いつかどこかでしたような錯覚に襲われた。

「だいぶめちゃくちゃだな。懲罰勇者なんて守ってどうする。軍隊にとっちゃ兵士でさえないんだ。ただの備品だぜ」

「う……うるさい！　黙ってて！」

ユリサは怒ったような顔をする。しかし、アホみたいな口論はそこまでだった。

『きぃいいいいっ』

金属音。鉄の壁を地下から掘り進み、鋼の触手が飛び出してくる。舗装された地面を砕いて四本。五本、まだ増える。個々に意思を持った生き物のようだ。

「来るぞ。壁はいらない、鉄格子でいい！」

「わ、わかっている！」

ユリサの瞳が火花を散らす。鉄格子の群れが地面から突き出し、触手を阻む。それどころか何重にも連なった格子は触手を絡めとり、動きを封じる。同時に、俺は飛翔印を使って鉄格子を駆け上がった。確かめなければならないことがあった。

「ち」

コルマディノが舌打ちをする。その手に握った、小さな鐘を鳴らす。

「その二人は確実に殺せ、フォモール！」

これを待っていた。鐘を鳴らすということは、それを聞き取る必要があるということ。地表に感覚器官が露出しているということだと推測していた。そのタイミングを摑みたかった。

俺はその瞬間に見た。地面を砕いて蠢く巨大な穴——いや違う。こいつは『口』だ。牙の生えそろった、穴のような『口』。俺はそのとき、この魔王現象の正体を知った。ゼワン・ガン坑道で見たような植物型とは違う。

（イソギンチャク。親父《おやじ》どのがデカい水槽で飼っていたやつ……！）

多数の触手と、その体の中央に『口』を持つ、水棲《すいせい》の生き物だったはずだ。そいつはコルマディノの鐘の音に合わせて、ぎりぎりと不快な鳴き声を響かせる。

「ユリサ！　尖塔、鉄製だ！　小さくてもいい！」

この力の使い方を、彼女はまだ知らないだろうか？　建造物の召喚。それは地面から生やすだけじゃない。しかし伝わる。そんな気がした。

「空から落とせ！」

言われた瞬間、ユリサが理解したかどうかはわからない。あるいはそれは、セネルヴァの腕に残った記憶かもしれない。いずれにしても、それは召喚された。

「ふぅッ」

右腕を震わせながら、ユリサが叫んだ。

「来て……、落ちろ！」

鋼鉄製の尖塔だ。空中に、逆さまに呼び出され、突き刺さるように落ちた。ど真ん中——魔王現象フォモールの、『口』の中心に向けて。

『ぎききぃぃぃいいいいい——っ』

激しい叫び声。完全に断末魔だ。鉄の尖塔が『口』に生えそろった牙をへし折り、どす黒い油のような血を溢れさせ、その奥深くへと突き刺さる。俺はその尖塔に手を触れた。ザッテ・フィンデを充填する。浸透させる。五秒間。暴れる触手も、尖塔を砕くことはできない。

「吹き飛べ」

そして俺は尖塔を蹴り、跳び離れた。

同時に爆発。強烈な光と衝撃が、『口』の中央付近を抉り取る。強烈な一撃。荒れ狂っていた触手が痙攣し、めちゃくちゃに触手を動かした。

もはやこちらを認識できていないが、凄まじい猛攻だ。俺も着地と同時、回避に走るしかない。

「う——うぅああああっ！」

ユリサがさらに鉄格子を呼び出す。火花。俺もその陰に隠れた。激しい激突音が連続する。

しかし一人だけ、それで守られないやつがいる。シムリード・コルマディノ。緋光館の三階にいたあいつは、でたらめに暴れる触手によって建物自体を半壊させられ、間抜けにも地面に叩き落とされていた。

「ふ、ふざけるな……」

コルマディノは呻きながらも起き上がる。

「まだだ……この程度で、まだ……！」

どこか骨でも折れたのかもしれない。よろめいて、膝をつく。それでも、魔王現象フォモールを操るための小さな鐘は手放していない。

「まだ」

「コルマディノ総督！　ご無事ですか！」

裏路地から、駆け込んでくる影がある。騎兵。軍服――その襟元には、花と弓矢の紋章があった。つまり、コルマディノの私兵だ。二十近くいる。まだこいつにツキがあるのか？　俺とは日頃の行いが違うとでも言うのか。

「く、くふっ」

コルマディノは苦痛を堪えて、吐き出すようにように笑う。

「そうだ……まだ負けていない。私は勝つ。それだけの努力を積み重ねてきた」

「そ、その男に近づくな！　みんな！」

聖女ユリサが、右手を頭上に差し伸べて叫んだ。そうするために、ありったけの勇気を振り絞っているということが、震える指先でわかった。

「その男は、コルマディノ総督は、魔王現象を飼っていた！　じ、じっ、人類の敵……だ！」

「そんなことは、知っている」

コルマディノの私兵は、いたって平静に、やつを守るように取り囲んだ。そのうちの長らしい一人が、静かに告げた。

「だが、恩義がある。我々を取り立てていただいた。大事な家族を、安全な南方へ避難させることもできた……すべて、総督のおかげだ」

「だ、だからって……！」

「ははははは！」

コルマディノは笑った。どこか乾燥した笑いだった。

「さすがだ。さすがは、私の精兵」

「総督、撤退しましょう。我々がお守りします！」

「ふ」

私兵の長の言葉に、コルマディノはうなずかなかった。ただ、小さな鐘を掲げた。

「逃げるだと？　わかっていないな。ここで何もなせずに、なんの功績もなく逃げてどうする……魔王現象に与するには、手土産が足りない」

「しかし、総督。もはやこの状況では」

「方法はある。あるのだ。……フォモール！　傷を癒せ！」

鐘が鳴った。痙攣していた触手が、明白な目的を持って動く。

「さあ、餌はここだ。好きなだけ食らうがいい」

「そ――」

私兵たちは何かを言おうとしたかもしれない。

だが、一瞬だった。俺もユリサも間に合わなかった。触手が兵士たちを捕らえ、引きずり込む――『口』の奥へ。牙はへし折れていても、それは可能だった。

「あっ、あ、あああああっ！　がっ！」

いくつもの悲鳴。歓喜するような、金属質な鳴き声。

ユリサは目を閉じ、顔を背けた。フォモールは私兵たちの血肉を食らい、恐ろしい速度で傷を癒していく。牙が生えそろう。触手が勢いよく動き始める。

「正面を見ろ、ユリサ・キダフレニー」

俺は警告した。

「敵が来る。防御してくれ」

「でも。こんな……数の触手……」

すでに囲まれている。何本あるか、数える気にもなれない。ユリサは右目を押さえた。

「防ぎきれない、かもしれない」

「できる。お前が使える力のことを知らないのか？　とんでもなく強力で、どんな魔王現象だって突破できない無敵の城砦を呼べるんだ」

「でも……なんとなく、わかる。いまの私はきっと、セネルヴァ様みたいに、強い力を使えない。借り物だから。ほんの一部を……借りてるだけで……」

「じゃあ楽勝だ」

俺は本当のことを言った。ユリサの肩を摑む。俺は知っている。《女神》の力は本人の精神状態に依存する。セネルヴァの場合は、召喚する構造物の強度に影響が出る。

「セネルヴァは勿体ぶる癖がある。ここぞってときには、やりすぎだってくらいに無茶をする」

俺には確信できる。これだけは言える。

「だから、一度だけ防げ。俺が勝たせてやる」

それをユリサが信じたかどうかは定かではない。ただ、彼女は息を飲み、右腕を左手で摑んだ。震えているのがわかる。だが、恐怖によるものではなかったように思う。

「そうやって、またお前は誰かを道連れにしようとするのだな。ザイロ・フォルバーツ」

コルマディノが笑っていた。フォモールの触手が脈打ち、一回り太くなる。人間を食ったからか。魔王現象というやつは、人間からなんらかの力を補給するというのは本当のようだ。

「ザイロ・フォルバーツ。お前は、お前に従う者を地獄に連れていく。ありもしない勝利と栄光を他人に見せる。お前こそ詐欺師ではないか」

「勝手に言ってろ」

コルマディノの言葉は時間稼ぎだ。フォモールが自らを癒す猶予を稼ぐためのものだ。俺はそれに乗ってやる。

「俺は自分のことを偉大なやつだと思っていたい。たいしたやつだと信じていたい……でも、そんなの誰だってそうだろ？」

誰だって、というのは言いすぎだ。しかし、言いすぎなくらいがちょうどいい。コルマディノの怒りをさらに刺激してくれる。

「他人を見捨てる後ろめたい天国より、後腐れのない地獄の方が百倍マシだ。だから俺は、みんなを一人残らず地獄に連れていくことに決めたよ」

「愚かな。もういい」

そう言って首を振るコルマディノと俺の間には、決定的な断絶があった。

「時間稼ぎは十分だ。さあ、動けるだろう。フォモール……」

コルマディノは、むしろ囁くように言った。鐘を鳴らす。

「我々こそは人と魔王現象が共存できる証明だ。私とお前ならば、英雄になれる」

触手が一斉に動いた。何本あるかは、数える気にもなれない。それらがすべて俺たちを包囲し狙いをつけていた。ユリサは体をこわばらせる。火花が散る。

コルマディノが俺たちを指差す。

「ゆけ、フォモール。あの二人を」

「殺す、ことなど――させません！」

フォモールの攻撃が始まる直前。鋭く、張り詰めた声が響いた。

高らかな馬蹄《ばてい》の響き。大広場に駆け込んでくる騎兵がいた。パトーシェ・キヴィア。その背後に摑まっているのは、剣の《女神》テオリッタ。

俺はそのことを知っていた。探査印ローアッドがすでに接近を感知していた。

「ザイロ」

俺の名を呼んだテオリッタの声からは、とてつもない怒りを感じた。黙っているが、パトーシェからも同様の気配があった。

「私はとても怒っています。言うまでもありませんが、パトーシェも怒っています。かつてないほど憤慨していますからね。しかし――いまは」

テオリッタの髪が火花を散らす。虚空に剣が浮かび上がる。

「それを滅ぼすのが先です。本当に！　もう！　我が騎士！　今度という今度は、そう簡単には許してあげませんからね！」

その声と同時に、いくつもの攻防が同時に始まり、そして終わった。

フォモールの触手は俺とユリサ、それにパトーシェとテオリッタを同時に薙ぎ払おうとした。

それを、ユリサの呼び出した鉄格子が阻んだ。絡めとり、阻止する。もちろんすべてではないが、俺とパトーシェが動く余地を作るには十分だった。俺は飛翔印で、荒れ狂う触手の間を縫うように跳んだ。パトーシェは遮甲印で強引に突き抜けた。

フォモールがその接近に気づき、触手を差し向けるが、パトーシェの槍に弾かれる。

「ザイロ！　私からも、いくつか貴様を糾弾すべきことがあるが――その前に」

パトーシェは、初対面のときのように冷酷な眼差《まなざ》しで俺を睨んだ。

「終わらせろ！　それが最低限の貴様の義務だ！」

「そうですっ」

テオリッタが飛んだ。無数の巨大な剣が降り注ぎ、阻もうとするフォモールの触手を何本か引きちぎった。信じられない強度と、速度での召喚。力が増している。

「ち」

どこに隠していたのか、コルマディノは舌打ちとともに雷杖を抜いた。テオリッタに狙いをつけようとするが、それを見逃す俺じゃない。もう手の届く距離だった。

コルマディノの雷杖を摑むと同時、蹴りつける。吹き飛ばす。骨を砕いた感触がある。

「ふ……フォ、モール……！　何をしている。私を、守れ……！」

転がりながらも、コルマディノは呻いていた。苦痛に顔が歪んでいる。フォモールの触手をすがるように摑む。

その腕を、触手が握り潰した。

「な……！」

コルマディノの喉から、肉が割れるような叫びが漏れる。

「やめろ！　離せ、フォモール！　違う。違うぞ！　私は、お前の！」

後半の言葉を、フォモールの金属質な鳴き声が搔き消した。コルマディノの体がフォモールの口内に引きずり込まれる。鋼と鋼が激しくこすれ合うような音。それに、血肉と骨を破砕する音が混じった。

勢いを増して、鋼の触手が振り回される。、しかし、もはや俺たちに届くことはない。

「ザイロ・フォルバーツ……！　お願い！」

ユリサが叫びとともに召喚を果たしている。強靭な、鋼の門。それは召喚されると同時に閉じて、フォモールの触手をへし折る。

「我が騎士！」

悲鳴のような声をあげ、テオリッタがこちらに飛び込んでくる。

わかっている。俺がテオリッタを受け止めた瞬間、虚空にひときわ強力な火花が散った。何の飾り気もない、戦場に放り出されていても誰も気づかないような、そんな無骨な剣が呼び出される。

俺はその柄を強く握った。

「悪かった」

という、俺の謝罪はもしかすると聞こえなかったかもしれない。

フォモールの触手に、振り返りざま『聖剣』を叩きつけた。切り裂く必要はない。

それだけで『聖剣』は絶対的な力を発揮した。激しい閃光と澄んだ響き。腕に伝わる強烈な火花。

風が渦を巻き、そして収まる頃には、魔王現象フォモールは消え去っている――存在すらも。

コルマディノの姿も、どこにもなかった。ただ、血だまりだけが残っている。

ばうっ、と、強い風が吹き抜ける。広場がやけに静かに感じた。

「……セネルヴァ。一つ、終わったぜ」

俺はテオリッタにも聞こえないように、口の中だけで呟いた。

振り返ると、ユリサの右目から涙がこぼれているのがわかった――俺は同時に、ようやく、ちゃんと理解した。セネルヴァはもういない。

こういうとき、セネルヴァは少し笑って、どうでもいいような話をするのが常だった。

『しばらく晴れそうな空だね』

とか。

そんな、本当にどうでもいいことを。

◆

ミローズ大司祭は、完全に包囲されていた。

状況を把握するのは困難だったが、一つだけ確実なことがある。シムリード・コルマディノが失敗したのだ。そのことだけは確実だった。魔王現象らしき怪物が暴れて、自分たちにまで攻撃を開始した。どうにか大広場を脱出できたときには、護衛の武装神官は半分以下に減っていた。

（あの男。コルマディノ。やはり凡庸にすぎた。度し難い……！）

唇を噛みしめ、懐中に隠した雷杖に手をかけている自分に、遅れて気づく。

自分を首席大司祭に押し上げてくれるはずの、ルフ・アロスの聖選は、始まりさえしなかった。だが、まだだ。この騒ぎで選挙は中止となり、延期になるだろう。ならば、投票さえ行われれば勝てる。コルマディノとの関係を疑わせるものは慎重に処分してきている。

とにかく、いまは生きて自分の屋敷まで辿り着くことだ——

だが、路地を急ぐミローズたちの前を、塞ぐ人影があった。それも多数。いずれも武装した兵士たちで、その先頭にいるのは、もっとも見たくない相手の顔だった。

「どこへ行くつもりだ、ラウィン・ミローズ大司祭」

ミローズにとって、この世でもっとも腹立たしい女の声だった。会場を包囲する騎士たちの中から進み出てくる。歩兵用の甲冑に、剣と小盾。見間違えるはずもない。第三聖騎士団長――予言の《女神》に仕える女。メーヴィカ・リージャー。

その背後には、顔を隠した白衣の若者を連れている。あれが予言の《女神》。シーディアか。

「そこをどきなさい」

ミローズは威厳をもって告げた。

「屋敷に帰ります。聖選が中止となった以上、延期の計画を立てなくては」

「延期？　それは違うな」

彼女は、朗々とした声をあげる。年齢を感じさせない、毅然としてよく響く声。

「先刻、聖選は滞りなく実施された」

「……どういうこと？　あんなことがあったのに……」

「それでも、あの場に残った者がいた。市民の保護にあたった大司祭たちがいたのだ。彼らの投票によって、ニコルド・イブートン大司祭が首席として選出された」

あり得ないことを、聞いている。

メーヴィカは勝ち誇りもしない。当然のことを、当然のままに告げている。それだけのことだと表情が語っている。ミローズにとって、それは何よりの屈辱だった。

「合わせて九名による投票だったが、満場一致だったな」

「そんな……」

「それから、お前には逮捕状が出ている」

愕然とするようなことを、メーヴィカは口にした。逮捕状――自分に？

「私に、逮捕状？　どんな理由があるというの？」

「コルマディノ総督と共謀し、グエン＝モーサ教団に《女神》の殺害を依頼した罪だ。コルマディノ総督の自宅から証拠が押収された」

そんなはずがない。ミローズはそう言いたかった。だが、それを言うことの滑稽さと無意味さも知っていた。証拠を残していたのか。あの男は、つくづく自分の足を引っ張ってくれた。

英雄願望の強い、子供じみた、陰謀家気取りの――どこまでも凡庸な男だった。

「お前を拘束する。諦めろ、ラウィン・ミローズ」

名を呼ばれたとき、ミローズは、気づけば叫び声をあげていた。

懐中で握った雷杖を向ける。狙いはメーヴィカではない。あの女がもっとも傷つくであろう相手を狙った。すなわち、《女神》シーディア。あの白い顔の華奢な若者。それを狙って光が走った。

しかし、当たるはずもない攻撃だった。メーヴィカ・リージャーは、片手の盾でそれを阻んだ。

青白い光が稲妻を弾く。遮甲印ニスケフ。聖騎士団の兵士たちが駆け寄ってくる。

（滑稽だ）

芝居の中にいるようだ。メーヴィカの兵に体を摑まれ、その場に膝をつかされる。護衛兵たちはまるで役に立たない。メーヴィカの兵の接近を阻もうとして、雷杖で撃たれる者さえいた。

（私の間違いはなんだった？　手を組む相手。選択肢。それとも、もっと以前で？）

思い出すのは、武装神官であったときのこと。いつもメーヴィカは、ミローズ以上の成果をあげていた。ただ一つミローズが優《まさ》っていた分野は、人望だった——峻厳《しゅんげん》で人付き合いの悪いメーヴィカは上層部からも、後輩からも遠ざけられていた。順当にいけば、ミローズこそが聖騎士となるはずだった。

だが、予言の《女神》が聖騎士として指名したのは、メーヴィカの方だった。

その理由もミローズには理解できなかった。メーヴィカと予言の《女神》はキヴォーグ大神殿の中庭で、一度だけ、偶然に言葉を交わしたことがあるという。そのとき、メーヴィカを信用できる人物だと感じた——それが決定的な要因だったと、予言の《女神》は語った。

どんな言葉を交わしたのかは知らない。興味もない。

ただ、あまりにも理不尽だった。そんな偶然があってたまるものか。当人たちにとっては運命的な邂逅《かいこう》であっても、そこから外れた者はどうすればいい？

《女神》シーディアに憎悪を抱いたのは、それがきっかけだった。

一個人として人格を持った存在を、《女神》として崇めるのが間違っている。ミローズはすべてを破壊してしまいたかった。神殿という仕組みを消滅させて、そんなものを信じる者たちを絶望させたかった。

「残念だ、ミローズ。この未来に分岐してほしくはなかった」

メーヴィカはミローズを見下ろして呟いた。

「すべてを話してもらう。共生派に繋がる、お前の知るすべてを」

おそらく彼女の言う通りになるだろう。ミローズはそれを絶望とともに確信した。

ニコルド・イブートンが首席大司祭に選出された翌日、聖騎士団に勅令が下された。

正確には、首席大司祭が下す命令を、聖言勅令という。

あらゆる教区と役職に関係なく、指示を遂行する義務が発生する。すべての聖騎士団に等しく与えられたその指示とは、『春季攻勢計画の成功のために、あらゆる協力を行うこと』。聖騎士団の遠征も最大限に許容する。

そこまで強硬なことをする男だと、誰も思っていなかったに違いない。イブートンは弱者救済に奔走する、穏和な篤志家という評価だったのではないか。

――という話を、俺は例の書店で聞いた。『白鈴堂』。大通りの外れにある、カフゼンが根城の一つに使っているという書店だ。

結局、そこにカフゼンは来なかった。代わりに、ほとんど子供のような女がやってきた。茶色いくせ毛で、右の足を少し引きずっているのがわかる。彼女はナルチエ、と名乗った。

「これで第一王都の掃除は終わりました。感謝を表明します、ザイロ・フォルバーツ」

まるで無表情にそう言うものだから、真剣に感謝しているかどうか疑わしい。

「特に、ニコルド・イブートン首席大司祭の誕生と、シムリード・コルマディノ総督を排除できたこと。どちらも大きな成果です」

「そいつは結構だな」

あまり興味のない話だ。俺は何冊か、本をカウンターに積み上げながら応じる。今回の仕事の特別報酬だった。この店の本を好きなだけ持っていっていいことになっている。

「それで？　俺に話したいことってのは、それで終わりか？」

「いえ。団長からの伝言を申し上げます」

ナルチェが『団長』という言葉を口にするとき、そこには神聖な誓いを口にするような響きが感じられた。本当に尊敬しているのだろう。

「本日は夕方に一刻ほど暇ができそうだ、とのことです。すぐに第一王都を離れるので、その前に酒でもどうだ――とのことでした」

「いらねえよ」

「団長は奢ると仰っています」

「それでも断る」

俺は本を抱えて、ナルチェに背を向けた。これ以上は時間の無駄だ。こいつらの第十二聖騎士団に借りを作りたくない。そのおかげで、今回はひどい苦労を背負い込むことになった。

まだ、その最悪の負債は終わっていない。

「テオリッタ……と、パトーシェを待たせてる。あれから二人ともめちゃくちゃ不機嫌だ。ルフ・

アロスの祭りの最終日を、俺の出費で案内する羽目になってる」

「それは大変ですね。なにか、よほどまずいことをしたのでは？」

「わざとらしいことを聞くな」

どうせナルチェは知っているだろう。諜報部隊とはそういうものだ。

「それから、例の聖女」

最後に、俺は釘を刺しておくことにする。

「どうにかしろよ。危なっかしくて仕方ない」

「それは困難です。我々も暗殺しようとしましたが、失敗しました」

「そうかよ」

悪びれもせず言うので冗談の一種かとも思ったが、この連中ならばやりかねない。やはり俺はこいつらを好きになれなかった。諜報部隊というやつらは多数を生かすためなら、平然と少数を切り捨てる。共生派どもと大差はない。

しかし、そもそも軍隊の将校や指揮官というものは、部下に死を命令する立場でもある。

（結局、何も変わらない。俺も、こいつらも）

店を出ると、太陽が眩しかった。ルフ・アロスの祭礼も二日目。大通りはいっそう派手に飾り付けられ、今日は新たな首席大司祭の就任を祝う式典が行われる予定だ。露店も屋台も多く出る。

つまり――

「ザイロ！　遅いですよ！」

テオリッタが不機嫌そうに飛んできた。俺の腕にしがみつくと、ついでに胸元に拳を入れてきた。痛くはないが、とにかく相変わらず怒っていることは伝わってくる。

「これから店を回る完璧な計画を立ててきました。分刻みの行動計画です」

テオリッタは手書きであろう計画の書かれた紙片をつきつける。

「まずはこの前の店で見かけた、あの銀の腕輪を買いに行きます。絶対に買います。今日の日付と、忘れられない言葉を刻んであげます。その後には演劇鑑賞ですからね。続いて露店巡り、遊戯施設巡り……」

テオリッタは紙片に書かれた予定の群れを指で辿り、これからの予定をまくしたてる。最後には俺を指差した。

「いいですね？　絶対に、私の傍を離れないこと！」

「わかってる」

「本当にわかっているのか？」

と、横から声をかけてきたのはパトーシェだった。あまりにも鋭すぎる目つきで睨んでいる。

「貴様、我々が――っ、いや。テオリッタ様がなぜ怒っているのか、本当に理解しているか？」

咳ばらいとともに言う。自分も怒っていることにするのは、気恥ずかしいのだろう。そのところは俺にもよくわかる。潔く認めることにする――俺がリュフェンやらジェイスやらを『心配していた』なんて相手に伝わるのは、どうしようもなく恥ずかしい。

「……理解してるよ」

だから、俺は早々に白旗をあげた。

「内緒で危ない橋を渡ったのは悪かった」

「む？」

「おお……？」

テオリッタとパトーシェは意外そうな顔をした。心外だ。このくらいはわかっている。

「次から、バレないようにする」

「ザイロ！」

「馬鹿が」

テオリッタの拳はやはりたいしたことはなかったが、パトーシェが襟首を掴んできたのは本当にきつかった。凄まじい力がこもっているのがわかった。

「その態度を改めろ。私……も、テオリッタ様も、同じ意見だ。自分だけを例外にするな。何度でも言うぞ。貴様は、自分がたいした者ではないという思い上がりをやめろ」

矛盾していることを聞いている気がする。だが、パトーシェは真剣だった。

「貴様は平凡だ。特別に偉くもないし、特別に卑小な存在でもない」

言われなくてもわかっている、と言おうとしたが、その剣幕に黙らされた。

「他の誰もがそうであるように、貴様のことを、……心配……している者がいる。そうだ。そのことを理解しろ！　貴様だけが特別で、孤高のつもりか？　この、愚か者め！」

ひどい罵倒だ。無茶なことを言いやがる。

「わからないのならば、もう知らんからな！」

叱責されている。それも手ひどく。

(俺には重荷すぎる。お前ならどうする、リュフェン？)

内心で問いかけても答えが返ってくるはずもない。

それでも俺はなんとなく、この借りは返さなければならないと思った。この二人に対して。

その日、俺はテオリッタと揃いの銀の腕輪を買うことになった。

まったく同じ意匠を施した、対の腕輪。俺はそれを足首につけた。内側に刻んでもらった言葉はこれだ――『世界一の愚か者と、偉大なる剣の女神』。

思わず笑ってしまう。滑稽だ。俺は甘んじてその罵倒を受け入れようと思った。生き返るたびに感じるその滑稽さが、俺が俺である証明になってくれるかもしれない。

◆

――同刻。《灰灯廟》は、束の間の静寂に包まれていた。

すべてが終息したのは、夜が明け、太陽が高く昇ってからだった。

いくらカフゼンでも、これには深い疲労を覚える。

（それに、まだ後始末が残っている）

真昼でも日の差さない《灰灯廟》の床に目を落とす。そこには死体が三つ。いずれも、第十二聖騎士団員のものだった。その風体は三人ともまるで違う。露天商のような身なりの若者、軍服を身に纏った初老の男、貴族の令嬢を思わせる豪奢《ごうしゃ》なドレスの女。

いずれも激しい闘争による手傷を負っていることだけが、共通していた。

「犠牲は三人、ですか」

カフゼンの背後で、しわがれた声が聞こえた。老人だ。《灰灯廟》の一員で、『墨の翁《おきな》』とだけ呼ばれている。この老人の本当の名は、カフゼンも知らない――というより、現在では存在しない。

連合王国成立時に、あらゆる記録から己の存在履歴を抹消したことがわかっている。

「ずいぶん厳しい戦いだったようですな。よく回収できたものです」

「我々の部隊は死体を残してはいけませんからね。翁どのもご存じでしょう」

第十二聖騎士団の決まりだった。死者を弔うためではない。その死体が何を物語ってしまうかわからないからだ。胃袋の中身。体に刻んだ聖印。隠した武器。訓練を積んだ痕跡。人体は多くのものを語ることがある。

そうした手がかりを一切与えたくないから、回収するのだ。

「此度《こたび》は、かなりこの廟に接近されたようですが」

墨の翁は、カフゼンを横目に見る。

この《灰灯廟》は第一王都において、もっとも大きな神殿――『灰色の揺り籠』の片隅に位置している。地下通路で王城と繋がっており、彼らの主である第一王子レナーヴォルの安全性と利便性からここを利用していた。

今回はその位置を探られていた気配がある。かなり近いところまで探索されていた。この三人は、その情報を守るために敵と戦闘になり、死亡した者たちだ。

「まさしく、際どいところでしたよ」

と、カフゼンはそのことを認める。

「何か手を打たねば、我らが主の身辺も危ういでしょう」

「では、場所を移されますかな？」

「さて」

カフゼンは曖昧に言葉を濁した。この墨の翁が相手であっても、本当のことは言えない。真実を語るという贅沢《ぜいたく》は、自分には許されていないのだから。

「少し考えるとしますよ」

とは言いながら、答えは出ている。

これ以上、この場所を使い続けるのは危険だ。場所は動かす。レナーヴォルには謝罪しなければならないが、彼が秘密基地のような場所に出張ってもらうという形も見直すべきだ。より密かな手段で指示だけを受け取る形にしなければならない。

新しい《灰灯廟》がいる。北への遠征が始まる以上、もう少し広い人員の網を作る必要があった。

（その人脈に、この『敵』も諜報員を食い込ませようとするだろう）

それを完全に防ぎきることが、できるだろうか。エンフィーエの能力が鍵になる。さらに難しい戦いを余儀なくされるだろう——第十二聖騎士団の、陰の闘争だ。

ここから先は、懲罰勇者たちを支援することはできそうにない。余力はなくなる。

「やりがいがありますね、翁どの」

同意をもとめようとした。そのときだった。

「——団長！」

騒々しくも、《灰灯廟》の扉を開けた者がいる。貫頭衣を着た、神官のような見た目の男。だが、ただの神官がこの場所に入ってこれるはずもない。

「非常事態です。緊急報告、第一号案件！」

墨の翁の顔が険しくなり、カフゼンは苦笑した。深刻な悩みが降ってきたときほど、そういう顔をしてしまう自分がいる。

緊急報告の第一号案件とは、人が死んだことを意味する符丁だ。それも重要人物の死。ほとんどの場合において、それは『暗殺』を意味している。

「第一号案件は、誰のことかな？　まさか——ニコルド・イブートン？」

「ガルトゥイル要塞。クレスダン総帥です！」

カフゼンは黙った。クレスダン。軍の総帥だった。ガルトゥイル要塞で、春季攻勢計画の要諦を練っていたはずだ。

「自室にて死亡。外傷なし。喀血《かっけつ》していたことから、病死と診断されております」

「……どうかな」

限りなく暗殺が疑わしい。時期が悪すぎる。春季攻勢計画に影響があるだろう――いや。それ以上に気になることはある。

「後任は？」

カフゼンは、かすかな祈りをこめて聞いた。しかし、そんな祈りが叶えられた例はない。

「マルコラス・エスゲイン総督です。行政室の賛成多数により、臨時決議されました」

暗澹とした気分になる。文民統制による弱点の一つだ。現場を顧みることのない決定がしばしばなされる――もっとも、現場を顧みすぎることも問題ではあるが。マルコラス・エスゲインは実績だけ見れば華々しく、勝利を重ねているように見える。第二王都奪還作戦を成功させた総司令官でもあった。軍部からの評判もいい。

だが、実際は他人の手柄を奪うことに長け、派閥形成の能力が高いというだけにすぎない。それがカフゼンによる人物評価だった。

「第一王都は陽動だった――というわけではないでしょうな」

墨の翁は、慰めるようなことを口にした。

「敵は強大で、我々もまた、すべてに完璧な対処をすることはできません。ただそれだけのこと。あらゆる立場に最適な人材を投入できると考えるのは、高望みにすぎましょう」

「そうかもしれません」

カフゼンは認めた。この一連の攻防において、こちらは大多数の局面で勝利した。致命的なところは防ぎきったと思う。《灰灯廟》を防衛し、東部の反乱を鎮圧し、港湾施設への攻撃も回避した。第一王都の破壊も阻止して、ニコルド・イブートンを首席大司祭につけたことで聖騎士団を遠征に投入できるようになった。

——軍部の総帥の暗殺は、そのうちの一局面で敗北しただけにすぎない。

重要なのは、その一手による損害を最小化すること。

「まったく、やりがいがある仕事ですな。カフゼン聖騎士団長」

墨の翁が呟いた言葉に、カフゼンは嗜虐的な笑みを浮かべた。

◆

シムリード・コルマディノは死亡した。

魔王現象フォモールに食われる最期だったという。

トヴィッツ・ヒューカーは、その報告をユトブ方面７１１０部隊から受けた。赤黒い鱗に覆われた女性型の蜥蜴。一ツ目、という名を与えられている。

ユトブ方面７１１０部隊は、複数種の混合によって作られた、知能の高い異形《フェアリー》で構成される部隊である。その中でも、彼女はもっとも意思疎通が円滑であり、精神的に不安定な合成異形《フェアリー》の中でも抜群に安定しているように見える。だからトヴィッツがこの部隊の指揮を預かったとき、部隊長として指名した。

彼女も完全にその役目を果たしている——いまのところは。

「こちらの損害は、『六ツ目』の死亡。……および王都地下に潜伏していた通常異形《フェアリー》歩兵が多数、撃破されちゃった」

どことなく呑気に、一ツ目は肩をすくめるような仕草をした。

「連絡つかないから、ほぼ一掃されたかな？」

「ありがとう。想定より少し大きな損害だったけど、おおむね満足できる結果だ」

焚火《たきび》に木の枝をくべる。炎が爆ぜる音がする。静まり返った森林の夜の闇に、その音はやけに音高く響いた気がした。

「で、《灰灯廟》はどうだったかな？　場所はどこまで探り出せた？」

「探索にあたった者は全滅。連絡が途絶えたから、『七ツ目』も殺されたみたい。やったのはたぶん第十二聖騎士団の連中かな」

「そうか。残念だね」

しかし、必要な犠牲だ。トヴィッツはそう思う。

この試験運用で弱い者が淘汰《とうた》されるのは、当然のことだった。兵の死なない戦場などない。ただ、『残念だ』という意思表明はしておく。自分の部隊の兵士は、自分の所有物に等しい。自分の持ち物が壊されるのは愉快ではない。

「ただ——《灰灯廟》を探ったこの一手は、後々に効いてくる。牽制《けんせい》としては十分だ。相手に対応を迫ることができる」

「そうなの？　難しいことは、私にはわからないけど」

「それでいい。報告、ありがとう。食事にしよう。みんなを集めてくれるかな」

「食事ね？　はいはい、待ってました」

　一ツ目が去る気配を感じながら、トヴィッツは焚火にかけた鍋を覗き込んだ。

　鹿肉と蕪を煮込んだシチューのようなものだ。いくつかの香草を加えて仕上げる。第二王都の牢獄にいる間、ろくに料理もできなかったが、こうして作ってみると案外と手が覚えていた。

　こうした料理は、ジェイス・パーチラクトがやけに得意だった。

「トヴィッツ――報告は済んだか？」

　背後から声がした。少しざらついたような声。久しぶりに聞く声だ――いつの間にか帰還して、さらに無言のままこの野営地点に合流していたらしい。

「驚かせないでくださいよ、スウラ・オド。もう少し早く声をかけてくれてもいいでしょう」

　スウラ・オド。振り返らなくてもわかる。振り返っても、どうせ顔は見せない。

「俺はあの異形《フェアリー》どもが嫌いでね」

「仲良くしてくださいよ。仲間なんですから」

「俺はそうは思わない。それより仕事の話だ。次はどうする？」

「ガルトゥイル要塞の方は、うまくいったみたいですね」

「必要のないことを確認するな。知っているだろう。……あのブージャムという魔王現象、融通が利かないところはあるが、なかなか使えるな。無駄がない」

　どうやら意外なところがうまく噛み合っているようだ。スウラ・オドとブージャム。この両者にはガルトゥイル要塞における、総帥の暗殺を任せていた。首尾よく果たせた、という報告はとっくに受けている。

「では、しばらく頼みたいことはありません」

「なに？」

「春までは我々も休暇です。それまでにせいぜい７１１０部隊を訓練しておいてください」

「休暇だと？　説明しろ。今回、お前はずいぶん怠けていたように見えるぞ」

　スウラ・オドの声が鋭くなった。

「第一王都での動きは失敗したそうだな」

「それはまあ、たしかに。でも悪い失敗ではないですよ。そろそろ邪魔になってきた共生派を始末できましたから。彼らが捕まると情報を吐かされる危険性があった」

「言い訳に聞こえるな」

　どうやら、説明しておく必要がありそうだ。姿は見えないとわかっていても、トヴィッツは振り返ることにする。

「異存がありそうですね、スウラ・オド。そんなに働きたいですか？」

「当然だ。俺は負ける側には付かない。春の攻勢計画まで、本当に休暇をとるつもりか？」

「平和な時間を与えることも重要なんですよ。私が提案しました。人類を攻撃し続けると、かえって結束を固める結果になりかねません」

発想の転換だ。誰もが危機に面していると考えさせ続けるのは、あまり良い手ではない。

「退屈すると、余計なことを考え始める人間がいるものです——たとえば、『聖女』のこととか」

「『聖女』か。始末するための手を打たないのか？　あれは強敵だぞ」

「人類がそれを許容できる限りは、そうでしょうね」

「言っている意味がわからん」

「彼女は人類の大いなる戦力です。しかし……果たして彼女を抑制できる者はいるでしょうか？もし仮にユリサ・キダフレニーが人類の主たらんとしたとき、誰が止められると？」

「《女神》と聖騎士がいるだろう」

「《女神》は人間を攻撃することができませんよ。そのようにできています」

スウラ・オドが沈黙した。つまり、そういうことだ。

「聖女こそは、人類と《女神》の、さらに上位に君臨しかねない存在。そう危惧する人が出てくるのは自然なことだと、私は思いますね」

「言いたいことはわかった。今回の一件で、第一王都から不要になった共生派は大きく掃除された。本当に必要な不和の種が、再び育つまでの時間を与えるということか」

「まあ——そういうことです」

正確には、不安と疑念——あるいは、身内同士での結束や絆《きずな》を与える。どちらも魔王現象にとっては強力な武器になるだろう。

「それに今回の一連の動きで、もっとも脅威だった者たちの強みと弱みがわかりました。あとは対策をしっかり立てるだけです。この、冬の間に」

「それは、懲罰勇者どものことか？」

「戦略的に考えたとき、彼らの中で誰がもっとも重要な駒か。それがわかったのは大きな収穫です」

「ザイロ・フォルバーツか？　たしかにあれは面倒だ」

「いえ。戦略的な面では、彼らの要はベネティム・レオプールですよ。あの男が、組織の中での懲罰勇者を成立させてしまっている」

逆に言えば、ベネティムという指揮官を排除できれば、懲罰勇者を孤立させて追い込むのは難しくないだろう。懲罰勇者にとっての最大の脅威は、彼らを使役する人類自身に他ならない。

なぜならば、人類は懲罰勇者を即死させる権限を保有しているからだ。

（だから、次は対処できる）

彼らとの戦いを徹底的に避ける以外の対処方法が、いまは思いつく。懲罰勇者部隊は恐ろしい。だが、それは『間違っている』がゆえの恐ろしさだ。大多数の人間は彼らを許容できない。人類が持つ規範や倫理観に照らし合わせれば――必ず、懲罰勇者は排斥される。

「スウラ・オド。損はさせませんよ。人類は魔王現象に、決して勝てない」

そう断言することができる。懲罰勇者部隊の弱みを摑んだだけではない。なぜなら、トヴィッツは魔王現象たちの『王』と接触し、重要な事実を知ってしまった。それが理由だ。

（おそらく人類は努力する限り、敗北はしない）

焚火の炎が爆ぜる。

（だが、人類は決して勝利もしない）

魔王現象とは、人類がそうあるべく望んで召喚しているのだから。

あとがき

お世話になっております。ロケット商会《しょうかい》です。

私はケヒャーッと叫んで襲い掛かってくるタイプの悪役が好きです。こういうタイプの悪役のことを私は『ケヒャリスト』と呼んでいますが、今回は『鮫』型のケヒャリストについてご紹介させていただきたいと思います。

夏のビーチのみならず、空や宇宙にまで活躍の場が広がっていることで有名な鮫ですが、私の研究によれば、ひと手間加えることで立派なケヒャリストとして哀れな犠牲者に襲い掛かることができるようになります。

皆さんがうっかり鮫になってしまった暁には、ぜひご参考にしていただけますと幸いです。

鮫タイプの襲撃者といえば、もはや定番ともいえる存在であり、モンスター映画業界でも大御所ですが、弱点も非常に多く難しい役どころと言えます。基本的に水中にいるので、ケヒャケヒャ笑いながら格の低い台詞を言えないことが致命的です。それにこっそり近づいて唐突に襲い掛かる性質から、奇襲が成功してしまう可能性もあります。

なので、接近する際には、背びれの見せ方に工夫するのがおすすめです。ゲーミングカラーで派手に発光しつつ、「貴様にもはや逃げ場はない」旨を水中スピーカーから大音量で流しながら、哀れな犠牲者に襲い掛かることで三流感を高めることができるでしょう。

また、攻撃の手段にも注意を払うことで、より確実なケヒャを演出することも可能です。鮫ならではの攻撃手段といえば嚙みつきですが、牙に麻痺毒を仕込むことも一考に値するでしょう。

当然、毒の効果については事前にぺらぺらと語っておくのがベストです。『わずか一ミリグラムでマンモス（※現存しない荒唐無稽な動物を例示）をも昏倒させる猛毒！　嚙まれたらもう逃げられんぞ！　本当だぞ！』などと口上を告げることで、

（鮫に嚙まれたら普通は即死するし、水中で嚙みつかれている以上はもうほとんど逃げられないんだから、その毒あんまり意味ないよな）

という感想を引き出すこともできます。さらに、普通は言葉を使えないことにより残忍さが際立つ鮫といえども、このように流暢にお喋りすることで得体の知れなさを激減させ、「意外となんとかなりそうだな……」感を高めていけることでしょう。

鮫の恐ろしさといえば奇襲と交渉不能な不気味さですが、これらの努力によりすべて台無しにできるのではないか……という最新の研究結果をここに発表させていただきます。

以上、なんと五巻までも書かせていただいた上で、弊社の好きな三流悪役クリーチャーの方向性について述べさせていただけたこと、大変嬉しく思っております。ありがとうございます。

この場をもって、編集の方々、めふぃすと先生、デザインを担当していただいた皆様、何より読者の皆様へ限りない感謝の気持ちを表明し、結びの言葉に代えさせていただきます。

勇《ゆう》者《しゃ》刑《けい》に処《しょ》す
懲罰《ちょうばつ》勇《ゆう》者《しゃ》9004隊《たい》刑《けい》務《む》記《き》録《ろく》V

著者／ロケット商会《しょうかい》

イラスト／めふぃすと

2023年8月17日　初版発行

発行者／山下直久
発行／株式会社ＫＡＤＯＫＡＷＡ
〒102-8177　東京都千代田区富士見2-13-3
0570-002-301（ナビダイヤル）
印刷／図書印刷株式会社
製本／図書印刷株式会社

【初出】……………………………………………………………………………………………………
本書は、カクヨムに掲載された『勇者刑に処す　懲罰勇者9004隊刑務記録』を加筆、訂正したものです。

ISBN978-4-04-915168-8　C0093　Printed in Japan

ファンレターあて先
〒102-8177
東京都千代田区富士見2-13-3
電撃の新文芸編集部

「ロケット商会先生」係
「めふぃすと先生」係

暴力《ぼうりょく》を振《ふ》るいたい
コミカライズ
好評連載中!!
待望のコミックス第1巻も発売中！

勇者刑に処す 1
懲罰勇者9004隊刑務記録

漫画：井上菜摘　原作：ロケット商会
キャラクター原案：めふぃすと

電撃コミック REGULUS
レグルス